魔術師

江戸川乱歩

角川文庫
23502

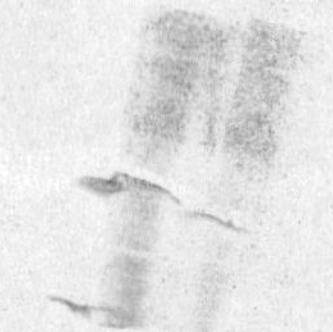

目次

魔術師

美しき友

新聞は毎日のように新しい犯罪事件を報道する。世人は慣れっこになってしまって、またかというような顔をして、その一つごとに、さして驚きもしないけれども、静かに考えてみると、なんとそうぞうしく、いまわしい世の中であろう。広い東京とはいいながら、三つや四つ、血なまぐさい、震えあがるような犯罪の行なわれぬ日とてはない。今の世に、十九世紀の昔語りにでもありそうな、貰い子殺しの部落が現存するかと思うと、真実の弟を叩き殺して、つい門前の土中に埋め、そのお手伝いをさせたもう一人の弟を狂人に仕立てて、気ちがい病院にほうりこむなど、まるで涙香小史翻案するところの、フランス探偵小説みたような、奇怪千万な犯罪すら行なわれているのだ。

だが、それらは世にあらわれたる犯罪である。ある犯罪学者が言ったように、露顕する犯罪は十中の二、三にすぎないものとしたならば、われわれが日々の新聞で見ているよりも、一そう物すごく戦慄すべき大犯罪が、どれほど多く、つい知らぬまに行なわれているか、おそらく想像のほかであろう。例えば、あなたは、そうした小説を読みながら、すぐ壁ひとえのお隣で、いま現にどんなことが行なわれているかと、ゾッとして耳をすましてみるようなことはありませんか。ほんとうに恐ろしいことだけれど、この東京では、それが決してばかばかしい妄想とばかりはいえないのです。

で、素人探偵の明智小五郎が、「蜘蛛男」事件を解決して、骨休めの休養をするあいだが、たった十日ばかりしかなかったというのも、小説家の作り話ではない。つまり、蜘蛛男が、例のパノラマ地獄で無残の死をとげてから、やっと十日たつかたたぬうちに、この「魔術師」事件の第一の殺人が行なわれ、明智はのっぴきならぬ依頼によって、また、その事件にかかり合わねばならぬ仕儀となったのである。

だが、彼は素人探偵とはいっても、看板を出して、それで生活しているわけではないのだから、いやだと思えば、べつに差しでがましく警察のお手伝いをする義務もないわけだが、この「魔術師」事件には何かしら彼の心をそそるものがあった。決して「蜘蛛男」以下の犯罪ではないという予感があった（果たして、彼はこの事件では、一時は全く犯人のために翻弄され、死と紙ひとえの瀬戸ぎわまで追いつめられさえした）。のみならず、彼がこの事件にのり気になったのには、もう一つ別の理由があったのだ。

　素人探偵と恋愛。どうも変な取り合わせだ。ドイル卿はかつて、ある映画俳優から、ホームズに恋をさせてくれと申しこまれて、ひどく困ったことがある。それほど、探偵と恋とは縁が遠いのだ。だが、犯罪の裏にはほとんど例外なく恋がある。その犯罪の解決にあたる探偵家が、恋知らずの朴念仁でどうして勤まるものぞ、ともいえる。そんな理窟はともかく、我が明智小五郎は、ある種の探偵家のように、推理一点張りの鋼鉄製機械人形でなかったことは確かである。
「蜘蛛男」事件が解決したその翌日、彼はトランク一つをさげて、上野駅（註、当時はここから中央線が出ていた）から汽車に乗った。新聞記者責めのホテルを逃げ出して、たった一人になってゆっくり休息したかったのだ。彼を主賓とする警視総監主催の祝賀会さえ断わったくらいだ。

なんというわけもなく、湖がなつかしくて、中央線のS駅まで切符を買ったが、あとで考えてみると、これがすでに彼が「魔術師」事件に引き入れられる第一歩であったとは、運命というものの気味わるさである。

S駅に着くと、聞き覚えていた、湖畔のホテルへ、いきなり車を命じた。

秋の湖は、青々とした大空をうつして、ほがらかに晴れ渡り、朝夕はやや小寒い気候が、明智の疲れきった五体に、いうばかりなくこころよかった。ホテルの部屋も、部屋ボーイ代りの山出し女も、日本風の浴場も、長いあいだ不自由な外国の生活を送ってきた彼には、すべて好ましいものばかりであった。

彼はホテルの十日間を、なんの屈託もなく、腕白小僧のようにほがらかに暮らした。ホテルのボートを借りて湖水を漕ぎまわるのが日課だった。ある時は同宿のだれかれの可愛らしい子供たちを乗せては、彼の少年時代の「風と波と」の唱歌を、声高らかに歌いながら、鏡のような水面にサッサッとオールをいれた。
紅葉した山々が、絵のように湖水をふちどって、そこを白いボートが、小さな水鳥のようにすべって行くのが、ホテルの窓から好もしく眺められた。ボートの上には白いものが前後に動いている。あれは白シャツ一枚の明智の姿であろう。その前にウジャウジャうごめいて見えるのは、この思いがけぬ舟遊びにはしゃぐ子供らであろう。ホテルのバルコニーへ出て、ほおえみかわす親たちの耳へ、水面を伝わって、昔懐かしい唱歌の声が聞こえてきたりした。

その親たちにまじって、一人の美しい婦人が、やっぱりボートの方を見て、ほおえんでいた。東京の有名な大宝石商の玉村氏のお嬢さんで、妙子さんという人だ。信州のある温泉場からの帰りを、お父さんの一行と分れて、一人の婆やを供に、数日ここに滞在しているのだ。妙子さんの女学校時代の（それも去年の春卒業したばかりなのだが）親しいお友だちが、このSに住んでいて、その人と語り合うのがおもな目的であった。

その妙子さんが、子供の親たちにまじって、なぜ明智のボートを眺めていたかというに、妙子さんは婆やのほかに進一という十歳ばかりの男の子を連れていて、その子供が明智の舟に乗せてもらっていたからである。進一というのは、玉村氏所有の貧乏長屋に住んでいた小商人の息子で、両親に死に別れ、身寄りもないのを、妙子さんがお母さんにねだって、自分の弟のようにして育てている、可愛いらしい子供であった。そんなところを見ても、妙子さんが、世間知らずのねんねえではなくて、大家育ちのいうにいわれぬしとやかさのうちに、どこか凜としたものを持っていることがわかるのだが、で、そんな日がつづくうちに、明智は子供らの縁で、その親たちとも親しみを加えて行ったが、わけても玉村妙子さんとは、双方から不思議に引きよせられる感じで、食堂でテーブルを同じにしたり、お茶に呼び合ったりするばかりでなく、はては、そっと婆やの眼を盗んで、彼らだけで、湖水に舟を浮かべるほどの親しい間柄になってしまった。

そんな時、彼らはきまって、ホテルからは見えぬ、湖水の入江になったところへボートを漕いで行った。そこの岸辺にはこんもりと茂った常磐木の林があって、その青い中に、雑木の紅葉が美しい朱を点じ、それが動かぬ水に、ハッキリと姿をうつしていた。彼らはいつもその蔭に舟を流して不思議な物語にふけるのである。だが読者諸君、二人の関係を邪推してはいけない。明智は不良青年という年ではないし、妙子さんも、僅か数日の知り合いに心を許すほどあばずれではなかった。それに、ボートには、いつも二人のあいだに、かの進一少年が乗っていたのだから。彼らはただ不思議に気の合ったお友だちでしかなかったのだ。

とはいえ、正直なところ、妙子さんの心は知らず、少なくとも明智の方では、この若く美しく聡明な娘さんに、友だち以上の懐かしさを感じていて、それが日一日と深くなって行くのをどうすることもできない状態であった。

「おいおい、しっかりしろ、お前は何を甘い夢を見ているのだ。年を考えてみるがいい。お前はもう四十に近い中年ものではないか。それに妙子さんは由緒正しい大資産家の愛嬢だ。お前のような一文なしの浪人ものに、どう手が届くものか、さあ、早く今のうちに、あの人から遠ざかってしまうがいい」

明智は眠られぬベッドの中で、幾度も自分を叱った。そして、あすこそは出発しようと決心するのだが、朝になると、つい立ちそびれてしまうのが常であった。

だが、この問題は、妙子さんのお父さんが解決してくれた。彼は娘の滞在が長引くのを心配して、ある日東京から電話をかけて、早く帰るようにと娘にいいつけた。おとなしい妙子は、そのいいつけを守って、即日ホテルを出発したが、明智に別れを告げるときには、彼女の方でも、気のせいか、ひどく名残りおしげにみえた。

妙子が去ってからも、明智は以前のように、子供たちをボートに乗せ、湖水を漕ぎまわるのを日課にしていたが、さも快活によそおいながら、眉宇に一抹の曇りを隠すことはできなかった。

妙子の、つかめば消えてしまいそうな、しなやかなからだ、ほおえむとニッと白い歯の見える、夢みるように美しい顔、胸をくすぐられるような甘い声音、それらの一つ一つが、時がたてばたつほど、まざまざと記憶に浮かんで、明智ははたちの青年のように、悩ましい日を送らねばならなかった。

湖水に舟を浮かべて、妙子と取りかわした、さまざまの会話も思い出の種であった。だが、それらの春のそよ風のように、ほがらかに甘い会話の中で、たった一度、打って変って、彼女は非常に陰気な打ちあけ話をしたことがある。どういうわけか、その彼女の不思議な言葉が、ことさら忘れ難く頭の底にこびりついて離れなかった。それはいわばこの物語の発端をなすところの、一挿話にちがいないのだから、ここに簡単にしるしておくが、その時、舟は例の常磐木の蔭暗き岸辺に漂っていた。その舟の中で妙子はふと、通り魔に襲われでもしたように、妙なことをいい出したのである。

「それは、根もない夢のようなことかもしれませんわ。でもわたくし小さい時分から、不思議にさきざきの事がわかりますの。母は五年以前になくなりましたが、その母の死にますのが、わたくしには、半年も前からちゃんとわかっておりましたのよ。それと同じように、今度のこの恐ろしい夢も、ほんとうになって現われるのではないかと思いますと、もう怖くって、一人でやすんでいる時など、ふとそれを考えますと、ゾーッと水をあびせられたような、いやあな、いやあな気持になりますのよ」

「お姉さま、またそんな話をしちゃあ、いやだ」

進一が、まだ十歳の少年のくせに、おとなのような恐怖の表情で、叫んだ。

「で、それは一体どんな夢なんです」

明智が、妙子の異様に陰気な表情に、びっくりして尋ねると、彼女はそれを口にするさえ恐ろしい様子で、声を低くしていうのだ。

「なんですか魂のある黒雲みたいなものが、わたくしたち一家の上に恐ろしい早さで覆いかぶさってくるのです。わたくし、もう二、三か月も前から、たえまなくそれを感じていますの。ちょうど雉(きじ)が大地震を予感しますように。誰かがわたくしたち一家を呪ってでもいるような、今にもわたくしたち一家の者が、何かの恐ろしい餌食になるような、そんな気持ですのよ」

「では、何か、そんな疑いを起こすような理由でもあるのですか」

「それがちっともございませんの。ですから、なお怖いのですわ。どういうふうのわざわいですか、えたいが知れませんもの」

むろん妙子は、名探偵としての明智小五郎を知っていた。で、この妙な打ちあけ話も、彼にすがって、彼の判断を乞うためであったかもしれない。しかし、全然現実的根拠のない夢物語では、いかな明智にも、どうするすべもないのだ。そして、ちょうどそうしているところへ、ホテルの小使いが、東京から電話だといって、妙子を探しにきたのであった。

早業

妙子が出発してから三日目の午後、突然、今度は明智のところへ、東京の波越（なみこし）警部から電話がかかってきた。波越氏は読者も知る、警視庁捜査課名うての鬼警部だ。

受話器を取ると、波越氏のあわただしい声が手みじかに挨拶をして、用談にはいった。

「詳しいことはいずれお目にかかってお話ししますが、僕の知り合いの福田得二郎（ふくだとくじろう）という実業家のところに妙な事件が起こって、福田氏から是非あなたの御援助をえたいというのです。電話で至急御帰京を願ってくれという福田氏の依頼なんです。事件の内容は一と口でいえないが、決してあなたを失望させるようなもんじゃない。僕もこれは警察よりは、むしろあなたの領分に属する仕事だと思っているくらいです。非常に変てこな事件なんです。引きつづきでご苦労ですが、福田氏に代って僕からもお願いします。できるなら今晩こちらへ着くようにしてください」

「せっかくですが、探偵の仕事は当分お休みです」明智はぶっきらぼうに答えた。「長い旅行で疲れていたところへ、蜘蛛男でヘトヘトになっているんです。もう少し休ませてください」

「それは困る」警部の声がほんとうに困ったらしく響いてきた。「あなたがきてくれないと、福田氏が失望するばかりじゃありませんよ。実はあなたがそこにいられることは、玉村妙子さんの口からわかったのです。妙子さんも是非あなたに相談相手になっていただきたいという依頼なんですよ」

「なんですって、妙子さん？　妙子さんは知っていますが、あの人が今度の事件に関係でもあるのですか」

明智は妙子の名を耳にすると、にわかに意気ごんで尋ねた。

「大有りですよ。言い忘れましたが福田氏は妙子さんのお父さんの玉村善太郎氏の実弟なんです。つまり妙子さんにとっては叔父さんに当たるわけです」

「ああ、そうでしたか。妙子さんとはここに滞在中お心安くしていたのですが、あの人の叔父さんでしたか」

「そうです、そうです。そんな御縁もあることだからという、福田氏の頼みなんですよ。

どうです。なんとか都合をして帰ってくれませんか」

「ええ、よござんす」

明智は子供のように現金である。そんなことを恥かしがったり、もじもじしたりしていない。妙子さんの頼みなら、いつでも帰りますといわぬばかりだ。

「時間は、そうですね、ええと、こちらを二時十分に出て上野へ七時半の汽車があります。それにきめましょう」

波越警部はこのこころよい承諾に、やや面くらいながら、でもひどく満足そうに、

「ありがとう。福田氏も喜ぶことでしょう。その時間を伝えて、福田氏のほうから上野まで迎えの車をさしむけることにします。では、どうか間違いなく」と念を押した。

電話を切ると、明智はソワソワと出発の支度をはじめた。支度といっても、トランク一つの旅だ。手間ひまはかからぬ。寝間着と汚れたシャツ類を、トランクに詰めこんで、勘定を支払えばよいのだ。汽車の時間には充分間に合った。

車中別段のお話もない。彼はただ妙子のことを思っていた。彼女のケシの花のような笑顔や、歌のように甘い声を、汽車の動揺につれて眼と耳にくり返した。彼はまた、彼女が最後の日に舟の中で話しかけた、夢のような恐怖を思い出していた。

「やっぱり彼女の予感が当たったのかもしれない」

と思うと、まだ片鱗をさえ聞かぬ事件そのものにも、不可思議な興味を覚えた。

七時三十分、列車は上野駅に到着した。

改札口を出ると、そこに自動車の運転手が待ちうけていた。明智の顔は新聞でおなじみになっているので、間違いはない。

「福田からお迎えでございます」

運転手は現代の英雄に対する大衆的尊敬をもって、うやうやしく出迎えた。

「ああ、御苦労さま、車はどれだね」

明智は気軽に応じた。

「こちらでございます」

運転手は先に立って自動車置場へ案内した。

この場合、明智のほうに手ぬかりがあったとはいえぬ。彼が上野駅へ到着することは、波越警部と福田氏とが知っているばかりだ。この自動車がにせ物だなどとは想像もできなかったであろう。それに車も実業家の持ち物らしく立派だし、運転手、助手の服装も整っていた。しいていうならば、彼ら両人が揃って大きなロイド目がねをかけていたこと、自動車に福田家の定紋が見当たらなかったこと、この二点を疑えば疑うのだが、運転手に塵よけのロイド目がねはあり勝ちのことだし、定紋の方は明智はまるで知らなかったのだからいたしかたもない。

だが、さすがは名探偵である。彼は自動車の踏台に足をかけた時に、ハッと、ある危険を感じて、思わずあともどりをしようとした。しかし、残念ながらもう遅かった。うしろからは案内役の運転手が、恐ろしい勢いで押し込む、中からは運転台の助手が猿臂を伸ばして引きずりこむ、不意を打たれて抵抗のすきがなかった。

「何をするっ」

とどなって、そとへ飛び出そうと立ち直ったとき、彼を押し込んだ運転手の右手が、鉄のような握り拳になって、パッと胸を打った。柔道の当て身である。もちろん運転手に化けた賊の一味、その道の心得ある者にちがいなかった。

あの駅前の雑沓のまん中で、しかも夜にはいってからの出来事である。たとえ明智のどなり声を聞いた者があったとしても、そんなどなり声は駅前では珍らしくもないのだ。自動車は何事もなかったかのように、大胆にも明るい電車通りを、広小路の方角へ走り去った。その後部席のクッションには、われらの主人公明智小五郎が、みじめにも気を失って、グッタリともたれかかっていたのである。

再び言う。この出来事において、明智の方には責むべき油断があったわけではない。ただ、賊が、警察よりも、福田氏よりも、明智小五郎よりも、十歩も二十歩も先んじて、虚を突いて奇功を奏したにすぎないのだ。

とはいうものの、なんたる早業、なんたるずば抜けた作戦であろう。犯罪はまだ行なわれたというわけではないのだ、戦いはまだはじまっていないのだ。彼らは戦いに先だって、先ず彼らにとって最大の敵である、名探偵明智小五郎をとりこにしてしまった。なみなみの賊ではない。彼らの行なわんとする犯罪もまた、決してなみなみのものではないであろう。それにしても、彼らは一体全体いかなる手段によって、明智がこの事件に関係すること、この汽車で上野に到着すること、それを福田家の自動車が出迎えにくることなどを知りえたのであろう。また本ものの福田家の自動車はどうなったのか、もしや、その運転手たちも、明智と同じ憂目を見たのではあるまいか。ああ、世にも恐るべき兇賊のたくらみ。

幽霊通信

さて、ここでお話を少し前にもどして、明智の帰京の原因となった、福田家の怪奇な出来事(だが、それは決して犯罪と名づけるほどの取りとめた事件ではなかった)について語らねばならぬ。

先の波越警部の言葉にもあった通り、福田得二郎氏は玉村宝石王の実弟で、彼もまた相当の資産を擁し、諸方の会社の株主となって、その配当だけで、充分贅沢(ぜいたく)な暮らしを立てている、いわば一種の遊民であった。

彼は玉村家から福田家へ養子に貰われて行ったのだが、養父母を見送り、妻も昨年世を去って、子供もなく、現在はほんとうの一人ぼっちであった。一種風変りな性質の彼は、その孤独を結句喜んで、後妻を迎えようともせず、数人の召使いとともに、広い洋風邸宅に、滅入ったような陰気な日々を送っていた。

ところが、ある日のこと、まことに唐突に、彼の静かな生活をおびやかして、奇怪千万な事件が起こった。

福田氏は、以前から一体陰気な性質であったが、夫人を失ってからは、一層それが嵩じて、終日一と間にとじこもっているような日が多かった。三度の食事のほかは、召使いと顔を合わせることもなく、日が暮れると、サッサとベッドにもぐりこむ。ベッドにはいる前に、寝室と書斎との二た部屋に分れている彼の私室の、窓にもドアにもすっかり内部から錠をおろしておくのが例になっていた。

で、ある朝、福田氏がベッドの中で眼をさますと、着ていた白い毛布の上に、一枚の紙が置いてあったのだ。変だなと思って手に取って見ると、タイプライター用紙に、鉛筆のまずい文字で、大きく、

「十一月二十日」

としたためてあった。そのほかにはなんの文句もなく、誰が書いたのか、何を意味するのか、少しもわからぬ。

福田氏は不思議に思った。こんな紙切れがあるところを見ると、夜のあいだに、何者かが彼の寝室へ忍びこんだとしか考えられぬが、しかし、それは全然不可能なのだ。福田氏はその前夜も就寝前に、書斎のドアにはちゃんと内部から締まりをしておいた。庭に面した窓にはみな、鉄格子がはめてあるのだし、むろん締まりもできていた。紙切れを投げ込む隙間なんてあるはずがない。それにベッドは窓際から余程離れてもいるのだ。

「変だな」と思いながら、彼はベッドをおりて、眠い眼をこすりながら、念のために窓

やドアを調べてみたが、どこにも異常はない。えたいの知れぬ、変てこな気持になって、鍵を廻してドアをあけ、召使いたちを呼んで尋ねてみたが、誰も部屋へはいったものはなく、その紙切れについても、なにも知らぬとの答えだった。

変だ、変だと思いながら、その日は暮れた。ところが、その翌日、福田氏が眼をさますと、これはどうだ、白い毛布の上の、きのうと同じ場所に、またしてもタイプライター用紙がある。こわごわ手に取ってみると、きょうのはきのうのよりも一層簡単に、ただ二字、

「十四」

と数字が書いてあるばかりだ。戸締まりに異常のないことはきのうの通り、召使いたちが何も知らぬこともきのうの通りである。

用紙をしらべ筆蹟をしらべてみたが、なんの思い当たるところもない。福田氏の知り合いには、一人もそんな筆くせの者はいないのだ。

「十一月二十日」や「十四」が何を意味するのか、差出人は誰なのか、戸締まりの厳重な部屋の中へ、どうして持ってくることができたのか、すべてが全く想像もできないだけに、ひどく無気味に思われた。「幽霊ででもなければできない仕業だ」と考えると、何かしらゾッとしないではいられなかった。

だが、奇怪はそれで終ったわけではない。その次の日も、また次の日も、福田氏が眼をさますと、必らず毛布の上に一枚の紙切れがのっていた。文句はやっぱり簡単な数字

で、

「十三」「十二」「十一」「十」「九」

と一日ごとに一目さがりに、順序よく変って行く。いうまでもなく、福田氏はそんなことが起こりはじめてから、就寝前の戸締まりを一そう念を入れて厳重にしたのだけれど、幽霊通信には、戸締まりなんか邪魔にならぬとみえて、なんの甲斐もなかった。

福田氏は、数字が「九」まで進んだとき、もう我慢がしきれなくなって、甥の玉村二郎を呼びよせて、この快活な若者の知恵を借りることにした。二郎は宝石王玉村氏の二男で、妙子の兄に当たり、ある私立大学に籍をおいて、遊び暮らしている、二十四歳の青年であった。

「つまらないことを気にしたもんですね。誰かのいたずらですよ。叔父さんが神経を病むものだから、そんないたずらをする奴が現われるのですよ」

福田氏の話を聞くと、二郎青年は事もなげに笑ってしまった。

「いたずらにしちゃ、念が入り過ぎているんだよ。ただ面白ずくで、こんなばかなまねを、幾日も幾日もつづけるやつがあるだろうか。第一、厳重に戸締まりしたこの部屋へ、どうしてはいってくるのか、まるで魔術師のようで、わしはゾーッとすることがあるよ」

福田氏は大まじめで、ほんとうにこわがっているように見える。

「しかし、たとえ魔術師にもせよですね、ただ紙切れが投げこまれるだけで、別に叔父さんに危害を加えようというわけではないのだから、うっちゃっておくがいいじゃありませんか」

「ところが、必らずしもそうではないのだよ。この数字には何かしら恐ろしい謎が含まれている。見たまえ、最初きたのが、『十一月二十日』、その次が『十四』、それから一日に一つずつ数がへってけさは『九』になっている。順序正しく、非常に計画的だ。ところで、きょうは何日だったかね」

「十一日でしょう。十一月十一日です」

「ホラ、見たまえ。十一日の十一に九を加えると幾つになる。二十だ。つまり『十一月二十日』になるのだ。ね、この毎日の数字は、あと十日しかないぞ。ホラ、もう九日になったぞという、気味のわるい通告書なんだよ」

　聞いてみると、なるほどそれにちがいなかった。二郎青年はちょっと行き詰って、

「しかし、通告状って、一体なんの通告状なんです」

「さあ、それがわからないから、一そう気味がわるいのだよ。わしは別に人に恨みを受ける覚えもないが、人間どんなところに敵がいるか知れたものではない。もしかしたら、こうして怖がらせておいて、わしに復讐でもしようというのではないかと思うのだが」

　その実、福田氏は、恐ろしい復讐を受けるような覚えがあったのかもしれない。でなければ、たかがいたずら書きの紙切れに、こうまで心を悩ますはずもないのだ。

「復讐っていうと？」

「つまり、十一月二十日こそ、わしの殺される日だという……」

「ハハハハ、ばかな、つまらない妄想はおよしなさい。今時そんな古風な復讐なんかやるやつがあるもんですか。でも、叔父さんが、そんなに気になるなら、僕、今晩徹夜をして、叔父さんの部屋の見張り番をしてあげましょう。そして、もし紙切れを持ってくるやつがあったら、とっ捕まえてあげましょう」

ということで、福田氏も実はそれを考えていたものだから、早速その晩、実行することになった。

二郎青年は、約束通り一睡もせず、日が暮れると、懐中電燈を用意して、福田氏の寝室の窓のそとの庭だとか、ドアのそとの廊下などを、一と晩中歩き廻って、厳重な見張りをつづけた。

「猫の仔一匹、塀の中へはいったものはありませんでしたよ。どうです、まさかゆうべは紙切れはこなかったでしょう」

朝になって、叔父の部屋へはいった二郎は、「それごらんなさい」と言わぬばかりに、得意らしく尋ねた。

だが、これはどうだ。福田氏はまた新しい紙切れを持っていたではないか。

「これをごらん。ちゃんといつもの通り毛布の上においてあった。わしも今夜こそ正体を見届けてやろうと思って、一睡もせぬつもりでいたんだが、明け方近く、ついトロトロとしたすきにこれだ。実に不思議なこともあるものだよ」

で、けさの紙切れには、順序に従って、「八」としるしてあった。福田氏の想像によれば、「もうあと八日しかないのだぞ」という恐ろしい意味を含んでいる。

そうなると、青年の二郎も、やや本気になって、それから福田家に泊りこみ、書生などにも手伝わせて、二た晩三晩、曲者の正体を見届けようと努力したが、ついになんの発見するところもなかった。一方、紙切れの数字は一日一日と減って行き、「三」という字を見た時には、福田氏も二郎も、もうじっとしてはいられない、いらだたしい気持になっていた。

今度は二郎の方から勧めて警察の助力を乞うことにした。福田氏は知り合いの波越警部に相談をかけた。また玉村家の方へもこの無気味な出来事が伝わり、帰京したばかりの妙子の耳にもはいった。というわけで、明智小五郎を呼ぶことも、実は妙子の発案であり、それを波越警部がすぐに賛成したのであった。

まっ赤な猫

「明智探偵七時半上野駅着」の報を受けた福田家では、明智を見知った一警官を頼んで、自動車で駅まで出迎えに行ってもらった。明智の来着と同時に波越警部も福田邸へやってくる手筈になっていた。

ところが、八時ごろになって、迎えの自動車はからっぽで帰ってきた。警官の報告するところによると、どうしたことか、福田家の大時計も、運転手の腕時計も、警官の懐中時計も、揃いも揃って十五分遅れていたのを、つい気がつかず、駅へ行ってみると、もう七時半の降車客は大半立ち去ったあとで、いくら探しても明智の姿はなく、やむをえず引き返してきたとのことであった。

いくつもの時計が揃って遅れていたというのには、何か特別の意味がなければならないのだが、人々はそこまで深く考えなかった。出迎えが遅れたために、あのような一大事が起ころうなどと、誰が想像しえたであろう。

福田氏はとりあえず、まだ本庁に居残っていた波越氏に電話をかけて、事の仔細をつげ、もしや明智氏がそちらへ立ちよっていないかと尋ねてみた。

「いや、こちらへもきていません。迎えの車が見当たらねば、電話をかけてくるでしょうが、それもないところをみると、予定の汽車に乗り遅れたのかもしれません。あすの朝は大丈夫ですよ。それまで待ってみようじゃありませんか」

と波越氏は呑気な返事をした。

で、その晩は、二郎青年のほかに、明智を出迎えに行った警官に泊ってもらうことにして、福田氏はさして心配もせず寝(しん)についてしまった。

福田氏にせよ、波越警部にせよ、そんなに事が迫っているとは知らず、つい油断をしていたのは、まことに是非もないことであった。紙切れの数字は「三」なのだ。たとえ福田氏の恐怖が実現するとしても、まだあと三日を余している。恐ろしいのは、数字が「一」となり「〇」となった時だ。それまで何事も起こるはずはない、明智小五郎の来着が一日遅れたところで、大した問題ではない、と思いこんでいたのだ。

だが、犯罪者はいつもアルセーヌ・ルパンのように、約束堅い正直者だとはきまっていない。ことに、彼らは、どうして探ったのか、明智小五郎の帰京を知って、事を起こさぬ前に、先ず大敵の自由を奪ったほどの曲者だ。福田氏が警察の助力を仰いだことも知らぬはずはなく、便々と十一月二十日を待って、相手の警戒網を完成させる愚はしないであろう。

それはともかく、福田氏の警護を承わった二郎青年と警官某とは、二階の客用寝室にベッドを並べて横になった。邸内の見廻りは、むだ骨折りとわかったので、よしてしまい、ただ福田氏の気休めに、泊っているというまでのことである。

彼ら両人にも、まだ三日あいだがあるという無意識の油断があった。それに、いざ十一月二十日がきたところで、どんな事が起こるのかまるで見当がついていない。或いは何事もないのかもしれぬ。どうやら、何事もない方が当然のようにも思われる。全く雲をつかむような話なのだ。波越氏が「この事件は明智さんの領分だ」と逃げたのももっともである。

で、二郎も警官も、強いて眼をさましていなければならぬとも思わなかった。起きていたところでどうせ何事もないにきまっていると、たかをくくっていた。

だが、曲者は、上野駅で明智をさらった手ぎわでもわかるように、人の虚をつく術を心得ていた。一同が幽霊通信に慣れてしまって、むしろ曲者の巧みな暗示にかかって、油断しきっていたその夜、十一月十七日の深夜、予告の日限に先だつこと三日にして、突如、戦慄すべき大犯罪は行なわれたのである。

二郎青年は、真夜中ごろ、異様な笛の音にふと眼をさました。耳をすますと、階下の主人の寝室とおぼしきあたりから、なんともいえぬ物悲しい調子の横笛の音が細々と響いてくるのだ。きまった曲を調べているわけではなく、ただなんとなしに出鱈目（でたらめ）に吹き鳴らすといった調子だけれど、その節廻しが、不思議にも悲しく、美しく、例えば綿々たる恨みをかきくどくがごとく、尽きせぬ悲愁を歎くがごとく、一度耳にしたならば、一生涯忘れることができないような種類のものであった。

福田氏は横笛なぞ吹けないのだし、それにこんな真夜中、たとえ誰にもせよ、笛を吹いているなんて変だ。

「そら耳かしら、いやいや確かに横笛の音だ。しかも、叔父さんの寝室に間違いはない。もしや……」

と思うと、二郎は首筋に氷でもあてられたように、ゾッと身がすくんだ。

やがて、笛の音はパッタリやんだ。もういくら耳をすましても、聞こえてこぬ。

二郎はいきなり、隣のベッドの警官をゆり起こした。

「どうもおかしいことがあるんです。僕と一しょに下へおりてみてくれませんか」

二人ともズボンのまま横になっていたので、上衣を着ればよいのだ。警官は用心のためにピストルを持って、階下におりた。邸内は死んだように静まり返っている。薄ボンヤリした常夜燈をたよりに、廊下を一と曲りすると、そこに福田氏の寝室なり書斎なりのドアがある。

二郎はビクビクもので、そのドアをおし試みたが、内側から鍵をかけたままとみえて、ビクともしない。だがなんとなく異様な予感がある。

「主人を起こしてみましょうか」

「そうですね、念のために」

警官も賛意を表したので、二郎はドアの鏡板をトントン叩いて、「叔父さん、叔父さん」と呼んでみた。二、三度同じことをくり返したが返事がない。

「やっぱり変ですよ」

二郎はもうまっ青になって、次に取るべき手だても思い浮かばぬ様子だ。

「鍵穴から覗いて見ましょう」

さすが警官は思いきよく、腰をかがめて鍵穴を覗いていたが、やがて振りむいた彼の顔は、恐ろしく緊張して見えた。

「血、血です」

「え、じゃあ、叔父さんは……」

「たぶんもう息はありますまい。この戸を破りましょう」

庭に廻って窓からはいろうにも、鉄格子が邪魔しているので、火急の場合、そのドアを打ち破るほかに方法はなかった。

二郎は廊下を走って、書生を起こし、斧を持ってこさせ、それでドアの鏡板を乱打した。

騒ぎに家じゅうの召使いたち(婆やと女中二人)が駈けつけてきた。

頑丈なドアであったが、斧の乱撃には耐えず、メリメリと音がして、上部の鏡板が、大部分破れおちてしまった。

二郎と、警官と、召使いたちと都合六つの首が、その破れ目にかたまった。だが、彼らは何も見なかった。見る暇がなかった。恐ろしい勢で顔にぶつかってくる、大きなまっ赤な何かのかたまりを意識して、ハッと飛びすさって、道をひらいたからである。

それは一匹のまっ赤な猫であった。いや、まっ赤な猫なんてあるはずはない。実は福田氏が飼っている純白の牡猫なのだが、それが全身に血潮をあびて、物すごい赤猫と化けてしまったのだ。

無気味な動物は、ドアのわれ目から廊下に飛びだすと、二、三どブルッと血ぶるいをして(その度ごとに赤インキのような鮮血が壁の腰板に生々しくはねかえった)、人々に向かって、恐ろしい形相で、まっ赤な背中をムクムクと高くした。

人々はその時、怪猫の口辺を見た。そしてあまりの恐ろしさに思わず顔をそむけないではいられなかった。

あさましい動物は、主人が死んだとも知らないで、全身まっ赤になるほども、血みどろの死体にじゃれついていたものに違いない。じゃれついたばかりでない、彼は主人の傷口をなめ、流れる血のりをのんだのだ。そうでなくて、あんな恐ろしい口になるはずはない。鋸のような鋭い歯までまっ赤に染まっていたではないか。舌の上にはとろとろした血のりが溜っていたではないか。彼はその舌で、ポトポトと赤いしずくをたらしながら、口辺をなめ廻した。

「ミャーオ」と一と声、無気味に優しい鳴き声をたてると、まっ赤な猫は、人々の驚きを無視して、点々と血潮の足跡をしるしながら、ノソリノソリ裏口の方へ歩いて行った。まるで彼自身が殺人犯人ででもあるように、奥底の知れぬふてぶてしさで。

人々は次にドアのわれ目から、室内の様子を眺めた。

ともしたままの明るい電燈の下に、福田氏のパジャマ姿の下半身が横たわっていた。胸から上は寝台に隠れて見えぬのだ。おそらくは猫がじゃれついたためであろう、足の先まで血に染まっている。

だが異様に感じられたのは、死体そのものよりも、死体の上やその周囲に、あたかも死者を弔い、死体を飾るもののように、おびただしい野菊の花が、美しく散り乱れていたことである。

人々は咄嗟の場合、深く考える余裕を持たなかったけれど、あとになって思い合わせれば、この殺人には奇妙な予告や、全く出入口のない、密閉された部屋を、犯人はどこからはいり、どこから逃げたかというような点を別にしても（それらの点が、この事件全体を妖異不可解ならしめたいちじるしい特徴であったことはもちろんだが）、さらにそのほかに二郎が耳にした物悲しき横笛の音、今またこの死体を飾る、可憐なる野菊の花束。これは果たして何を語るものであろう。もしや犯人は、われとわが殺害した死人を弔うために、横笛の弔歌を奏で、野菊の花束を贈ったのではないだろうか。だがどこの世界に、そのような酔狂な手数をかける犯罪者があるであろうか。

余談はさておき、ともかくも死体を調べてみなければならぬので、二郎はドアの破れ目から手を差しいれて、鍵を廻し、ドアをひらいて室内にはいった。警官、書生もあとに従った。

二郎はなにげなくツカツカと死体のそばへ近づいて行った。そして、血まみれの足のところに立って、寝台の向こうに隠れていた、死体の上半身を一と目見ると、どうしたのであろう、彼は何か木製の人形みたいな恰好で、そこへ棒立ちになってしまった。口を動かしているけれど、あまりのことに声も出ない様子だ。

「どうしたんです」

警官が驚いて駈けよるのと、二郎の棒のようなからだが、彼の両手のあいだへ倒れかかるのと同時だった。

「ワッ、これは……」

さすがの警官も、いま二郎が見た、死体の上半身を覗くと、思わず悲鳴をあげた。

一体そこには何があったのか、二郎青年に脳貧血を起こさせ、商売人の警官をふるえ上がらせたものは、そもそもなんであったのか。

無残絵

「もう大丈夫です。ありがとう」

ちょっとのまに、二郎青年は、目まいを回復して、警官の手から離れたが、しかしそれ以上口をきく元気はなかった。彼ら二郎青年と、警官と、書生とは、死骸から遠く離れた室(へや)の一隅に立ちすくんだまま、まっ青に引きつったお互いの顔を、まじまじと眺め合っていた。婆やや女中たちは、死体の足の部分をチラッと見ただけで恐れをなして、廊下に佇(たたず)んだままはいってこようともしない。

「実にひどい。実にひどい」

やっとしてから、警官が、死骸の方を見ぬように顔をそむけたままで、何か人に聞かれては悪い内証話みたいに、低い、しわがれ声でいった。

まことに、人々がかくも驚き恐れたのも無理ではなかった。福田氏の死体は普通の殺人事件などでは見ることもできない、一種異様の恰好をしていたのだ。肩から上に何もない、胴体ばかりの人間というものが、こんなにも恐ろしく見えるとは、誰も知らなかった。なぜか賊は福田氏の首を切断してどこかへ持ちさったのだ。

芳年(よしとし)の無残絵そのままの、ゾッと歯ぎしりが出るような光景だ。芳年の絵は物凄い中にも、美しいところがある。だが、これはなまなましい実物なのだ。切り口からまだタラタラと流れ出す血のり、なんともいえぬ鮮血の匂い。ただもうギリギリと歯ぎしりをして、からだじゅうの毛穴という毛穴がひらいて、そこから氷のような風が吹きこむ気持である。

だが、賊は一体全体、なんのために被害者の首を持ちさったのであろう。物取りの仕業ならもちろん、たとえ恨みの殺人としても、相手を殺せば用はすむはず。それを、昔々の義士の討入りかなんぞのように、古風にも首だけを大切に持って行くとは、今の世に、あまりといえば異様なやり口ではないか。

この殺人の異様さは、そればかりではない。死体の上に一面にまかれたしおらしい野菊の花、葬送曲のような物悲しい横笛の音、何から何まで古風で、ロマンチックで、しかもいうばかりなく怪奇なのだ。

いやいや、不思議はそれにとどまらぬ。もっともっと変てこなことがあった。もう不思議という言葉では足らぬ不可能事だ。ありうべからざることだ。かつて人々は、密閉された寝室の中へ、朝ごと舞いこむ予告状を、いうばかりなく無気味に思っていた。今は、それが紙切れなどではなくて、一個の人間の首が、全く出入口のない部屋の中から消えうせたではないか。いや、首どころではない。福田氏を殺害した兇賊自身は、そもそもどこをどうして、室内にはいり、また逃げさることができたのか、まことに魔術師の怪技というほかはないのである。

もちろん、この出来事は、警官や、玉村二郎や、書生などの推理力の及ぶところではなかった。彼らはただもう血みどろの死体に仰天して、事の不思議さを理解する力さえないように見えた。

だが、職業がら、警官だけは、さすがにぼんやりしているわけにもいかず、嘔(は)き気を我慢しながら、ともかくも死体に近寄って、無残な切り口などを取りしらべた。鋭い刃物と、のこぎりとで、外科の専門家ほどではないが、かなり手際よく切断されている。そして、顔のあるべきところに、ジュウタンを染めた血の池が、ドロリと淀んでいる。

それから、警官はベッドの下や家具の蔭などを、入念に覗いてまわった。なんという滑稽(こっけい)な、しかし、ゾッとする探し物であろう。彼はもしや生首が、どこか眼につかぬ場所に隠されているのではないかと考えたのだ。だが、この奇妙な探し物は結局徒労に終った。また、賊の手掛りとなるような品も、何一つ室内には残されていなかった。例の無数のしおらしい野菊の花のほかには。

警官は日ごろ、こういう場合にとるべき処置を教えられていた。彼は昔のルコック刑事のような野心家ではなかったので、その教えをよく守って、一同を寝室のそとに立ちのかしめ、破れたドアをしめて、現場を乱さぬ注意をした上、深夜ながら、警視庁に電話をかけて、事の次第を急報した。

このことが警視庁から係りの波越警部の私宅に急報され、警部が二名の刑事を引きつれて現場に駈けつけたのは一時間ほどのちであった。そのあいだに警官は玄関や裏口などの戸締まりをあらため、屋外の足跡を探し、召使いたちを取りしらべるなど、手ぬかりなく、なすべきことをなしたけれど、別段の発見もなかった。庭は乾いていて足跡は残らず、玄関も裏口も戸締まりに異状はなかった。むろん召使いたちは何事も知らなかった。

波越警部が来着したころには、すでに所轄警察署の人々や、被害者の実兄の玉村宝石王も、長男一郎と共に駈けつけていたし、そのほか近所の出入の者などで邸内は非常な多人数となったが、不思議なことに、まるで、唖の国の群衆のようにヒッソリと静まり返っていた。

巨人の手

さて、波越警部の現場調査、それからしばらくして来着した検事局の一行の検視手続などを細叙していては、非常に退屈だから、すべて省略して、ただ読者に告げておかねばならぬ点だけを列記すると、

第一には、被害者福田氏の隠し戸棚から、高価なダイヤモンドが紛失していたことが、玉村氏の注意で判明した。

それは玉村商店の支配人が欧洲の宝石市場で手に入れた古風なロゼット切りの十数カラットのもので、福田氏はその由緒ありげな光輝に惚れて、兄の玉村氏から原価で譲り

うけた品であった。原価といってもむろん数万の価格である。その貴重な宝石が福田氏の奇怪な死と共に、消えうせてしまったのである。

第二は、福田氏の寝室の模様壁紙の上に、犯人の大きな血の手型が残されていたこと。さすが老練警部の波越氏、警官や玉村二郎が見逃していた大切な手掛りを苦もなく発見した。

「どうして、僕らはそれに気がつかなかったのでしょう」

と二郎青年が不審がると、波越氏は鷹揚に笑って答えた。

「この手型があまりに高く、普通でない場所にあったからです。人間が壁によりかかる時は、眼より低い箇所に手を突くのが普通です。したがって、犯人の手掛りを探す場合にも、大抵の人は眼よりも高い場所を忘れている。どんなに丹念に床を探し廻る人でも、天井は見ようとさえしないものです。壁でさえも、ほとんど注意しないのが普通です。僕の友だちの明智君にいわせると、これはつまり心理上の盲点なんですね。われわれはウッカリすると、こいつに引かかって、とんだ失策をやることがありますよ。それに、ここはちょうど電燈の傘の線の上だし、壁紙の模様にまぎれて、ちょっとぐらい見たのでは気がつきませんからね」

それにしても、変な場所に手型が残ったものだ。五尺何寸の玉村二郎や波越警部の眼の線よりもずっと高く、一ぱいに腕をのばしてやっと届くような場所に、どうしてこんな手型がついたのであろう。

いや、手型の高さより、もっと驚くべきことが間もなくわかった。それは血の手の平の寸法だ。波越氏が計ってみると、普通人の手の平の少なくも一倍半はある、異様に巨大な手型であった。それを知った警察の人々や玉村親子らは思わず声をのんで顔を見あわした。こんな手の平を持った人間が、一体この世にいるのであろうか。

人々は迂闊に彼らの空想をしゃべることを恐れたけれど、心の中では、一人の巨人を描いていた。その巨人は、手型の高さから想像して少なくも七尺に近い身長を有し、常人の一倍半の手の平を持った怪物でなければならない。

「どこかに間違いがある。そんな怪物が、この厳重に密閉された部屋に出入りしたなんて、それが巨人であればあるほど、いよいよ不可能なことだ。ばかばかしいことだ」

と人々は彼らのこの驚くべき空想を打ち消そうとつとめた。ところが、その空想がまんざら空想でないことが、さらに別の方面からわかってきたのだ。それが、つまり第三番目の発見である。

で、第三にわかったことは、検事たちの一行が来着するのと前後して、各新聞社社会部夜勤記者の一団が、福田邸の門前に殺到して、あわよくば犯罪現場に闖入せん勢いで、探訪秘術を尽していたが、そのうちの一新聞記者が、鋭敏な探訪神経によって、一つの重要な新事実を発見し、その報を波越警部にもたらしたのである(この記者は右の手柄と引きかえに、最も詳しく、犯罪前後の事情を聞き出すことに成功した)。

福田邸は東京市西北郊外の、ある閑静な地域にあって、門前は自家専用の通路のほかに、広い空地になっていた。その空地が、一般街路に接するところ、すなわち福田邸専用通路のはずれに、時代に取り残された人力車夫のたむろする、みすぼらしい掘立小屋がある。その晩、その掘立小屋に、一人の独身老車夫が、毛布にくるまって寝ていた。機敏な新聞記者は、その老車夫を訪ねて、なにか気づいたことはないかと聞いてみたのだ。

犯罪の行なわれた時刻は、老車夫が、珍らしい長丁場の一と仕事を終って帰り、毛布にくるまって、ウトウトとしていた時分で、夢うつつの境だったので、確かなことはいえぬが、そういえばどうも変なことがあったとの答えだ。

「あっしゃ、あんな背の高い野郎を、ついぞ見たことがねえ。もちろん顔なんか見えない。ボンヤリと闇の中に浮きだした大入道みたいな野郎だったがね。そいつがお屋敷の方からやってきて、この町を飛ぶように駈けて行ったんでさあ。うすっ暗い町のことだから、半丁もへだたると、もうそいつの姿は見えなくなっちゃったがね。あんまり不思議なんで夢でも見たんだろうと思っていたが、そんな人殺しがあったんじゃ、ひょっとすると、あの大入道の野郎が、下手人かもしれませんぜ」

というのだ。

記者の知らせで、波越氏はその老車夫を邸内に呼んで、なお詳しく取りしらべたが、それはおそらく七尺前後の大男であったこと、服装はフワフワした黒いマントのようなもので、顔が白く見えなかったのは、たぶん黒い布で覆面していたのであろう。手に大きな荷物を持っていたかどうかは、気がつかなかった。などの事が判明した以外には、何もわからなかった。

だが、手型にせよ、暗中の大入道にせよ、すべて曖昧模糊たる怪談ばなしか、あるいは夢物語以上の確実性を持ったものではなく、実際的な当局者としては、そんな外部からの怪物を信じる前に、すべての戸締まりが厳重にできていた点にもとづき、先ず一応、邸内の召使いたちに疑いの眼を向けたのは、まことに無理もないことであった。

で、書生、婆や、二人の女中、自動車運転手、助手の六人が再三厳重な訊問をうけて、各自の荷物や行李の中身まで検査されたが、一人として言動不審のものもなく、また所持品の中から問題のダイヤモンドも現われてこず、結局うやむやに終ってしまった。

この犯罪は単なる物取りの仕業としては、殺害方法の残虐なこと、死体の首の紛失していることなど、腑におちぬ点がある。殺害こそ主たる目的であって、ダイヤモンドの盗難は、ただ行きがけの駄賃にすぎないのであろうと、誰しも考えた。では、なにゆえの殺害であるか。おそらくは生前の福田氏に深い恨みを抱くものの所業にちがいない。だが、被害者の実兄である玉村氏は、弟はそんな恨みをうけるような人物でない、ことに、七尺近い大男などには、直接にも間接にも知りあいはないはずだと断言し、長年の召使いの婆やなども、この玉村氏の言葉を裏書きした。

さすが百戦錬磨の古つわものの波越鬼警部も、かつてこのような玄妙不可思議な事件に出くわしたことがなかった。誰が殺したか、なぜ殺したか、なぜ首だけを切断して持ちさったか。なんの必要があって横笛を吹き鳴らしたり野菊の花をまいたりしたか。どんな方法で密閉された屋内に忍びこみ、さらに密閉された寝室へはいることができたか。またそこからどうして逃げ出したか。すべてまっ暗である。全く想像のくだしようもないのである。しかもわずかにわかっている手掛りといえば、怪談か夢物語のほかのものではないのだ。

「果たして、この事件は明智小五郎の領分だわい」

波越氏はひそかにそう考えた。で、彼はそのまま警視庁に帰ると、夜の明けるのを待って、何はさておき先ずS湖畔の明智の宿へ電話をかけた。早く帰京するように催促するためだ。

ところが、電話が通じて、ホテルの支配人の話を聞くと、彼はアッと仰天してしまった。明智は間違いなくきのう予定の列車で帰京したという。しかも上野駅に出迎えた福田氏の自動車はからっぽで帰ってきたではないか。ああ、名探偵はS駅と上野駅のあいだで、煙のように消えうせてしまったのだ。列車内でか、上野駅のプラットフォームでか。いずれにもせよ、彼は賊の罠におちいり自由を奪われてしまったのにちがいない。ひょっとしたら、それ以上の危害をさえ蒙(こうむ)っているかもしれぬ。

警視庁捜査課は、ただこの一事件のために色めき立った。刑事部長も、各課の首脳者も、総監さえもが、この怪賊のことのほかは何も考えなかった。ほとんど無材料ながら、ともかくできるだけの捜査方法が講じられたが、その一日は空(むな)しくすぎた。そして次の十八日、すなわち犯罪の行われた翌々朝、狼狽した当局者の横面をはり飛ばすように、またしても、前代未聞の椿事が突発したのである。

獄門舟

その朝、九時から十時ごろにかけて、白鬚橋付近での出来事である。

肌寒い秋の大川は、夏期の遊山ボートは影を消して、真に必要な荷船ばかりが、橋から橋のあいだに一、二艘の割合で、淋しく往来しているほかには、時たま名物の乗合蒸汽がゴットンゴットンと物うい響きを立てて、静かな水面に浪のうねりを残して行くばかりだ。

白鬚橋を徒歩で往来する人は、よくよく急ぎの用でもないかぎり、妙なもので、一どは立ちどまって欄干にもたれて、じっと川面を見おろしている。夏のほかは涼みのためとはいえぬ。ただ何かしら、あのドロンと淀んだ橋杭の下の薄暗がりに引きつける力が潜んでいるのでもあろうか。

その朝のその瞬間にも、数名の男女が、橋の欄干にもたれて、遠く近くの水面を眺めていたが、上流に面した欄干の二、三人が、ふと妙なものを見つけた。

もう十日あまりで十二月にはいろうという晩秋の隅田川に、これはなんとした酔狂ぞ、一人の男が、水泳をやっているではないか。最初は何か木切れでも流れているのかと見えたのが、だんだん近づくにしたがって、それが人間の頭であることがわかり、さらに間近くなると、若者でもあることか、ひげのはえた初老に近い男の顔がハッキリ見えてきた。

「やあ、元気な爺さんじゃありませんか、このうすら寒いのに、よくまあ泳ぎができたもんですね」

自転車を持った、カーキ色ズボンの若者が、わきの背広服の外交員といった男に話しかけた。

「ほんとうだ、しかし寒中水泳には少し早いが、一体なんでしょうね。それに、あの年配じゃ、さだめしなんとか流の先生なんだろうが、別に新聞にも出てませんでしたね」

外交員はやや不審らしくいって、なお老水泳手をじっと眺めていた。

彼らの異常な熱心さが、反対側に立ちどまっていた人々にも、他の通行人たちにも敏感に反映して、上流に面した欄干に人の数が増して行った。

水面に首だけを浮かべた水泳家は、もう橋から半丁ばかりのところまで近づき、流れにしたがって一間一間と進んでくる。橋上の見物人もそれにしたがって、頭数を増し、ついには物見高い黒山の群衆となった。

「どうも変ですぜ。あんな泳ぎ方ってあるのかしら、あんまり静かじゃありませんか。しぶきを立てない特別の流儀なんでしょうかね」

外交員がまた不審をうった。黒山の見物のあいだから、それに和して、変だ変だという声が起こった。

「あの顔を見ろ」誰かが叫んだ。「あのまっ青な顔を見ろ。それに眼の玉がちっとも動かないじゃないか。あいつは死んでいるんだ」

「馬鹿なこと、あんな土左衛門(どざえもん)てあるもんか。水死人ならもっとからだ全体が浮きあがるはずじゃあないか」誰かが反対した。

いかにも、それは世にも不思議な泳ぎ手であった。彼の首は顎(あご)の辺まで水につかったまま、少しも上下動をしない。流れのまにまに、まるで水中の人魂(ひとだま)のように静かに近づいてくる。といって、首だけが正面を切って、遊泳の形で流れる土左衛門なんてないことだ。

だが、間もなく、この疑問のはれる時がきた。その泳ぎ手が十間五間と橋の下に近づくにしたがって、人々の眼は真上から眺める位置になり、今まで遠方のため見えなかった水面下の秘密なカラクリがわかってきた。それは普通の土左衛門でもなく、そうかといって生きた泳ぎ手ではなおさらなかった。

読者はすでにそれが何者であるかを悟り、筆者の悠長な書きぶりをもどかしく思っていられることであろう。いかにも御想像の通りである。これこそ二日以前、彼の寝室から消えさった福田得二郎の生首以外のものではなかったのである。

ではその重い首がどうして水面に浮かんでいたのかというに、真上から覗いてみると、首の下に細長い、舟の形をした木切れが、水にゆがんで、ヒラヒラと見えている。つまり、福田氏の生首は、小型の舟に乗せられ、その舟は首の重みで水面下に沈んだままで、ユラリユラリと流れにしたがって漂ってきたわけだ。

見物たちの驚きはいうまでもないことである。彼らはこんな不思議な生首舟を、いまだかつて見たことも聞いたこともなかった。ワーッという一種異様のどよめきが響きわたった。

橋詰の交番の巡査は、橋上の黒山に不審を抱いて、さいぜんから群衆の中にまじっていた。むろん彼は福田氏の顔を知らなかったけれど、流れてきたのが人間の生首とわかると、打ちすてておくわけには行かぬ、それどころか、これこそ大犯罪事件のいとぐちと異様な興奮をさえ感じて、早速付近をこいでいた荷足舟（にたりぶね）の船頭に命じ、その異様な生首舟を拾いあげさせた。

首をくくりつけた板は、明らかに舟に擬したもので、その船首に当たる箇所には、船名のつもりか、筆太に「獄門舟」としるされていた。

ああ、獄門舟。なんという無気味な名称であろう。獄門台の代りに、水のまにまに流れ漂う移動さらし首だ。言うまでもなく、これは生前の福田氏に深い深い恨みを抱く、かの下手人が、死者に最大の侮辱を与えるために案出した、恐ろしき私刑にちがいなかった。

この出来事は所轄警察署を通じて、警視庁に伝えられ、生首の主が福田得二郎氏であることもたちまち判明した。

波越警部は、犯人の傍若無人なやり口に、重ね重ねの大侮辱をこうむり、鬼警部の名にかけて、もはやじっとしていることはできなかった。直ちに捜索刑事団が編成され、草の根を分けても犯人を引っつかんでこいとの厳命がくだされ、波越警部自身その先頭に立って、白鬚橋上流の両岸、当時そのあたりにいたとおぼしき荷舟、乗合舟のたぐいを、虱つぶしに調べ廻ったが、ついになんのうるところもなかった。

白鬚橋上流には、橋の数もごく少なく、しかも大川はその中間でほとんど直角に折れ曲り、見通しがきかぬので、人知れずこの異様な流し物をするには、究竟の場所であったにちがいない。その上、綾瀬川その他支流や入江なども多く捜査範囲は非常に広い地域にわたり、いかな警察力をもってしても、全くつかみどころのない、あまりにも漠然たる探し物であった。

犯人につきまとう怪談、獄門舟の妖異、加うるに人気者明智探偵の誘拐、新聞編輯者にとってなんという好題目であろう。社会面は福田氏殺害事件で埋められ、したがって世間の騒ぎは日一日と甚だしくなって行った。

窓なき部屋

明智小五郎は、うたたねの夢からさめたような気持で、ふと眼をひらいた。

少々頭痛がするのを除くとすべてがはなはだ快適であった。手狭ながら贅沢に飾られた洋室、天井から下がった古風なしかし贅沢な石油ランプ、深いクッションの立派な長椅子……彼は意識を回復して、上野駅での出来事を想起した刹那(せつな)、猿轡(さるぐつわ)と手足の縄目を幻想したが、どうして、縄目どころか全く自由なからだで、彼はその長椅子のクッションに深々と横たわっていたのである。

明智が眼をあいて、まじまじしていると、それを待ちかまえてでもいたように、ドアがあいて、一人の女が室内にはいってきた。美しい十八ばかりの娘だ。ちょっと見なれぬ型のダブダブした黒絹の洋装で、手に銀盆をささげている。盆の上には飲物と軽い食事の皿が並んでいるのだ。

「お眼ざめになりまして？」

娘はソファの前の卓に銀盆をおいて、ニッコリして明智に話しかけた。

「ほんとうに大変でしたわね。でも、どこもお痛みになりません？」

むろん知らぬ娘だ、この部屋にも見覚えはない。明智は夢みたいな気持で、しばらくボンヤリしていたが、やっと気を取り直して、

「ここは一体どこのお宅なんでしょう。そしてあなたは？」

と尋ねてみた。

「いいえ、ご心配なさることはありませんわ。あなたのお危ないところをお救い申した人のうちとでも思っていてくださいまし。そしてあたしはそのうちの娘ですの」

「そうでしたか。僕は上野駅で変な自動車に押しこまれたことは覚えていますが、する

と今まで気を失っていたのでしょうか。それにしても、どうして僕を救ってくだすったのですか。御主人はどなたですか。そして、ここはやっぱり東京市内なんでしょうか」

「ええ、まあそうですの。でも、あなたはまだいろいろなことお考えなさらない方がよござんすわ。それに、あたし、なにもしゃべってはいけないって言いつけられているんですもの」

「なあに、もう大丈夫ですよ。どこもなんともありません。少し頭がフラフラしているくらいのものです」

明智はそういって、大丈夫だということを示すために、ソファの上に起きなおって、まっ直ぐに腰かけて見せた。だが、そうして起きてみると、やっぱりからだがほんとうでないのか、部屋全体がグラグラ揺れているような感じをうけて、思わずソファの上に片手をついた。

「まだだめなようです。なんだか僕には、この部屋がフワフワ宙に浮いてるような気がするんです」

「ホラ、ごらんなさいまし。まだ無理をなすってはいけませんわ」

「でも気分はなんともないんです。どうか御主人に会わせてください。お礼をいわなければなりません」

「いいえ、そんなことといいんですの。それに主人は今不在なのです」

その時、明智は、やっとその小部屋の作り方が、どうやら普通でないことに気がついた。

「おやっ、この部屋には、窓が一つもありませんね。それで昼間もこうしてランプをつけておくのですか。妙な部屋ですね。で、一体今は昼でしょうか夜でしょうか」

実に変な聞き方だけれど、その部屋で眼をさました人にとっては、当然の質問であった。

「夜ですの。今八時を打ったところですわ」

「何日の？」

「十一月、十七日」

娘はそう答えて、口に手をあててクスクス笑った。

「僕が上野駅についたのは十六日の晩だから、まる一日眠っていたわけですね」

と独りごとのようにいったものの、なんだか変な感じだった。娘の妙に馴れなれしい様子といい、窓のない部屋といい、その上いつまでたっても、頭がフラフラして、部屋そのものが不安定に感じられるのも不快だった。

「この部屋は一体何階にあるんです」明智はたまらなくなって、変なことを尋ねた。「なんだか高い高い塔の上にいるような気持がするんです。もしやほんとうに、そんな高い建物の上にあるんじゃありませんか」

「そうかもしれませんわ」娘は相変らず、どこか表情の奥で笑っていた。「でも居心地はわるくないでしょう。当分御滞在のあいだ、できるだけお心持のいいようにと、言いつけられていますのよ。お気に召さないことがありましたら、御遠慮なくおっしゃってくださいまし、お食事でもなんでも」

娘はチラと銀盆の上の、オートミルの皿を見ていった。

「滞在ですって。冗談じゃありません。ぼくは大切な用事があるのです」

明智はあっけにとられてしまった。狐につままれたような、すべての因果関係が混乱してしまったような、途方もない感じがした。

「いいえ、そんなにおあせりなすってはだめですわ。なにもお考えなさらない方がいいわ」

娘はまるで気の毒な精神病者をでも慰める調子でいったが、ちょっと小首をかしげて、

「では後ほどまた参りますわ。まずいのですけれど、どうかごゆっくり召しあがってくださいまし」

娘が逃げるようにして、ドアをあけるので、明智は驚いて、

「待ってください。待ってください」

と呼びながら、ソファから立ち上がり、娘の跡を追ったが、五、六歩でドアのところに達し、廊下へ出た娘の袖を、もう少しで捉まえようとした時、突然、思いがけず、何かに足をとられて、バッタリ倒れてしまった。

「ホホホホホ、ですから、じっとしていらっしゃる方がおためですわ」

鼻の先でドアが閉って、ドアのそとから娘の声が唸るように響いてきた。

気がつくと、足首に細い鎖がついて、その一端が部屋のまん中のソファの下の床に取りつけてあることがわかった。つまり彼は、ちょうど動物園の熊のように、その鎖の描く円周のそとへは出られないのだ。

なあんだ。救われたというのは嘘で、ここは賊の巣窟だったのか、こいつは面白くなってきたぞ。明智は真相を知ると、失望するどころか、かえって、ひどく闘志をそそられたのである。

肉仮面

明智は落ちついて食事をすました。毒殺の心配はない。殺そうと思えば眠っているあいだにいつでも殺せたのだから。食事をしながら見ると、部屋の一方に大きな本棚があって、ギッシリ金文字がつまっている。その隣の壁には西洋道化師のお面などもかけてある。一方の隅の花瓶には、無造作に投げいれた野菊の花束、読物はあるし、部屋は立派だし、食事は贅沢だし、何一つ不足はない。監禁者というよりも、大切なお客様の待遇だ。

食事がすむと、どこかで見張ってでもいたようにドアがあいて、さっきの娘が現われ、盆をさげるついでに、葉巻の箱をおいて行く。至れり尽せりだ。

「やっと僕の境遇がわかりましたよ。それにしても君は実によく気がつきますね。どっかに見張りの穴でもあるのですか」

立ち去ろうとする娘の手首をつかんで、明智は笑いながら尋ねた。

「そんなものありませんわ」

娘はソッと手をふりほどいて、にこやかに答えた。

「僕、手洗所へ行きたいのだが」

彼は真実必要に迫られていたのではない。そういう場合この鎖をどうするのかと、試してみたかったのだ。

すると、娘はだまって彼の足もとにうずくまって、ポケットから小さな鍵を出し、足首の輪を解いてくれた。

「で、僕は自由になったわけですね。逃げようと思えば逃げられるわけですね」

明智はニヤニヤ笑ってる。

「まあ」娘はほんとうにびっくりしたらしく、サッと青ざめて、やにわに服のうしろから、小型のピストルを取りだしたかと思うと、ふるえる手に彼を狙った。

「逃げてはいけません。どうしたって逃げられないのです。あたしを困らせないでください。お願いです。お願いです」

彼女は、悲しそうな顔をして、ほんとうに頼むのだ。どうも嘘ではないらしい。変だなと思ったが、今の明智はそんなことぐらい構っていられない。

「冗談ですよ、冗談ですよ。逃げたりなんかするもんですか」

と笑ってみせて、娘の油断している隙に、一と飛びにとびついて、彼女のピストルを奪いとってしまった。

「あっ、あなたは何もご存知ないのです、いけません。いけません」

と取りすがる娘をふりはらって、ドアのそとへ飛び出したが、廊下はまっ暗で、どちらへ行ってよいのかわからぬ。ためらっていると、突然、背中へコツンと堅いものが当たった。

「手をあげろ。ピストルを投げろ。さもないと、君の背中に穴があくぜ」

背中の堅いものはピストルの筒口だった。闇の廊下に一人の覆面の大男が、彼を待ち受けていたのだ。

で、結局またしても動物園の熊に逆もどりだ。明智は足に鉄の輪をはめられながら、なるほどこいつは厳重だわい。うっかりできないぞと心を引きしめた。

「よけいな手数をかけるもんじゃない。おとなしく寝ているがいい」

覆面の男は言い捨てて、娘をつれて出て行ってしまった。

明智は仕方なくソファの上に横になったが、彼の監禁が厳重であればあるほど、一方、福田得二郎に対して行なわれている陰謀がどれほど重大なものか察しがつくわけだ。じっとしてはいられない。

彼は眠ったふりを装って、今晩じゅうに足の鎖を切断してやろうと決心した。で、三十分ばかり、鼾(いびき)さえ立てて、寝いったていに見せかけたのち、ドアの鍵穴に紙をつめ室外の物音に耳をすましながら、ポケットナイフを取りだし、鎖の切断作業に取りかかった。切断したままそ知らぬ顔をしていて、娘が朝の食事を運んできた時、部屋を飛び出せばよいわけだ。

非常に骨の折れる仕事であったが、四、五時間もかかって、直径三分ほどもある鎖をやっと切り取ることができた。で、切断した端をからだの下に隠して、何食わぬ顔をしていると、これはどうだ、まるで、鎖の切れるのを待ちかねていたように、またしてもドアがあいて、今度は二人の覆面の大男が、一人はピストルを構え、一人は長い麻縄を持ってはいってくると、唖のようにだんまりで、ソファに寝ていた明智を、そのままソファぐるみ、グルグル巻きにして、全く身動きもできなくなったのを確かめ、だまったまま、ノッソリと出て行ってしまった。

さっきから、どうもそうではないかと思っていたが、これで、この部屋のどこかに見張りの窓があることが明瞭になった。

一体どこから覗いているのかと、明智はソファに縛られたまま、首だけを動かしてグルッと部屋を見廻したが、どこにもそれらしい隙間はない。ドアの鍵穴にはちゃんと紙がつめてある。

窓のない異様な部屋、目まいのようにゆれる部屋、その上に今はまた、隙間もないのに、たえずどこからか見張られていることがわかった。すべてが普通でない。どこかしら、とんでもない思い違いがあるような、名状しがたい不思議な気持だ。

さすがの明智小五郎も、狐につままれた形で、次にとるべき手段も浮かばず、ぼんやりと正面の壁を見つめていた。

ちょうど彼の眼の行くあたりの壁に、例の装飾用のお面がある。まっ白な顔の頬と額に滑稽な赤丸をぬりつけ、細くした眼の線と直角に、頓狂な縦の黒い隈を描き、紅白だんだらのとんがり帽をかぶった、西洋道化師の土製のお面だ。

彼はなにげなく、そのお面を、長いあいだながめていたが、そうしているうちに、不思議なことに、明智の表情が変ってきた。ぼんやりしていた眼が、爛々と輝き出し、ゆるんでいた口もとがキッと引きしまった。

「アハハハハ、オイ。クラウン、ジョーカー、それとも君はピエロという名前かね。よくまあ、そうしてじっとしていられたもんだね。退屈じゃないかね。ハハハハハハ、だめだよ、だめだよ。ホラ瞬きをした。ホラ口もとが歪んだ。よしたまえ。よしたまえ。君が本ものの人間だってことは、とっくにわかっているんだから」

と、驚くべきことが起こった。壁にかけた土製のお面がカッと眼を見ひらき、口を動かして、これに答えたのだ。

「やっとわかったようだね。だが名探偵明智小五郎にしては、ちと遅すぎたよ」

そこには、もともと土製の道化面がかけてあったのだが、賊はそのお面と同じ化粧をして、時々壁の穴からお面を引きこめ、その跡へ自分の首を突き出して、食事を運ぶ娘の見張りをしたり、一人ぼっちになった明智の行動を探ったりしていたのだ。

あとで思いあわせると、この道化面の男はおそらく賊の首領であって、先の覆面の二人は、上野駅で明智をさらった自動車運転手と、その助手に化けていたやつであろう。

「で、君は僕の自由を奪っておいて一体全体なにをしようというのだね」

横ざまにソファに縛りつけられた明智がいう。

「何をしようだって？　それよりも、何をしたかって聞いてもらいたいね」

壁の道化面が答える。なんという珍妙不可思議な対話であろう。だが、この滑稽な姿の両人がしゃべる言葉は、一騎討ちの真剣勝負だ。

「え、それじゃあ」明智は驚いて叫んだ。「君はもうやっつけたのか」

「やっつけたとは？　福田の親爺（おやじ）のことかね」

「や、それじゃ、貴様、福田氏をどうかしたんだな」

「首と胴とを別々にしただけさ……だが、おれの仕事はそれで終ったわけじゃない。おれには先祖から伝わった大使命があるんだ。その使命のために、おれは生れ、教育をうけ、四十余年のあいだ苦しみに苦しんできたんだ。それが、やっと目的を達しようという時になって、貴様という邪魔者が現われた。おれは世界全体を敵に廻しても恐れない。それだけの用意はできている。だが、君という怪物のことまで勘定にいれておかなかった。警察も裁判所も世間も怖くはないが、君はちと苦手なんだ。おれは君がどんな男だか知っている。君なればおれの仕事の邪魔ができるということを知っている。問題は権力や武器や人数ではない。知力だ。残念ながら君の知力が恐ろしいのだ。そこで、少々お気の毒だが、恨みも何もない君を、こうして監禁した次第さ。だがおれは使命を果たすほかに、人の命をあやめたくない。おれは殺人魔じゃない。だから君も、じっとおとなしくしていてさえくれれば、充分歓待はするつもりだ。しばらくの辛抱だ。頼みだ、じっとしていてくれ」

道化面は興奮に筋張り、厚い白粉を通して、顔面がまっ赤に上気しているのが見えるほどであった。決して嘘をいっているのではないことがわかる。

「いつまで?」

明智は冷然として聞き返した。

「一か月、長く見つもって一か月だ。どうかそのあいだ、ここにじっとしていてくれ」

「なんだって、一か月だって。じゃあ貴様は、福田氏のほかにも……」

「そうなんだ。おれの相手はあの男一人ではないのだ。だから君に頼むのだ。どうかおれの使命を果たさせてくれ」「いやだっ」明智は駄々っ子のように言い放った。「たとえ君の使命が、君にとってどんなに正当なものであるにせよ、今の世に私刑を許すことはできない。いやいや、そんなことよりも、僕は君が気にいったのだ。君の四十余年の陰謀と、僕の正しい知恵とどちらがすぐれているか、それが試してみたいのだ。僕はどうしたって、ここを抜けだしてみせる。縄目がなんだ。錠前がなんだ。そんなものは僕にとって、全く無意味であることを君は知らないのか」

「畜生っ」道化面が絞り出すような声で叫んだ。「じゃあ、貴様は、こんなに頼んでも、ウンといわないのだな。どうしても、おれにむだな殺生をさせる気だな。それほど命が不用なのか……だが、明智君、もう一度考えなおしてはくれまいか。おれは使命のためには、君の命をとるぐらいなんでもないのだ。しかし、罪も報いもない人を殺しては、おれの気持がにぶる。先祖以来の大使命の手前恥かしい。頼みだ。明智君、頼みだ」

薄暗い石油ランプの光線なので、明智は気づかなかったけれど、道化面の厚い白粉がとけて、顔一面にあぶら汗の玉が浮かんでいた。

悪魔のいわゆる使命とはなにを意味するか、はっきりわからぬけれど、福田氏のほかになお数人の命を奪うことであるらしい。たとえいかなる理由があるにせよ、それは許すべからざる大罪だ。

明智はどうしても、そのようないまわしい使命にくみする気になれぬ。で彼はいうのだ。

「それほど僕に手を引かせたければ、ここにたった一つの方法がある」

「それはなんだ。それはなんだ」

「つまり、君が大使命とやらを思いきるのさ」

「畜生っ、その広言を忘れるな。望み通り、今に息の根をとめてくれるから」

いうかと思うと、スッポリ肉仮面が引っこんで、あとの穴へ、向こう側から本ものの土のお面がはめこまれた。

間もあらせず、ドアがひらいて、総勢四人、ドヤドヤとはいってきた。化粧だけでなく、服装まで道化師のだんだらぞめを着こんだ怪人物、二人の覆面の男。これだけは素顔を現わしたさっきの美しい娘。

　道化師は手に無気味な注射器を持ち、覆面の二人はおのおのピストルを構えて、明智が身動きでもすれば、ぶっぱなす気勢を示し、娘はなぜか青ざめて、物悲しげな様子である。

「だが安心するがいい。痛い思いはさせない。この部屋に血を流すのがいやだし、それに君にはなんの恨みもないのだから、この注射針で極楽往生をさせてやる。言い残すことはないか。思い返して命を助かる気はないか」

　最後の宣言である。危ない危ない。身はグルグル巻きに縛りつけられ、二梃(ちょう)のピストルは胸の前に筒口を揃えている。鬼神にあらぬ明智小五郎、いかにして、この絶体絶命の大危難を逃れうるであろうか。

水　水　水

　だが、底知れぬ明智の胆力は、この土壇場を平気で笑い飛ばすことができた。虚勢といえば虚勢である。しかし、彼の心のうちに一種不思議な感じが湧きあがっていた。何かしら神秘な予感があった。その微妙なものの力によって、彼は最後まで自信を失わなかった。

「お祭り騒ぎはよしたまえ。相手はたった一人なんだぜ。しかも身動きもできないほど縛りつけられているんだぜ。君たちはこの僕がそんなに怖いのかね。ハハハハハ、こんなになってもまだ平気でいる僕が、薄気味わるいのかね」

道化師はそれを聞くと、なにを思ったのか、ギョッとしたように一歩あとにさがって、

「縄目は大丈夫か」

と覆面の男を振り返った。男は明智のそばによって、入念に縄の結び目をしらべ、

「大丈夫です」

と答えた。

「よし、それじゃ、いよいよ最期だぞ。文代(ふみよ)、その男の腕をまくるんだ」

文代と呼ばれた美しい娘は、縄の喰いいった明智の腕をまくろうとして、二、三歩前に進んだが、この場の激情的光景に耐えかねたのか、まっ青になって、フラフラと倒れかかった。

「ばかっ、どうしたんだ」

道化師が娘を支えてどなったので、彼女はやっと気を取りなおして、明智の上にかがみこみ、不器用に、長いあいだかかって洋服の腕をまくった。

明智はそのとき、娘の美しい顔が眼の前に迫って、意味ありげにじっと彼の眼を見つめているのを感じた。スースーとはずんだ呼吸の音や、早まった心臓の鼓動さえ聞きとれるような気がした。

次の瞬間、娘の一方の手が彼の背中に廻ったかと思うと、明智はうしろに組んでいた手先に鋭い痛みを感じ、アッと声を立てようとしたが、娘の哀願するような一種異様な眼くばせを見て、じっとこらえた。

彼女が腕をまくり終って人々のうしろに退くと、道化師は注射器をかざすように明智のそばにしゃがみ、一方の手であらわな腕の肉をつまみあげ、ジリジリと注射器の針を近づけて行った。

その時、突然、非常に変なことが——当の明智さえびっくりしたような出来事が起こった。ガチャンとひどい音がしたかと思うと、ランプが消えて室内がまっ暗になり、熱いガラスの破片がバラバラと人々の上に落ち散った。誰の仕業か、天井の石油ランプに何かをぶっつけたのだ。

「ぶっ放せ。ピストルをぶっ放せ」

道化師の極度に狼狽した声が闇の中に響いた。彼は明智小五郎が何かしら不思議な力で、この椿事を惹きおこしたものと思いこんだのである。だが、明智自身もなにがなんだかさっぱりわからず、思いがけぬ幸運をいぶかるばかりであった。

つづいて起こる銃声一発、二発、だが闇のことだから、なかなか命中はしない。

彼はこの幸運を利用して、なんとか死地を脱する工夫はないものかと、思わず両腕に力をこめると、不思議、不思議、縄がズルズルとゆるむではないか。その時、明智の頭にパッと電光のようにひらめいたものがある。

なぜかわからぬ。しかし、明智を助けたのは文代と呼ばれる賊の娘なのだ。さっき手先に鋭い痛みを感じたのは、彼女が刃物で縄を切った力があまって明智の皮膚を傷つけたのだ。彼女は縄を切った上、さらに彼の逃走を容易ならしめるために、ランプを打ちくだいたのだろう。

「ロウソクだ。文代、ロウソクを持ってくるんだ」

道化師が慌てふためいているまに、明智は懸命の努力で、ついに縄を抜け出すことができた。

黒い疾風が何かにぶつかりながら、室を飛び出し、闇の廊下をめくら滅法に走った。そのあとを追って、「逃げた、逃げた」という狼狽の叫び声。

幸い行く手になんの障害物もなく、廊下を抜けきると、夜ながらパッと眼界がひらけた。空には一面の星がまたたいている。明智はとうとう家のそとへ出たのだ。

だが、背後には、すでに、入り乱れた追手の足音が迫り、流れだまばかりだけれど、ピストルのつるべ撃ち。

明智はまっしぐらに走った。と、五、六秒も行かぬうちに、妙な欄干みたいなものに突き当たってしまった。

「アハハハハハ、驚いたか小僧、ここをどこだと思っているんだ。お前、泳ぎができるのか。いやさ、この海が泳ぎきれるというのか」

道化師の高笑いに、ハッとして欄干の下を見ると、星明かりにそれと知られる、水、水、水。まっ黒くうねる、果てしも知らぬ大海原だ。

ああ、ここは陸上ではなかったのだ。どこの海かは知らぬけれど、陸地を遠く離れた船の上なのだ。道理こそ、陸上では今どき見られぬ石油ランプだ。窓のない密室だ。たえず目まいのように動揺する部屋だ。海が凪(な)いでいたために、それにあまりにも意外な場所なので、まさか船の上とは気づかなかったが、おそらくあの夜、失神しているあいだに自動車からこの船に移され、牢獄船は岸を離れて遠く沖合に乗り出したものにちがいない。ああ、船とは、犯罪者にとって、なんという理想の隠れがであろう。

明智とて水泳の心得がないではなかった。しかし、見渡すかぎり水また水のこの大海原を、どうして泳ぎ渡ることができようぞ。うしろには迫る強敵、前には果てしれぬ黒い水。せっかくここまで逃れながら、またしても、またしても、絶体絶命である。

と、飛鳥(ひちょう)のように飛びかかる黒影、あなやと身構える明智の耳に、意外、味方の文代のいそがしい囁(ささや)き声。

「飛びこむまねをして、船べりに隠れていらっしゃい」

たった一とこと、黒影はついと離れた。

救い主の忠告である。明智は何も考えずその言葉に従った。

「このくらいの海が泳げないでどうするものか」

聞こえよがしに大きく叫んで、ひょいと欄干を飛びこすと、いきなり、もんどりうって、船の小縁にぶらさがった。命の瀬戸ぎわの軽業だ。

　と同時に、明智自身でさえ、自分が落ちたのではないかと疑ぐったほどの、ドボンという大きな水音。わかった、わかった。文代の巧みなトリックだ。闇にまぎれて、何かしら重い品物をほうり込んだのだ。

「ヤ、飛びこんだ。ボートを出せ、ボートを出せ」

　道化師のわめき声、艫の方へ走る三人の足音。そこに小さなボートがつないである。狼狽した三人は、何を考える隙もなく、それをたぐりよせて乗りこんだ。やがて、水を切るオールの音。ボートは明智の飛びこんだとおぼしきあたりを漕ぎ廻って、星あかりに海面をすかし見ながら、次第に本船を遠ざかって行く。

「もう大丈夫ですわ。あの人たちが帰ってくるまで、どっかに隠れていらっしゃい。そしてあの人たちと入れ代りに、あのボートでお逃げなさい」

　明智が甲板に這い上がると、一所懸命の少女が、彼の耳たぶに温かい息をかけて、策をさずけた。

「ありがとう。僕は君のこと忘れませんよ。それにしても、君はどうしてあの連中を裏切って僕の味方をしてくれたんです。君は賊の一味ではないのですか」

　明智は少女の手を握って囁き返した。何かしら熱いものが、眼の中に湧きあがってくるのをどうすることもできなかった。

「あたし悪者の首領の娘です」文代は悲しい声でいった。

「でも、でも、あたしあなたのお名前をよく知っていたのです。そして、お助けしないではいられなかったのです」

少女は激情のあまり泣きだしそうにしながら、握られていた明智の手を、じっと握り返した。その指先にこもる異様な情熱。明智は、闇の中ながら、また彼の年齢にもかかわらず、少女の羞恥(しゅうち)を感じて、思わず顔を赤らめないではいられなかった。

名探偵の溺死

賊の一味は、闇の海上捜査もむなしく、数十分ののち、本船へ引きあげてきた。それと入れ違いに、艇内に身を潜めていた明智小五郎は、賊のボートを奪って、ひそかに本船を離れた。

あとでわかったところによると、賊の怪汽船は海上五里、ほとんど東京湾の中心とおぼしきあたりに漂っていたのだ。明智は一艘の小舟に身を托して、遙かに明滅する、どことも知れぬ燈台の光を頼りに、腕のかぎりオールをあやつらねばならなかった。

一難についでまた一難、今まで無気味なほどに静まり返っていた天候は、恐ろしい大暴風の前兆であったのだ。海の人々は、あの十一月十七日の夜の、きわ立った天候の変化を、今も語り草にしているほどだ。同じ夜、三艘の漁船が行方不明になった。賊の快速船さえも、この暴風を乗り切って、近くの避難港へたどりつくのがやっとであった。

その死にもの狂いの避難中、賊の一人が船尾につないだボートがなくなっていることを発見して、大声に呼ばわった。だが誰一人それを怪しむものはなかった。暴風がボートの綱を吹きちぎるのは珍らしいことではないのだ。

明智はまっ黒な水の小山、水の谷底を、こんかぎり漕ぎまくった。滝津瀬のように、頭上からふりそそぐ塩水の痛みに、眼は盲い、狂風の叫び、波濤の怒号に、耳は聾し、寒さに触覚すらもほとんど失って、彼はただ機械人形のように、めくら滅法にオールを動かしていた。

むろん方角などとっくにわからなくなっていた。引きかえそうにも、賊の本船からはすでに遠く離れている。

おそらくは一つ所をグルグル廻っていたのであろう。だがボートは進まずとも、波の小山の方で、次から次と、息をつく間もなく、迫ってきた。小舟は空を突くかと波の小山の頂上へ乗りあげ、次の瞬間には、暗闇の地獄の底へと逆おとしだ。小山の中腹に突入すれば、上下左右はただ渦巻く水であった。その中で、人と舟とはほとんど離れ離れになってしまった。そんな時、明智は腹の底から本能的にこみあげてくる、ギャアという動物的な叫び声をとめることができなくなった。

ああ、大自然の偉力の前には、こざかしき人間の知恵や腕力はなんのせんすべもないのだ。さすがの名探偵も渦巻く怒濤、山なす狂瀾に対しては、みじめな一箇の生き物にすぎなかった。いや、彼の身辺に同じように波にもまれている一片の木切れとすら、選ぶところはなかった。

さて、この思うだに無残なる悪戦苦闘ののち、彼はよく海上五里の波浪を乗りきることができたであろうか。或いは湾内航行の大汽船に救いあげられる好運に巡りあうことができたであろうか。それとも、もしや、もしや？

果たして翌々日十九日の朝になって、東京市民は驚くべき悲報に接しなければならなかった。その日各新聞の朝刊は筆を揃えて、名探偵哀悼の記事を掲げた。新聞Aは曰く、

民間探偵の第一人者

明智小五郎氏溺死す

福田氏惨殺犯人の毒手か？

月島（つきしま）海岸に漂着した溺死体

福田得二郎氏惨殺事件、次いで白鬚橋下の獄門舟事件と前代未聞の残虐に世間の心胆を寒からしめた怪賊は、さらに毒手をのばして、当面の大敵たる民間探偵明智小五郎氏を不思議なる手段によって殺害したかの疑いがある。明智探偵は、福田氏惨殺事件の当日以来行方不明を伝えられ、警視庁においても極力捜索につとめていたが、昨十八日午後四時ごろ、月島海岸に一箇の溺死体漂着、検屍の結果、意外にもその溺死者が明智小五郎氏であることが判明した。同氏は故福田氏の依頼により旅行中のS湖畔より急遽（きゅうきょ）上京の途中、突然行方不明となったもので、おそらく福田氏殺害犯人の魔手に陥ったのではないかと見られていたが、今や同氏の死体は発見され、いよいよその疑いは濃厚となった。獄門舟事件といい、明智氏溺死事件といい、事ごとに水と縁

のあるところをみると、兇賊は舟を根城として、巧みにその筋の眼をくらましているのではないかと、その方面に厳重なる捜査が開始される模様。

この記事のあとには、明智小五郎の略歴、探偵手柄話、親友波越警部の談話などがしるしてあった。

読者諸君はこの記事を読んで、ことの意外に一驚を喫せられたであろう。物語はまだはじまったばかりだ。それに、主人公であるはずの明智小五郎は死んでしまった。これはどうしたことだ。これからあとは、一体誰が兇賊を向こうに廻して戦うのかと、いぶかしく思われるであろう。いや、いや、そんなばかなことがあるものか。明智小五郎は死ぬはずがない。この人気者はまだ死んではならないのだ。新聞記事は何かの間違いにちがいないと、疑いを抱かれる読者もないとはいえぬ。だが、それは物語が進むにしたがって判明することだ。作者はただ世に現われた事実を語るほかはない。この新聞記事が嘘でなかった証拠には、その後なんの取消し記事も出なかったばかりか、明智小五郎の溺死体は、親友波越警部の自宅に運ばれ、立派な葬儀がいとなまれたほどで、世人は誰一人これを疑わず、名探偵非業の最期を惜しまぬ者はなかったのである。

怪文字

さてお話は、それから数日の後、大森(おおもり)の山の手にある玉村氏本邸の出来事に移る。

玉村邸は人家を離れた丘陵つづきの広大な持地面のまん中に、ポッツリと建っている。ポッツリといっても、屋敷そのものがまたなかなか広大なもので、明治の中ごろに建てられた煉瓦造りの西洋館、御殿造りの日本建てに、数寄をこらした庭園、自然の築山あり、池あり、四阿あり、まるで森林のような大邸宅である。

この玉村本邸には、一つの名物がある。それは、煉瓦造りの洋館の屋根にそびえて見える古風な時計塔だ。玉村商店は日本の宝石商の例にもれず、宝石を売買する一方、古くから時計の製造販売もいとなんでいて、その時計屋の目印として、東京の店の屋根にのせてあった時計塔が、大地震で振り落とされ、改築の際に、今どき時計塔でもあるまいと、そっくりそのまま大森の本邸へ運んで、記念のために西洋館の屋根へとりつけたものであった。これが、名物、玉村邸時計塔の来歴である。

付近の中学生たちはこの時計塔を、玉村の「幽霊塔」と呼んでいた。涙香小史の「幽霊塔」という小説から思いついたもので、なるほどそういえば、丘陵のまん中に、ポッツリ建っている古風な煉瓦造りの建物は、なんとなく「幽霊塔」じみて見えるのだ。

時計塔は、文字盤の直径が二間もある、べらぼうに大きなもので、古風なぜんまい仕掛けだが、よほど精巧にできていると見え、大地震にあっても、別に狂いもせず、現に今でも、人間の背たけほどある太い鋼鉄針が動いているし、時間、時間には教会堂の鐘のような時鐘が鳴り響くのだ。

淋しい丘上の一軒家、幽霊塔、しかもそこに住む人は魔物みたいな怪賊につけ狙われている玉村氏だ。無気味な犯罪事件には、なんとふさわしい背景であろう。

玉村一家の人々が、打ちつづく怪事件に、おびえきっていたことはいうまでもない。玉村氏は警察署に頼みこんで、門前に見張りの刑事をつけてもらうやら、新しく男の召使いを雇い入れるやら、見えぬ敵に対して手落ちなく防備をほどこした。

福田氏惨殺の現場に居合わせた二郎青年や、悪夢のような予感にふるえている妙子の恐怖はさることながら、父玉村氏が、かくも賊の兇手を恐れるのはどうしたわけか。彼は何事も口にしないけれど、この奇怪なる復讐鬼の正体を、ひそかに思い当たっていたのではあるまいか。いつか二郎青年が、無遠慮にその点にふれた時、玉村氏は、

「私自身は他人から恨みをうける覚えは断じてない。福田の叔父さんだって、まさかそんな敵を作りはしなかったろう。ひょっとしたら、これは私や叔父さんの個人に関係したことではないのだ。玉村家の一家全体に覆いかぶさっている恐ろしい執念だ。だが、聞かないでくれ。私はそれを考えただけでも、恐ろしさにあぶら汗が流れるのだ。まさかそんなことが……」

と言葉をにごして、いくら尋ねても、それ以上を語らなかった。

さて、ある日のことである。玉村二郎は東京の友人のところへ気ばらしに遊びに出かけて、午すぎごろ大森の屋敷へ帰ったのだが、門をはいって、植え込みごしにヒョイと庭を見ると、そこに変なものを発見した。

植え込みの向こう側は広い砂場になっていて、テニスコートやブランコなどがあるの

だが、そこの地面に、大きな8という数字がいくつも書き並べてある。棒切れか何かで書いたものであろう。ひどくまずい字だ。

なんでもないことだ。誰かのいたずらにきまっている。だが、そのなんでもないことが、二郎青年には、特別の意味をもって迫ってくるのだ。福田氏の死を予告したのもこんな数字だったと思うと、何かしらゾッとしないではいられなかった。

彼はそのまま立ちさることができず、枝折戸をひらいて庭へはいって行った。8の字は砂場のまん中から、一間ほどの距離をおいて、点々と西洋館の向こう側へつづいている。

二郎はフラフラとその怪文字をたどって歩いて行く。洋館の角を曲ると進一少年が、地面にうずくまって、釘のようなもので第十何番目かの8の数字を書いているところだった。

「進ちゃん、なぜそんな8の字ばかり書いているんだい」

進一はびっくりして振り向いた。

「ああ、小父さん……こうして八八、六十四書いておくといいことがあるんだって」

「誰に教わったの」

「よその小父さんが、そういったよ」

二郎青年はなぜということもなくハッとした。

「どこで？」

「いま、そこで、門のところで」

「どんな人だったい」

「年寄りの小父さんだよ、洋服を着ていた」

まさか、これが、福田氏の場合と同じ恐ろしい予告だとは思われぬ。だが、その年寄りの小父さんというのは、一体全体何者であろう。また、なんのためにそんなばかばかしいことを教えたのであろう。

彼は悪夢に襲われたような変な気持で、洋館の自分の書斎へはいった。窓から庭を見ると、進一少年は飽きもしないで、根気よく8の字を書きつづけている。

そこへ裏手の方から、音吉（おときち）という、最近雇い入れた庭掃除の爺やが、やってくるのが見えた。彼は股になった木の枝にゴムをしばりつけた手製のパチンコを持っている。

「坊ちゃん、いいものあげようかね」

音さんがニコニコして進一に声をかける。

「なあに、爺や」

「パチンコっていうのですよ。知ってますか」

「どうするの？」

「鳥でもなんでも打てるのです、ホラ、見ていらっしゃいよ」

爺やは言いながら、小石を拾って、ゴムにあてがった。

「爺やは名人ですよ。あの八ツ手の葉を打って見ましょうかね。上から二番目のですよ。

ホラ」

パチン。

「どうです。うまいでしょう。今度はと、アレ、バルコニーにお姉さまがいらっしゃる。なんだか飲んでおいでなさる。オヤ、顔をしかめなすった。きっと苦いお茶でしょうね。坊ちゃん、見ていらっしゃいよ。今度はあのコップを打ってお眼にかけますからね」

それを聞くと、少年の進一でさえ変な顔をした。ましておとなの二郎青年は、音吉爺さん気でも違ったかとびっくりした。

パチン。小石が飛んだと思うと、二郎の頭の上のバルコニーで、ガチャンと瀬戸物の破れる音がして、妙子の「あれっ」という叫び声が聞こえた。パチンコが狙いたがわずティーカップに命中したのだ。時候に似ずポカポカと暖かい日だったので、妙子はバルコニーへ出てお茶を飲んでいたものとみえる。

「まあ、爺や何をするんです、びっくりするじゃありませんか」

「これはお嬢さま。なんとも申しわけがございません。坊ちゃんにお見せしようと思って、その屋根の雀に狙いをつけましたのが、ついはずれまして」

爺やは平気な顔で嘘をついている。

「もう少しで怪我をするところだったわ。ホラ、こんな大きい石ころなんですもの。もうこんないたずらはよすといいわ」

妙子はブツブツ小言をいう。爺やは頭をかいて閉口するばかりだ。

それだけの出来事である。なんの他愛もない一些事にすぎない。だが、神経過敏になっている二郎には、ただごととは思えなかった。彼は音吉爺やが、あの恐ろしい兇賊その人でもあるように、恐怖にみちたまなざしで、立ち去る彼のうしろ姿を見送った。

では、この二つの妙な出来事は、全く二郎の疑心暗鬼であったかというに、必らずしもそうでないことが翌日、翌々日と、日がたつにつれて、だんだんハッキリしてきたのである。

殺人第三

その翌日、例になく早起きをした二郎が、庭を散歩しながら、なにげなく玄関の前までできかかると、音吉爺さんが、西洋館の入口の大扉を、せっせと雑巾でふいているのに出あった。見ると、彼は漫然と雑巾がけをしているのではなくて、そのドアへ誰かが白墨でいたずら書きをしたのを、ふきとっていたのだ。

二郎はハッと立ちどまって、思わず声をかけた。

「爺や、ちょっとお待ち、消しちゃいけない」

音吉はびっくりして、手をとめたが、文字はすでに大部分ふきとられて、無意味な一線を残しているばかりだ。

「爺や、お前そこに書いてあった字を覚えているだろうね」

二郎の眼の色が変っているので、音吉爺さん、ドギマギしながら答える。

「へえ、誰がいたずらをしたんだか、困ったやつらです」

「いや、そんなことどうだっていい。爺や、思い出しておくれ。なんという字が書いてあったのか。まさか数字じゃあるまいね」

「へえ、数字、ああ、そうおっしゃれば、数字だったかも知れません。あたしゃ横文字は苦手でございましてね。よく読めませんが、エーとあれは幾つという字だったか」

「そこへ指で形を書いてごらん」

「形はわけございませんよ。この横の棒の下に、こう斜っかけに一本引っぱってあったんで」

「それやお前、7という字じゃないか」

「ああ、そうそう、七だ。七でございますね」

二郎はまっ青になって立ちすくんだ。きのうは8、きょうは7だ。いたずら書きといってしまえばそれまでだが、このひと目さがりの数字の出現が果たして偶然の一致だろうか。下手くそな落書きみたいなものだけに、一そう無気味にも思われるのだ。

その翌日は、二郎の方で、例の数字の出現を心待ちに待ち構えていた。しまいには邸じゅうをアチコチと歩いて、どこかの隅に6という字が現われていはしないかと、探し廻りさえした。すると、ああ、彼はまたしても怪文字に出くわしたのである。

今度は進一少年が発見者だった。二郎は探しあぐんで、やっぱり気のせいだったかと、やや安堵を感じながら自分の部屋へ戻ってくると、そこに進一少年がいて、彼がはいるなり声をかけた。

「おじさん、こんなにカレンダーめくってしまって、いたずらだなあ。今日は十一月の二十四日でしょう。それに、十二月六日だなんて」

言われてカレンダーを見ると、なるほど6という数字が現われている。

「進ちゃん、君だね、こんないたずらしたのは」

二郎は笑おうとしたが、うまく笑えなかった。

進一がそんないたずらをしないことはわかっていた。むろん何者かがその部屋に忍びこんで、例の数字を書くかわりに、カレンダーを破って6という数字を出しておいたのだ。前二回は屋外であったのが、今度は屋内のしかも二郎自身の部屋だ。魔術師のような怪物は、誰にも見とがめられず、自由自在にこの邸内を歩き廻っているのだ。二郎はもうだまっている場合ではないと思った。

翌晩、日の暮れぐれに玉村氏の自動車は、京浜国道を大森の自宅へと走っていた。東京の店からの帰りだ。二郎はこの車に父と同車していた。彼はこのごろ気がかりな父の身辺を守るために、人知れぬ苦労をしているのだ。

話そうか、どうしようか。もしあれがただのいたずらだったら、忙しい父に無用の心配をかけることもないのだがと、迷っているうちに、車は大森駅をすぎて、もう山の手にさしかかっていた。とっぷり日が暮れて、ヘッドライトが点ぜられた。

「お父さん、僕はもっと用心をした方がいいと思いますね」

二郎は思いきって言い出した。

「お前、あいつのことをいっているのかい。充分用心しているじゃないか。雇人も増したし、わしの往復にはこうしてお前がついていてくれるし」

「だめですよ。僕の想像が間違いでなかったら、あいつはもう僕らの家の中へはいりこんでいるんですよ」

と、二郎は三日間の出来事をかいつまんで話した。すると父玉村氏は笑いだして、

「ばかばかしい。お前の気のせいだよ。いくらなんでもあの大勢の雇人の眼をかすめて、家の中を歩き廻れるものかね。魔法使いじゃあるまいし」

「いや、それが油断です。あいつは魔法使いなんだ。福田の叔父さんの時でわかっているじゃありませんか」

言い争っているうちに、車はいつか玉村邸の長いコンクリート塀に沿って走っていた。

「すると、きょうは5という数字が現われる勘定だね。ハハハハハハ、お前はそれを信じているようだね」

車は門前に着いて、グルッと方向転換をした。門の脇のコンクリート塀に、ヘッドライトが幻燈のような円光を投げた。

「僕はほとんどそれを信じています。ほとんど……」

二郎はそこまでいってハッと息をのんだ。

「君、車を動かしちゃいけない。そのままじっとしているんだ」

彼はまるで違った声になって、叫ぶようにいった。

「お父さん。ごらんなさい。あれを、あれを」

見よ。塀に映し出されたヘッドライトの円光の中に、まるで顕微鏡で覗いた黴菌の群れかなんぞのように、ボンヤリと、それゆえ一そう無気味に、5という数字が現われていたではないか。

幻燈文字はエンジンの響きによって、塀の上で微動している。ヘッドライトのガラスに墨で書かれたものだ。それが恐ろしく拡大されて塀に映ったのだ。

偶然であったか、故意であったか、ちょうどそこへ音吉爺さんが出迎えに出てきて、彼も円光の中の数字を見た。そして、「おやっ」と一種異様の叫び声をたてた。

「これは誰が書いたんだ。お前たちか」

玉村氏が激しい声で運転手を叱りつけた。

「ちっとも存じませんでした。いつのまにこんなものを書きやがったんだろう」

運転手も小首をかしげるばかりだ。おそらく、東京の店の前に停車しているあいだに、何者かが手早く書きこんだものに違いない。

さすがの玉村氏も、この無気味な幻燈を見ては、二郎の臆病を笑うわけにはいかなかった。この出来事が家内の晩餐の席の話題にも上り、雇人たちにも知れわたった。玉村氏はこれを波越警部にも伝え、所轄署からの見張り刑事を増してもらう交渉もした。

今や玉村邸は、無気味な化物屋敷であった。家内の人々は、お互いの足音にも、ビクッとして聞き耳を立てるほどにおびえていた。

日が暮れぬうちから門をしめ、方々の戸締まりを固め、書生は交代で寝ずの番をするし、表門、裏門には私服刑事の立ち番だ。これではいかな魔法使いでも、忍び入るすきはないと思われた。

だが、ひと目さがりの怪数字は、相も変らず、毎日毎日邸内のどこかに現われる。その一々をしるしていては退屈だからすべて省くが、毎朝妙子さんの飲む牛乳の瓶に、墨黒々と4の字が書いてあったかと思うと、次の日は二郎青年の書斎の窓から吹きこんだ一葉の枯葉に、3の字が現われているといった調子で、2と進み、ついに1となった。それが十一月二十九日のことだ。もしこれをあと一日という通知状だとすれば、翌三十日は、いよいよその当日である。

第一は福田氏、第二は明智小五郎、次いで怪魔の兇刃に仆(たお)れるものは、そもそもなにびとであろうか。賊の予告が漠然と日付けを示すのみで、その人を指名しない無気味な曖昧さが、恐怖を幾倍した。

その当日、玉村邸の人々は、誰も外出しないで、朝から一と間に集まって、恐怖をまぎらすための遊戯や雑談をしていた。主人の玉村氏も店を休んだ上、屈強の店員五、六名を呼んで、いやが上にも厳重な防備を固めた。

ところが予期に反してなんのへんてつもなく日が暮れ、八時、九時と夜がふけて行っても邸内に別状はなかった。なあんだ思ったほどでもない。この厳重な固めには、さすがの魔法使いも策の施しようがないのじゃないか。と、人々はやや安堵を感じはじめた。十時には家内一同寝室にしりぞいた。むろん寝室のドアに締まりをすることは忘れなかったし、玄関の書生部屋には寝ずの番が二人がんばっていた。そのそとには、表門裏門の刑事だ。

二郎青年もベッドにはいったが、なかなか睡気を催さぬ。ほかの人々は安心しても、彼だけは怪物の神変不思議な手並を、まざまざと見せつけられていたからだ。

遥か頭の上の、例の無気味な時計塔から、葬鐘のような十一点鐘が聞こえてきた。それから三十分もたったであろうか、二郎はふと妙な音に気づいた。

聞こえる。確かに聞こえている。空耳ではない。あの恐ろしい笛の音だ。福田氏の惨殺された時と同じ節まわしだ。

二郎青年は用意のピストルを握りしめて、ベッドを飛びおりた。

この笛の音は、すでに兇行が行われたか、或いはまさに行われんとしているか、いずれにせよ、一瞬の猶予もならぬきわどい場合であることを彼は知っていた。家人を起している暇はない。彼はやにわに叫びだした。わけのわからぬ鳥でも追うようなわめき声を発しながら、笛の音に向かって突進した。洋館を貫ぬく長い廊下を走った。走りながら考えると、それはどうやら、妹の妙子の部屋らしい。

「ああ、第三の犠牲者は妹だったのか」とっさの場合、頭の中で合点がいった。

と見る、妙子の寝室のドアの前にうごめく黒怪物。二郎はハッと立ちどまった。腋の下から冷たい汗がツーッとすべった。ついに恐るべき怪物をまのあたりに見ることができた。彼は死にもの狂いの声をふりしぼった。

「何者だっ。動くなっ、動くと打つぞ」

だが、ふがいなくもピストル持つ手がワナワナとふるえていた。

「二郎さまですか」

怪物が答えた。なんということだ。怪物は音吉爺やであったのだ。

「変な笛の音がしたもんですから、念のために見廻ったのですが、お嬢さまの部屋がなんだか妙でございますよ」

「そうか。よしっ。ドアをぶち破れ」

二郎は気負って叫ぶ。

幸いドアは福田邸のもののように頑丈ではなかった。二人の気を揃えた力で、なんなくひらいた。

二人は、はずみをくって、寝室へころがりこんだ。と同時に、アッとほとばしる驚愕の叫び声。

妙子は寝台からすべりおち、あけに染まって倒れていた。右腕のつけ根に、グサリ突きささって、まだブルブル震えている短刀。

家内じゅうのものが妙子の寝室へ集まってきた。見張り番の刑事はこのことを警察署へ報告した。やがて、駈けつけてきた係り官の取り調べ。それをこまごま書いていては際限がない。

例によって犯人の通路は全く不明であった。窓もドアもすべて内部からしっかり締まりができていた。玄関の寝ずの番も、居眠りをしていたわけではなく、表門、裏門の刑事たちも部署を離れていたわけではない。ほとんど奇蹟である。犯人は文字通り魔法使いであったのだろうか。信じがたい奇怪事だ。

だが、まだしも仕合わせであったのは、二郎の気づき方が早く、大声で怒鳴ったために、犯人は殺人の目的を果たすいとまもなく、ただ、短刀の一と突きで、そのまま逃げだしてしまったことだ。かなり重傷ではあったけれど、致命傷ではない。妙子は恐怖のあまり一時気を失ったばかりだ。

負傷者は時を移さず大森外科病院へ運ばれたが、彼女はその前にすでに意識を回復していた。刑事が「犯人の顔を見たか」と尋ねると、「顔は見なかったが、七尺もあるような、恐ろしい大男だった。何かしら天井につかえそうな黒い塊りだった」と答えた。わかったことはただそれだけで、ほかには髪の毛一と筋の手掛りもなかった。短刀は玉村氏が事件以来護身用にと妙子に与えておいた品であったし、今度は福田氏の場合と違って、壁に巨人の手型も見当たらなかった。

だが、たった一つだけ、犯人の残して行ったものがある。それは巨人の手型などに比べて、もっと現実的な、賊の傍若無人をそのまま語っているような、恐ろしい代物であった。

というのは、一枚の白いカードが妙子を突きさした短刀の根もとに、ちょうど鍔ででもあるように、貫ぬかれていたのだ。しかもそのカードには、いつもの無気味な筆蹟で、4という数字が大きく書いてあった。

妙子が病院へ運び去られたあとで、現場に居残った人々のあいだに、はじめてこのカードが問題になった。そこにしるされた4という数字は、一体全体なにを意味するのかということが問題になった。

「犠牲者の番号をつけるのなら、3とあるべきです。それに、数字はこれまで、いつも犯行の予告に使われてきた。それ以外の用途はなかった。すると、この4というのが、やっぱり、次の兇行までの日限を示すものではないでしょうか」

一人の刑事が、誰しも念頭に浮かべながら、あまりの恐ろしさに、口にすることをはばかっていた点にふれた。

「最初は十四日の猶予がありました。次は八日、そして今度は四日と縮められたのです。兇行のテンポは次々と早くなって行く……と考えるほかはないではありませんか」

彼は冷酷に言い放って一座の人々を眺め廻した。

ああ、なんという兇悪無残、なんという人非人、怪物はいま人を殺しながら、その刹那、すでに次の兇行を予告しようとしているのか。

果たして、この想像は的中した。次の日には配達された手紙類のどれにもこれにも、漏れなく、赤鉛筆で小さく3の字が記入してあったではないか。ただちに郵便局をしらべ、集配人を糺したが、なんのうるところもなかった。その翌日は、外出から帰った長男一郎の折鞄の中から、2としるしたカードが現われた。

一郎は家内じゅうでの気丈者であった。彼は魔法使いを妄想している人々の迷信を笑った。七尺ぐらいの男は、広い世間にいないとはきまらぬ。それは幽霊や魔法使いでなくして、一個の殺人狂にすぎないのだ。密閉された部屋へはいるといって、人々は驚いているが、それもこちらに手おちがあって気づかないでいるのだ。油断さえしなければ、なあに、相手も人間だ。そうビクビクすることはないと考えていた。

ところが、今度はこの笑っている本人の折鞄から、幽霊文字が現われたのだ。外出中一ども身辺を離さなかった折鞄の中からだ。それでも、一郎は恐れなかった。恐れるかわりに憤慨した。手品使いみたいな賊のいたずらを怒った。で、彼もまた弟の二郎などと同じように、賊を探しだし、引っとらえることを心願とする一人となったわけである。

かようにして、ついに数字の1となり、明くれば予告の当日となった。玉村邸の防備は前と同様、ほかに手の尽しようもないほどである。

だが、その当日になって、ちょっと意外なことが起こった。というのは、賊はきのう最後の1という通告を発しておきながら、どういうわけか、さらにきょうも、妙な幽霊通信を送ってきたのだ。しかも、それの現われたのが、非常に突飛な場所であった。

その日のお午すぎのこと、一郎は一と間に集まる家人から離れ、ただ一人庭に出て、建物の周りを見廻っていた。この建物のどこかに、人の気づかぬような、秘密の出入口が出来ているのではないかと疑ったからだ。

で、そうして歩き廻っているうちに、秘密の出入口などはなかったけれど、その代りに、妙なものを発見した。何気なく眼をあげて、屋上の例の時計塔を眺めていると、その文字盤の表面に、遠くて読めぬけれど、何か文字らしいものをしるした紙切れが、ベッタリはりつけてあるのに気がついた。

「おやおや、兇行の日延べかな？」

一郎は、紙切れの文字が一字だけでないらしいのを見て変なことを考えた。

「よしよし、一つあすこへのぼって、手紙をはがしてきてやろう」

一郎は、即座に決心して、誰にも知らさず、洋館の二階に上がり、塔への特別の階段をのぼって行った。気丈な彼は、こんなことで騒ぎたてて、神経過敏になっている人々をおびやかすこともないと思ったのだ。

とうとう怪賊は時計塔を利用した。幽霊犯人と幽霊塔、なんという無気味にもふさわしい組み合わせであろう。だが、それにしても、賊は一体どうして、あんなところへ貼り紙をすることができたか。屋根伝いにのぼるのはわけはない。問題は賊がいかにして人目にふれず、邸内に忍びこみ、屋上を這いまわることができたかという点にある。夜のうちに？　だが夜とても屋敷のまわりには厳重な見張り番がついているではないか。やっぱり怪物だ。魔法使いだ。ああ、危ない。一郎は深くも考えず、賊の恐ろしい罠に陥ろうとしているのではなかろうか。

断頭台

薄暗い階段をのぼりながら、ふと或ることに思い当たると、さすが豪胆な一郎も、思わずゾッとして、胸ポケットに用意していたピストルを握りしめた。

白昼とはいえ、場所は無気味な幽霊塔だ。薄暗い幾曲りの階段、頂上の文字盤の裏には、見通しのきかぬ複雑な機械室、人間一人隠れる場所はどこにだってある。もしや、あの文字盤の貼り紙は賊のトリックではあるまいか。それにつられてのぼってくる犠牲者を、塔中の暗闇に擁して殺害しようという、恐ろしい企らみではないだろうか。

しかし、強情我慢の一郎は、おびえてひきかえすようなことはしなかった。彼はピストルを胸の前に構え、一段のぼるごとに、前後を見まわしながら、注意深く進んで行った。

今にも、今にもと、むしろ敵の襲撃を待ちかまえる気持だったが、案外別段のこともなく、頂上の機械室に達した。

機械室は小工場といってもよいほどの大がかりなものである。ギリギリと嚙みあっている巨大な歯車の群れ。この室の心臓ともいうべきゼンマイ仕掛けを包んだ、べらぼうに大きな鉄の箱、鉄の柱、鉄の腕木、鉄の心棒、それらによって作られた複雑きわまる陰影。頭の上には、直径三尺もある大振子が、金属性のキシリを立てて、ゆっくりゆっくりと左右にゆれている。

一郎はその機械室の一隅に立って、じっと息を殺して耳をすました。彼は鉄砲玉のように飛びついてくる怪物を予期して、一瞬たりともピストルの手をゆるめなかった。だが、いくら待ってもなんの変ったことも起こらぬ。機械のまわりをグルッと廻ってみたが、どこの隅にも怪しいものの影はない。

彼はさいぜんからの臆病すぎた用心が恥かしくなって、苦笑しながらピストルをポケットに入れ、文字盤の裏へ近づいた。

彼の頭の辺に、シャフトといった方がふさわしいような、恐ろしく太い時計の針の心棒が横たわり、その下のちょうど彼の胸のあたりに、俗に幽霊塔の目といわれている、大きな二つの穴があいている。これは別段さしたる用途もないのだけれど、ボンボン時計のネジを捲く二つの穴になぞらえて、装飾かたがた、機械室に光線を取るためにあけてあるのだ。

一郎は例の貼り紙が、裏側から見て左の方の穴の真下に当たることを記憶していた。彼はその穴から首を出して、貼り紙の位置を見さだめ、次に右手を穴のそとへできるだけのばして、それを剝がそうとした。だが、残念なことに、もう少しのことで手が届かぬ。棒切れでもないかと機械室を見まわしたが、適当な品も見あたらぬ。

彼はどうしたものかと思案しながら、ちょっとのあいだ、ボンヤリそこにたたずんでいたが、突然彼の様子が変った。何かしら非常に恐ろしいものに出くわしたように、からだを固くして、物すごく見ひらいた眼で空間の一箇所を睨みつめた。彼は全神経を耳に集中しているのだ。何か奇妙な音が聞こえるのだ。

大振子のキシリではない。確かに笛の音だ。あの怪物の兇行につきものの、物悲しい笛の調べだ。

ああ、今兇行が行われようとしている。だが、どこで？　誰に？　ありえないことだ。家族のうちの誰が屋根なんぞへ上がっているものか。屋根の上には犠牲者はいないのだ。それにもかかわらず、笛の音は明らかに塔のそとの屋根の上から響いてくる。

彼は笛の主を見るために、文字盤の穴から首を出して、下の方に見える西洋館の屋根を眺めた。だが、そこには人の影もない。おそらく怪物は時計塔の裏側にいるのであろう。笛の音色によって想像するに、やつは屋根の上をあちこちと這いまわっているらしい。今にこちら側へ現われるかもしれぬ。どうかして一と目、怪物の姿を見たいものだと、彼は長いあいだ穴のそとへ首を突き出していた。

ところが、そうしているあいだに、かつて聞いたこともない滑稽な、しかし同時に身の毛もよだつほど恐ろしいことが起こった。

一郎は少し前から頸（くび）のうしろに、妙な圧迫を感じていたが、屋根に気をとられて、それがなんであるかを考える余裕がなかった。だが、その圧迫感は、やがて、ジリジリと、無気味な鈍痛に変り、はては、耐え難き痛みとなった。

最初はなにがなんだかわからなかった。怪物が上の方から彼の油断を襲ったのではないかと、一時はギョッとしたが、頸をおさえているのは、何かしら非人間的な、機械的な物体であることが感じられた。

彼はいうまでもなく、首を引きこめようとした。だが、もう遅かった。見えぬ物体のために圧迫され、顎が穴の縁につかえて、どうもがいても、首を引きだすことはできなかった。

頸の痛みは刻一刻増すばかりだ。その時、やっと、彼を苦しめている物体が何物であるかということがわかった。彼は笑い出した。真底からおかしそうに笑い出した。世の中にこんな滑稽なことがあるだろうか。彼の首を押えていたのは、大時計の針であった。針といっても、長さ一間、幅一尺もある鋼鉄製の剣だ。その楔（くさび）型に鋭くなった一端が、彼の頸の肉にジリジリとくい入っているのだ。

彼は頸に力をいれて、その針を押しあげようとした。だが大ゼンマイの力は、存外強かった。針はビクとも動かぬ。力を入れれば入れるほど、頸の肉がちぎれるように痛むばかりだ。

ふきだしたいほどばかばかしい出来事だった。しかし、哀れな人間の力には、この巨大なる機械力を、どうくいとめるすべもないのだ。

あまりの不様な恥かしさに、助けを求めることを躊躇しているあいだに、大振子の一と振りごとに、針は遠慮なく下ってきた。もはや耐え難い痛みだ。

彼は叫び出した。三十歳の洋行帰りの紳士が、時計の針にはさまれて悲鳴をあげた。だが、叫んでも叫んでも、誰も救いにくるものはなかった。彼が時計塔へのぼったことは誰も知らぬ。たとえこの大空の悲鳴が階下の人々に聞こえたとしても、まさか、そんなところに苦しんでいる人間があろうとは、想像もしなかったであろう。

遙か地上を眺めても、その辺に、人影はない。見張りの刑事たちのいる表門、裏門は、屋根が邪魔になってここからは見えぬ。塀のそとは二、三丁のあいだ人家もない丘陵だ。

耳をすますと、怪しい笛の音は、いつかパッタリやんでいた。あの笛は彼を穴から覗かせるトリックにすぎなかったのだ。賊はこうなることを、ちゃんと見ぬいていたのだ。そして、目的を果たして、いずれかへ立ち去ってしまったのだ。

ああ、時計の針の断頭台、なんという奇怪な、魔術師といわれる悪魔にふさわしい思いつきであったろう。鋼鉄製の剣には、心がないのだ。慈悲も情もないのだ。それは文字通り、時計の針の正確さで、そこに介在する人間の首などを無視して、秒一秒下へ下へとさがってくるのだ。

叫びつづける一郎の顔は、頸動脈を圧迫されて、醜くふくれ上がってきた。髪は逆立ち、血走った両眼はひらくだけひらいて、今にも飛び出しそうに見えた。

ミリミリと頸骨が鳴った。圧迫された気道はすでに呼吸困難を訴えはじめた。もはや叫ぶ力もない。断末魔は数秒の後に迫っている。

その最後の土壇場で、彼の飛び出した眼が、すぐ下に貼りつけてある紙片の文字を読んだ。そこには左のようにしるしてあった。

午後一時二十一分

ああ、なんという皮肉。賊は犠牲者が命を終る正確な時間を、そこにしるしておいたのだ。なぜといって、時計の長針が覗き穴の上を通過するのが、ちょうど二十一分に当たるのだから。

花園洋子

お話かわって、ちょうどそのとき、階下の一室に集まっていた人々は、どこからか響いてくるかすかな悲鳴を聞いた。彼らは思わず顔を見合わせて、聞き耳を立てた。確かに人の泣き声だ。しかも、その声の調子にどこやら聞き覚えがある。

「あ、兄さんがいない。兄さんはどこへ行ったのです」

一座を見まわしていた二郎が叫んだ。誰も答える者はない。皆まっ青な顔をしてだまりこんでいる。

「僕、探してきましょう」

二郎は立ち上がって、廊下へ出た。廊下の端から端へ兄を尋ねて歩いた。二階へ上がった。そこにも兄の姿は見えぬ。しかし叫び声は、どうやら上から聞こえてくることがわかった。彼はふと思いついて、時計塔への階段の下に立ち止まった。もう叫び声は聞こえぬ。だが、念のためだ。彼はいきなり駈け上がった。

三段一と飛びの勢いで頂上の機械室に達した。

見ると、歯車の間にうごめく人影、またしても彼だ。

「オイ、音吉じゃないか。そこで何をしている」

二郎のどなり声に、相手はハッとしたように振り返った。音吉爺やだ。

「オイ、音吉、お前そこで何をしているのだ」

二郎がつめ寄ると、音吉爺やは意外にも、かえって「ちょうどよいところへ」といわぬばかりの様子で、小暗い隅に横たわっている一物を指さした。よく見ると、それは探していた兄一郎のグッタリとなった死骸のようなからだであった。

「どうしたんだ。誰が兄さんをこんな目に……」

二郎は愕然として、倒れた兄にかけ寄った。

一郎は首のまわりにまっ赤な輪を巻いたような、むごたらしい傷を受けていたが、幸い、命に別状はなかった。彼は力ない声で、事の次第を物語ることさえできた。

　それによると、一郎を救ったのは音吉爺やであった。彼は二郎と同じく悲鳴を聞きつけて、塔にのぼり、きわどいところで大時計の機械を止め、分針を逆行させて、危うく一郎の命をとりとめることができたのだ。

　と聞いてみると、兄の助かったのは嬉しいけれど、二郎は妙にがっかりしないではいられなかった。音吉爺やはただの忠僕にすぎなかったのか。いやいや、どうもそれは信じられぬ。あいつは妹の妙子に石つぶてを投げたではないか。また彼女が傷つけられたとき、ドアのところでモゾモゾしていたのは誰であったか。ほかに出入口の全くない部屋で人が傷ついていた。しかも、そのドアには締まりがしてあったというのだ。ありえないことだ。戸締まりをしたのは、犯人自身——すなわち音吉爺やその人であったとしか考えられぬではないか。

　では、なぜ彼は、そのままにしておけば死んでしまったに違いない一郎を助けたのか。それは従来の犯人のやり口から想像するに、玉村一家の悲嘆と恐怖とをできるだけ長びかせ、深めるための一手段であったかもしれない。つまり、一寸だめし五分だめし、蛇の生殺しに類する、比類なき残虐なのだ。

　といって、なんの確証もないのに、事を荒だててはかえって不利である。よしよし、これからは、探偵になったつもりで、一つあいつの一挙一動を厳重に見張っていてやろう。確かな紹介者があって雇ったのではあるけれど、もっとよく身元もしらべてみなければなるまい。そして、何かしらのっぴきならぬ確証をつかまないでおくものかと、二郎はこう心に決めた。

一郎は首のまわりに妙な傷痕を残したほか、二、三日ですっかり元気を回復したが、妙子の方はそうはいかぬ。まだ外科病院で高熱に悩まされているのだ。

ある日、妙子の友だちの花園洋子が、彼女の病床を見舞った帰りがけに、玉村邸に立ち寄った。というのは、妙子の見舞いはいわば口実であって、事件のためにしばらく顔を見せなかった二郎青年に逢うためである。洋子は東京の名ある女流音楽家の内弟子で、玉村一家とは妙子を通じて懇意の間がら、二郎とは父玉村氏も黙認しているほどの恋仲であった。

二人は人を避け、庭の木蔭の捨て石に肩をならべ、ホカホカと暖かい陽をあびて、話をした。だが、きょうは、いつものように甘い話ばかりではなかった。

「なんだって？　僕が毎日手紙をあげたって？　そんなはずはないよ。兄きや妹のことで、手紙どころではなかったのだからね」

洋子が変なことをいったので、二郎はびっくりして聞きかえした。

「でもちゃんとあなたの名前でお手紙がきているのですもの」

「じゃあ、どんなことが書いてあった？　僕は全く覚えがないんだ」

「それがわからないの、二郎さん、しらばくれているんでしょ。暗号の手紙なんか書いておいて」

「暗号？」二郎は何かしらハッとした。「暗号って、どんな？」

「まだ、あんなことをいっていらっしゃるわ。文句もなんにもなくて、ただ数字が書いてあるきりなんですもの。暗号じゃなくて」

「え、え、数字だって？　数字だって？」

「ええ、五からはじまって、一日に一つずつ減って行くの、四、三、二、一というぐあいに」

二郎はそれを聞くと、まっ青になって思わず立ち上がった。

「洋ちゃん、それはほんとうかい。オイ、大変だぜ、その手紙は福田の叔父さんを殺した、あの賊が書いたのだ。兄きも、妹も、同じ手でやられたのだ」

「まあ！」といったきり洋子はまっ青になった。

「で『一』という手紙はいつ受け取ったの。もしや……」

「ええ、きのうですわ。そしてね、『一』と大きく書いた下に、急にお話ししたいことあり、明日必らずお出でくださいと、あなたの手で書いてありましたわ。で、妙子さんのお見舞いをかねてやってきたのじゃありませんか。おどかしちゃいやですわ」

「おどかすもんか。それはにせ手紙なんだ。僕の手をまねてあいつが書いたのだ。あいつはなんだってできないことはないのだからね」

「あいつって？」

「あいつさ。七尺以上の大男で、笛のうまい……」

と言いさして、ふとだまってしまった。彼の顔にみるみる恐怖の表情が浮かんだ。眼は木立ちを通して、五、六間の向こうを凝視している。

洋子もびっくりして、二郎の視線をたどると、木立ち越しに歩いて行く一人の人物を発見した。

「あれ、誰?」

「シッ」

二郎は手まねで制して、その人物が彼方に去って行くのを待った。そして、その影が見えなくなると、やっと安心して、洋子の問いに答えた。

「近頃雇い入れた、庭掃除の爺やで音吉というのだ」

「あの人、さっき門のところで会いました。丁寧におじぎをしてましたわ」

「あいつ、僕らの話を立ち聞きしていたのかもしれない」

「でも、あの人に聞かれては、いけませんの?」

「いや、そういうわけでもないが」

と、二郎は曖昧に言葉をにごしてしまったが、犯人の魔手が、玉村一家を呪うあまり、その一員である彼の恋人にまで及んできたかと思うと、怪物の執念の、底知れぬあくどさに、奥歯がギリギリ鳴ってくるのをどうすることもできなかった。

彼は父玉村氏をはじめ、まだ邸内に警戒を続けていてくれた警察の人々に、この由を伝え、洋子が帰宅する際には、厳重な護衛をつけてもらうように取りはからった。

ところが、その相談をすませて、父の書斎からホールへ出てみると、ついさっきまでそこにいた洋子の姿が消えていた。彼女と話していた兄の一郎だけが、一人ぼんやり佇んでいる。

「洋子さんは？」

「君の部屋へ行ったんじゃないかい」

「僕の部屋へ？」

二郎はもう唇の色をなくして、自分の書斎へ飛んで行った。誰もいない。廊下へ出て、「花園サーン」と呼んでみたが、答えはなくて、何事が起こったのかと召使いたちが集まってくるばかりだ。

二郎は気ちがいのように、門へ走って行って、そこに立ち番をしていた書生を捉えた。

「花園さんが、ここから出て行くのを見なかったか」

と、尋ねると、半時間ほどは誰も通らぬとの答えだ。

そこで、召使いや刑事たちと手分けをして邸内くまなく探し廻ったが、恋人は蒸発してしまったように、どこにもその姿を見せなかった。

大魔術

一日二日とたつにしたがって、花園洋子の誘拐は確実となった。東京の女流音楽家、郊外の実家、そのほか心当たりは漏れなく問い合わせてみたが、洋子はどこにもいないことがわかった。

二郎は、音吉爺やの身辺を抜かりなく監視していたけれど、これといって変なそぶりも見えぬ。

時々三十分か一時間ほど外出することはあるが、それはみな行先のわかっているお使いばかりだ。

新聞記者は警視庁と競争の形で、花園洋子の行方捜索に走り廻った。各新聞の社会面は、玉村家怪事件でうずめられ、そのほかのあらゆる記事は、おしげもなく編集局の屑籠にほうりこまれた。

事件全体が、どうも正気の沙汰ではない。ことに玉村二郎にとって、この一か月の出来事は、すべてすべて、一夜の悪夢としか考えられなかった。だが、夜が明けて日が暮れて、また夜が明けて日が暮れて、いつまでたっても事態は変化せぬ。夢ではない。ではおれは気が狂ったのではないかしら。そして、一生涯、この恐ろしい幻を見つづけるのではないかしら。

事実、彼は少々気が変になっていたのかもしれない。誰にしたって、恋人が水のように蒸発してしまったら、この世が全く別のものに見えてくるのは当たり前だ。

彼はもうあまり考えなかった。ただ歩き廻った。ただ歩き廻った。屋敷の庭といわず、屋敷の付近の町といわず、ただあてどもなく歩き廻った。心の隅では、どこかの木蔭から、あるいは軒下から、ヒョッコリ洋子が現われてくるのを期待しながら。

その日も、二郎はなんのあてもなく、大森の町を歩き廻ったのだが、ふと気がつくと、今まで一ども通ったことのない、まるで異国のような感じの町筋に出ていた。すぐ眼の前に、鄙(ひな)びた、古めかしい一軒の小劇場が建っている。ハタハタと冬空にはためく幟(のぼり)。それには、一度も聞いたことのない奇術師の名前が染め出してある。

「あ、手品だな」

うつろな頭で考えて、劇場の軒に並んだ絵看板を眺めると、さまざまな魔奇術の場面が、毒々しい油絵で、さも奇怪に、物すごく描いてある。古風な骸骨踊り、水中美人、人間の胴中へ棒を通して担いでいる絵、テーブルの上で笑っている生首、どれもこれも、一世紀前の、手品全盛時代の、物懐かしい場面ばかりだ。

虫が知らせたのであろうか、彼はその劇場へ、フラフラとはいってみる気になった。まだ夕方で、演芸も大物はやってはいなかったけれど、それでも、久しく忘れていた少年時代の好奇心がよみがえって、小奇術の一つ一つが、ひどく彼の興味をそそった。そうして、たわいもなく手品などに見いっていることが、このごろの彼にとっては得がたい休息でもあったのだ。

番数が進んで、日が暮れるころから、だんだん大奇術にはいって行った。座長の手品師は、いつも鈴のついたとんがり帽子をかぶって、顔を白粉でぬりつぶし、西洋の道化服を着て登場したが、田舎廻りにもかかわらず、その手なみの見事なことは、おとなの二郎でさえ、そのあまりの不思議さに、あっけにとられるほどであった。

水中美人、骸骨踊り、笑う生首と、演芸は一と幕ごとに佳境にはいって行った。見物たちは、もうすっかり、奇怪な夢の国の住民になりきって、酔ったように舞台の神技に見いっていた。

二郎は何も知らなかったけれど、もし読者諸君が、この手品の見物の中にまじっていたならば、舞台の上の一人物を見て、アッと叫び声を発するほど、驚き恐れたに違いない。なぜといって、水中美人の演芸で、大きなガラス製タンクに横たわった女、テーブルの上に、チョン切られた生首をのせてゲラゲラ笑った女は、諸君が亡き明智小五郎と共に品川の怪汽船の中で出会ったことのある、あの怪物の娘の、文代という美しい少女であったからだ。してみると、座長の道化服は、あのとき、明智に恐ろしい毒薬の注射をしようとした復讐鬼その人であろうか。そうとしか考えられぬ。

では、彼らは、狙う玉村一家に間近い、この大森の町に手品師に化けて入りこんでいたのか。

なんという大胆不敵。もし文代の顔を見覚えているものがあったらどうするのだ。しかし、考えてみると、文代が怪賊の娘だと知っている人は、明智小五郎のほかには、この世に一人もいないのだ。その明智小五郎は死んでしまった。そこで一見無謀に見える賊の手品興行も、実は安全至極な一種の隠れ蓑にすぎなかった。

そうとも知らぬ二郎の前に、幾幕目かの緞帳が巻きあげられた。

背景は一面の黒ビロード、舞台も客席もまっ暗になって、スポットライトのような青白い光線が、舞台の一箇所をわずかに照らしている中に、たった一つ、玉座のように立派な椅子がおいてあるばかりだ。そこへ、燕尾服の説明者が現われて、前口上を述べる。

「ここに演じまするは、当興行第一の呼び物、摩訶不思議の大魔術、座長欧米漫遊の際、習い覚えましたる美人解体術でございます。あれなる椅子に婦人をかけさせ、座長自ら剣をとって、首は首、手は手、足は足と、切断いたし、バラバラになった五体を組み合わせて、再び元の婦人を作りあげる。一度死にました婦人が立ち上がってニッコリ笑いまするという、名づけまして、美人解体の大魔術でございます」

説明者が引っこむと、二郎にはわからぬけれど、賊の娘の文代が、洋装美々しく着飾って現われる。続いて、例の道化姿の座長が、手に青竜刀のような大ダンビラをひっさげて出てくる。

挨拶がすむと、文代は正面の椅子に腰かける。座長と二人の助手が、その前に立ちふさがって、文代の着物をはぎ取ってしまう。パッと飛びのく彼らのうしろに、現われた姿は、見るも恥かしい、赤はだかの若い娘だ。全身ぐるぐる巻きに縛られた上に顔全体を隠すような、幅の広い布の眼隠しをされ、猿ぐつわさえはめられている。

いうまでもなく、この三人がかりで、娘の姿を隠すようにして、着物をぬがせるのが、トリックで、そのあいだに、椅子がクルリと廻転して娘に似せた裸体人形が正面に現われ、本ものの娘は黒ビロードのうしろへ姿を消してしまうのだ。

そうとは知りながらも、現われいでた裸体人形の、あまりにも見事な細工に、二郎はわが眼を疑わないではいられなかった。文楽の操り人形が、人形の癖に息使いをするのと同じに、この等身大の手品人形も、確かに呼吸をしている。青白いスポットライトが震えているのか、それとも、人形の胸が脈搏っているのか、恐らく幻覚であろうけれど、ふっくらとした、二つの乳房が、ムクムクと動くようにさえ見えるのだ。

二郎は、両眼がポーッとしてくるほども、裸体人形を見つめていた。見つめているうちに、ムラムラと恐ろしい想像が湧きあがってくる。もしや、あれはほんとうの人間ではないかしら。あの笑いの面みたいな顔をした無気味な道化師は、何くわぬ顔で、毎日毎日一人ずつ生きた娘を殺しているのではあるまいか。

それればかりではない。あの人形のからだは、腿の線、乳のふくらみ、顔から顎へかけての特徴が、どうも今見るのがはじめてではない。どっかで見たような、と思うと、その人形がますます誰やらに似てくるのだ。

「ああ、おれはまだ悪夢のつづきを見ているのかしら」

二郎はともすれば、そんな気持になる。そしてちょっと気を許すと、眼まいのように、青や赤の風船玉みたいな物が、眼の前を、やたらに飛びちがう。

さて、いよいよ美人解体がはじまった。笑い面の道化師は、滑稽なほどものものしい大ダンビラを、真向にふりかぶって、ヤッとかけ声もろとも、裸体人形の腿に打ちおろした。パッと上がるまっ赤な噴水、ヨロヨロと舞台前方にころがり出す美人の片足。猿ぐつわの中からかすかに漏れる悲痛なうめき声。

人形がうめくはずはない。黒幕のうしろで、誰かが声だけまねているのだとは思いながら、二郎は、そのうめき声を聞くと、ハッと飛び上がるほど、驚かないではいられなかった。ああ、やっとわかった。あのからだ、あの声、何から何まで、裸体人形は、花園洋子に生き写しなのだ。

すでに両足を切り落としたダンビラが、右腕に及ぼうとしたとき、二郎はわれを忘れて、座席を立ち上がると、いきなり花道へ飛び上がりそうにしたが、ハッと気がついて、やっとのことで自から制した。

だが、このあまりにも残虐なる魔術を見て、気が変になったのは二郎だけではなかった。見物の婦人の多くは、悲鳴を上げて顔に手をあてた。中には脳貧血を起こしそうになって、席を立った者もある。

舞台では、美人解体作業がグングン進んで、両手両足の切断を終り、次には、重いダンビラが横ざまにひらめいたかと見ると、チョン切られた美人の首が、毬（まり）のように宙を飛んで、切り口から仕掛けの赤インキが、滝のようにほとばしった。

紅（あけ）にそまった生首、両手両足が、舞台のあちこちに、人くい人種の部屋みたいに、ゴロゴロところがっていた。

椅子の上に取り残された、首も手足もなんにもない胴体ばかりが、無気味なドラッグの蠟（ろう）人形のようにチョコンと坐っていた。

二郎はそのむごたらしい有様を見て、花園洋子その人がそのような目にあったと同じ恐れと悲しみに、唇の色を失って、ワナワナと震えていた。そんなばかばかしいことがあるはずはないと、われとわが心を叱りながらも、胸の底からこみ上げてくる一種異様な戦慄を、どうすることもできなかったのだ。

手品師も、見物をあまりに恐怖せしめることをはばかったのか、解体の残虐場面は、瞬く間に終って、次には陽気な美人組立作業がはじまった。

突如として起こる、下座の華やかな行進曲。そのジンタジンタの楽隊に合わせて、道化師は、身ぶり面白く舞台一面にころがった人形の首や手足を、拾っては、椅子の上の胴体へと投げつけるに従って、足は足、手は手と、元の場所へピッタリと吸いつく。見る見る、バラバラの五体が一つにまとまって行くのだ。

そして、最後に、ヒョイと首がのっかったと思うと、その首がいきなりニコニコ笑い出す。道化師がなわをとき猿ぐつわをはずしてやると、美人は立ち上がりざま、しっかりした足どりで、舞台の前方に進みいで、自分で眼隠しをとって、艶(なま)めかしく挨拶する。その顔は、まがいもなく、さっきの美しい女太夫、すなわち賊の娘の文代なのだ。

二郎はこの美人組立てのトリックを知っていた。いつの間にか椅子が廻転して、本ものの娘が、首、手、足を背景と同じ黒ビロードで隠し、胴体ばかりに見せかけて腰をかけている。手品師は、バラバラの手足を投げると見せて、自分のうしろの背景の隙間に隠す、その刹那、娘の手足を覆った黒布が一つ一つ落ちて、ちょうど手足が生えて行くように見えるのだ。

二郎が驚き恐れたのは、そんなトリックなどではなかった。さっき大ダンビラで切断された人形も、今立ちあがって挨拶している娘と同じように生きてはいなかったか。吹き出したのは、赤インキではなくて、ほんとうの血潮であり、あのうめき声は、ほんとうに断末魔のむごたらしい苦悶だったのではないか、という悪夢のような考えであった。

二郎は、寒い気候にもかかわらず、からだじゅうにネットリ汗をかいて、すでにおろされた緞帳を見つめていたが、ちょうど舞台の娘が背景の裏へはいったと思われるころ、幕のうしろから、たった一と声ではあったが、「キャッ」という、確かに若い女の悲鳴が聞こえたように思った。

「ああ、きっと、あの娘が、殺されたもう一人の娘の、バラバラの死体を見たのだ。そして恐怖のあまり叫び出そうとしたのを、誰かが口に手をあてて、だまらせてしまったのだ」

と彼のいまわしい幻想は、どこまでもひろがって行くのである。

まだあとに幾幕か残っていたけれど、彼はもう、じっと手品を見ている気がしなかった。フラフラ立ち上がって、無神経に笑い興じている見物たちのあいだを通って、木戸口を出た。

劇場のそとには、美しい星空の下に、まっ黒な家々がシーンとおしだまって並んでいた。人通りもほとんどなく、墓場のように静まりかえった町筋だ。

彼は屋敷へ帰るために、五、六歩あるきかけて、ふと立ち止まった。なんとなく、この罪悪をとじこめたような小劇場を、離れ去るにしのびない感じである。

彼はそこへ行って、何をするという確かな考えもなく、夢中遊行のような足どりで、劇場の楽屋口へと歩いていった。

角を曲って、建物の背面に出ると、そこに半間ほどの小さな出入口が、ポッカリ口をあいていた。薄暗い電燈がボンヤリと、地面を長方形にくぎっている。その中に、異様な大入道みたいなものが映っているのは、入口をはいったところに、誰かが佇んでいるのであろう。

二郎はまるで泥棒みたいに足音を盗んで、おずおずとそこへ近づいて行った。そして、出入口の板戸に手をかけ、ソーッと頭だけ突きだして、中を覗いてみた。出入口の彼のすぐ眼の前に、何をしているのか、一人の男が向こうを向いたまま、人形ででもあるかのように身動きせず突っ立っている。

その時、二郎が手をかけていた板戸が、からだの重みで、カタンと鳴った。ハッとうろたえて、覗いていた首を引っこめようとした瞬間、物音に驚いた眼の前の男が、ヒョイとこちらを振りむいた。

顔と顔とがぶっつかった。

二郎は一と目その顔を見ると、まるでお化けにでも出あったように、「ワッ」と、途方もない叫び声を立てたかと思うと、いきなりクルッと向きをかえて、めちゃくちゃに駈けだした。そのお化けが、うしろから追っかけてくるかのように。
楽屋口に佇んでいた男というのは、意外にも、あるいは当然にも、彼が数日来疑い恐れていた、あの庭掃除の音吉爺やであったのだ。

麻の袋

かけ足が、急ぎ足となり、やがて並足となった。いつ方向を取り違えたのか、行っても行っても玉村の屋敷には出ず、同じ町を何度もどうどう巡りをしているうちに、二郎はいつか、身も知らぬ町はずれの、まっ暗な林の中を歩いていた。

木立ちを通して、向こうの方にチラチラと人家の明りは見えているけれど、闇夜のせいか、あるいは立ち並ぶ年を経た樹木のせいか、深山へでも迷いこんだような気持である。大森の山の手には、こんな森とも林ともつかぬ空地がところどころにあって、昼間なればなんでもないのだが、闇夜ではあり、さいぜんからの変な気持のつづきで、やっぱりそれも、悪夢の中の物凄い場面のように思われるのであった。

二郎には、それが、行っても行っても出口のない、怪談の森のように感じられた。いや、彼は、もっとこわいことさえ考えていた。というのは、子供の時分よく聞かされた、お化けの話の中に、一人の子供が、まっ暗な町角で、朱盆(しゅぼん)みたいな顔をした、恐ろしいお化けに出あい、キャッといって逃げ出して、別の町角までくると、よそのおじさんに出あったので、そのことを話す。おじさんが「そのお化けはこんな顔だったかえ」と言いながら、ニューッと顔を近づける。その顔が、なんと、さっきのお化けとそっくりの朱盆に変っている、というのがあった。二郎は今、それと同じ恐怖を想像した。想像しただけで、ゾーッと、髪の毛が逆だつ思いだった。

「きっと、きっと、あいつが、この林のどこかに隠れていて、今にも、バアといって飛び出してくるに違いない」

彼は夢の中の心理状態で、それを妄信していた。「あいつ」というのは、もちろん、音吉爺やであった。

「今にも、今にも」と、念仏みたいに、頭の中で繰り返しながら歩いていると、果たして、行く手の木蔭にうずくまっている、妙な人影を発見した。「ソラどうだ。あれが音吉にきまっている」と闇をすかして、見れば見るほど、やっぱりそれが音吉爺やのうしろ姿に違いないことがわかってきた。

ギャッと叫びそうになるのを、やっとこらえて、消えて行く思考力を、一所懸命よび戻しながら、自分も木蔭に身を隠して、じっと様子を見ていると、音吉の方でも、何か大木の向こう側にあるものを熱心に見守っている様子である。

何を見ているのかと、いろいろ苦心して覗いてみるけれど、音吉の小楯にとっている大木の幹が邪魔になって、その上、闇夜の暗さに、そう遠くまで見通しが利かぬので、ただもどかしい思いをするばかりだ。

しばらくそうして我慢をしていると、突然、音吉の向こうの闇の中に、もう一つ、うごめく黒影を発見した。ハッと思う間に、その黒い影がこちらへ歩いてくる。

次の瞬間、恐ろしいうめき声と共に、二つの黒影が闇の中にもつれ合った。音吉がその男に飛びついて行ったのだ。

二人は地上をコロコロころがりながら、摑みあっている。相手も弱くはなかったが、老人の癖に音吉の腕力は恐ろしいほどであった。

見るまに、男は音吉のために組みしかれて、悲鳴をあげた。

事情はわからぬけれど、音吉を助ける筋はない。それに相手の男は、今にも締め殺されそうな悲鳴をあげているではないか。

「コン畜生！」

と叫びざま、二郎は音吉目がけて組みついて行った。

三つの黒影が、木の根にぶつかりながら、巴となって摑みあった。

だが、いくら強いといっても、一人と二人では勝負にならぬ。組みしかれていた男が、はね起きた。余る力で音吉を突き飛ばしておいて、サッと飛びのくと、いきなり闇の中へ逃げ去ってしまった。

取り残された二郎こそ迷惑である。彼は、まさか主人がこんなところへきているとは知らぬ音吉のために、さんざんな目にあわされた末、先の男に代って、同じように組みしかれてしまった。

「貴様は何者だ」

老人とも思われぬ強い声が尋ねた。

「手を離せ、おれは君の主人の玉村二郎だ」

「エッ、あなた、二郎さんですか」

音吉は、さも驚いたらしく、押えていた手を離して立ち上がった。

「どうして、こんな所へお出でなすったのです」

「君こそ、どうしてここにいるのだ。今の男をどうするつもりだったのだ」

二郎が逃がすものかと、音吉の胸ぐらを掴みながら、詰問した。

「いや、なんでもないのです」音吉はしらばくれて、

「あなたの御存じのことではありません。さあ、その手を離してくださいませ」

「離すものか」

「では、このじいをどうしようとおっしゃるのです」

「わかりきっているじゃないか。警察へ引き渡すのさ」

「警察ですって……あなた、なにか思い違いをしていらっしゃる」

「思い違いなもんか。おれはすっかり知っているぞ。貴様が犯人だ。福田の叔父さんを殺したのも、妙子や兄さんを傷つけたのも、洋子さんを誘拐したのも、みんな貴様の仕業だ。俺はちゃんと知っているのだ」

「それが思い違いです。わたしは、あなたが疑っていらっしゃることは、うすうす感づ

いていました。しかし、こんな思いがけない邪魔をなさろうとは、思いもよらなかったです」

「邪魔だって、僕がなんの邪魔をした。今の男を殺そうとする邪魔をしたとでもいうのか」

「ああ、もう今から追っかけたところで間にあわぬ。奴らはどっかへ姿を隠してしまったにきまっている。チェッ、とんでもない邪魔がはいったものだ」音吉は残念そうに舌うちをしたが、ふと気をかえて、「それじゃ、あなたの疑いを晴らすために、お眼にかけるものがありますから、こちらへきてごらんなさい。わたしも、それを確かめてみなければならないのですから」

二郎は、そんなことをいうのが、相手のトリックかも知れぬと考えたので、油断なく音吉の服をつかんだまま、あとに従って行った。

「あなたマッチお持ちでしたら、ちょっとすって見てくださいませんか」

音吉がいうので、二郎は、服を離さず、あいている方の手で、ポケットから、ライターを取り出し、カチッとそれを点火した。

音吉はゆらめく火影に、しばらくあちこち地面を眺めていたが、

「ああ、ここだ」

と呟いて、地面の一か所を指さした。

見ると、三尺四方ばかり、いま掘り返したように、土の色が変って、そのそばに、一

梃の鍬がころがっている。

音吉は鍬を拾うと、いきなりその地面を掘りだした。

音吉が何か見せるものがあるというのは、嘘ではないらしい。二郎は、いくらか安心して、その時までつかんでいた服を離し、相手の土掘り仕事を助けるために、ライターを地面に近づけてやった。

「そこに何があるのだ」

「はっきりしたことはわかりません。しかし、わたしの想像では……」

音吉は鍬を動かしながら答える。

「君の想像では？」

「非常に恐ろしいものです」

といったきり、彼は、ムッツリだまりこんで、土掘りに余念がない。

やがて、掘り返された土の中に、麻の袋のようなものが見えてきた。

その時、二郎の頭に突如として、或る恐ろしい考えが閃めいた。「そんなことがあるものか」と打ち消す下から、その想像は、だんだんはっきりと、毒々しい血の色で、彼の心中にひろがって行った。

「さあ、手伝ってください」

音吉が言うままに、二郎はその袋に手をかけた。二人がかりでやっと持ち上がるほどの、重い袋だ。

「音吉、これは一体なんだ。この袋の中にはいっているのは」

二郎は震え声で尋ねた。

「たぶん、わたしの想像していたものです。しかし、あなた、この中を見る勇気がおありですか」

二郎は袋をほうりだして、いきなり逃げ出したいような気がした。

「もう一度、明かりをつけてください」

二郎はまたライターに点火すると、その淡い光の中で、音吉は袋の口をほどいた。そして、底の方を持って、一と振りふると、袋の口から地面へ、ゴロゴロところがりだしたものは……

大方それと察していた二郎も音吉も、実際その切り離された人間の腕や足を見たときには、思わずアッと叫ばないではいられなかった。

「人形ではなかった。やっぱり、生きた人間だった」

二郎は上ずった声でいった。

「そうです。あれは人形ではなかったのです」

音吉は、彼もやっぱり、さっきの美人解体術を見ていたかのように、合槌を打った。

「で、一体、これは誰の死骸なのだ」

「それを確かめなければならないのです」

二郎と音吉とは、じっとお互いの眼を睨みあった。二人とも調べてみるまでもなく、死骸の主を知っているのだ。

音吉は、袋の底から、死骸の首を探りだして、二郎のライターに近づけた。まだ眼隠しをされたままだ。音吉は片手でそれをほどいた。ハラリと落ちる布のうしろから、現われたのは、ああ、果たして、行方不明となっていた二郎の恋人、花園洋子の変りはてた面ざしであった。

「気ちがい！　気ちがい！」それを一と目見るや、二郎自身が気がちがいでもしたようにどなりだした。「気ちがいでなくてあんなばかばかしいことをするやつがあるものか。なんの必要があって、千人の見物の前で、こんなむごたらしい目に合わせたのだ。気ちがいでなければ、人殺しを見世物かなんぞと心得ている極悪人だ」

「復讐ですよ」音吉は低い声でいった。「ホラ、忘れましたかね、隅田川の獄門舟を。あれと同じ思いつきです。犠牲者をできるだけむごたらしく、できる限り多人数の前で、お仕置きするのが、犯人の目的なのですよ」

二郎は音吉の静かな声におびえて、クラクラと目まいを感じた。

「で、つまり、こうして、一度埋めた洋子さんの死骸を、僕の眼の前で、わざわざ掘りだしてみせるのも、やっぱり犯人の目的に叶うわけだね」

二郎は最後の気力を振り起こしてどなった。

「と、おっしゃるのは？」

「やっぱり、貴様が犯人だというのだ。でなくて、庭掃除の爺やが、なんのために今時分、こんなところへきているのだ。殺人事件のたびごとに、いつも現場付近をうろついていたのは、どうしたわけだ。それから、パチンコで妙子を狙ったり、玄関の戸の暗号通信を拭きとると見せかけて、僕の注意をひいたのは一体誰なのだ」

　ちょっとのあいだ、妙な沈黙が続いた。音吉が何かを決しかねている様子だ。が、しばらくすると、突然、全く聞き覚えのない声が、音吉の口から響いてきた。

「ああ、君はまだ疑っているのですね。どうも是非がない、では、二郎さん、僕の顔をよく見てごらんなさい」

音吉は、二郎のライター持つ手を、グッとひきよせて、自分の顔を照らして見せた。

そこには、一度も見たことのない、若々しい一人の男が立っていた。かがんでいた腰がシャンと伸びた。うなだれていた首が、まっすぐになった。

「まだわかりませんか」

　言いながら、音吉は、白髪まじりのかつらをかなぐり捨て、つけ眉毛をはぎとり、胡麻塩の無精ひげをむしり去った。その下から現われたのは、（老人らしい皮膚の斑点や、陽にやけた顔色は、とっさのまに洗いおとすことができなかったけれど）明らかに、まだ三十代の、精悍（せいかん）な一男子であった。

　二郎はあっけにとられて、まじまじと相手の顔を見つめていたが、ハッとある人を思いだすと、まっ青になって、まるで幽霊にでも出あったように、ヨロヨロとあとじさりをした。

彼はその人物の写真を思い出したのだ。その写真と、いま眼の前に立ちはだかっている人物とが全く同じに見えることが、彼を極度にこわがらせたのだ。

明智小五郎

「ああ、あなたはもしや……嘘だ、嘘だ。ありえないことだ」

二郎はまるで幽霊にでも出あったような恐怖の表情で、あとへあとへと、さがって行った。

「わかりましたか」

二郎は躊躇した。その名前を口にするのが、なんとなく恐ろしかったのだ。しかし、彼はとうとう言った。

「明智小五郎」

「そうです」

音吉爺やの明智小五郎が答えた。

「しかし、私は信じることができません。あなたはとっくに死んでしまった人です」

「現にこうして生きているではありませんか」

「でも、あの新聞記事は？　月島海岸にうち上げられたあなたの死体は？　波越さんのお宅での告別式は？　そしてあの立派な葬式は？」

「みんな賊をあざむくための非常手段です。今度の賊は犯罪史上に前例もないほど恐ろしいやつです。四十年のあいだ考えに考えぬいて着手した一家鏖殺事業です。しかも僕を唯一の邪魔者と目ざし、犯罪に先だって僕を誘拐した用意周到さ。並大抵の手段ではやつに対抗することはできない。非常の事件には非常の手段が必要です。僕は波越君と相談して、あの突飛な芝居をやった。新聞社をあざむき、世間をあざむき、そして犯人を油断させたのです。僕が玉村さんの屋敷へはいりこんで、あなた方の身辺を守護するためには、どうしても、犯人に僕が死んだと見せかける必要があったのです」

ああ、それで一切が明瞭になった。犯罪が起こるたびごとに、音吉爺やが現場をウロウロしていたのは、彼が犯人でなくて探偵であったからだ。妙子が危うく命をとりとめたのも、一郎が時計の針の断頭台から救われたのも、すべて明智小五郎の素早い行動のお蔭であった。彼がパチンコで妙子を狙ったことについては、後でわかったところによると、あのとき妙子は、知らずして毒薬の入った紅茶を飲もうとしていた。どこに賊が潜んでいるかもしれぬ。大声を出しては不得策だ。そこで、とっさの機転で、彼はちょうど手にしていたパチンコを使い、コップを割って、飲むことができないようにしてしまったのだ。

「わかりました。僕はとんだおさまたげをしてしまった。そうとわかれば、こうしてはいられません。すぐ芝居小屋へ駈けつけましょう。警察へ知らせましょう」

二郎は今度は、落ちつき払っている明智の態度に、イライラしはじめた。

「いや、それはよしましょう。あなたはお宅へお帰りなさい。僕もすっかりやり直しだ」

明智は妙なことをいう。

「どうしてですか」

「僕はそんな普通の警察官のやり方を好まないのです。手遅れとわかっている賊を、今さら追い駈けてみたところでなんの甲斐がありましょう。あの奸智にたけた賊のことだ。今夜のようなずば抜けた冒険の裏には、綿密細心な逃亡手段が準備されているにきまっています。今ごろあの小屋を包囲してみたところで、むろん手遅れ、中はもぬけの殻です」

「では、さしずめ採るべき手段は？」

「家へ帰ることです。そして寝てしまうのです。ただ明智が生きていたなんて、家族の方にも決していっちゃいけませんよ。それが最も大切な点です。あとは何もやきもきなさることはありません。僕に任せておいてください。もう音吉爺さんの変装もだめになってしまったから、僕は全く別の第二の手段に……」

突然明智の言葉がとぎれた。ライターの淡い光に、彼の表情が見る見る緊張し、言いしれぬ喜びに輝いて行くのが見えた。彼の長いからだが、眼に見えぬ早さで折れ曲り、躍り上がったかと思うと、四、五間うしろの暗闇で「アッ」という叫び声がした。さいぜんの賊がノコノコ立ちもどって、二人の様子を窺っていた。明智の投げたつぶてがそいつに命中したのだ。

「追っ駈けるんだ」

　明智が叫んで駈けだした。

　つぶてにひるまぬ賊が、闇の木立を縫って飛ぶように逃げて行く。追われる者も追う者も森を離れ、夜ふけの町を黒い風のように走った。

「ばかなやつだ……あいつが今まで森の中にいたとすれば……まだ望みを失うのは早い……うまくすると、賊の首領は芝居小屋にいるぞ」

　走りながら、明智がとぎれとぎれに叫ぶ。

　賊の首領は洋子の死体が発見されたことをまだ知らないのだ。とすると、大胆不敵の彼のことだ。平気で奇術を演じ続けているのかもしれない。

　恋人の敵(かたき)を捕える望みがあるとわかると、いっしょに走っていた二郎の胸に、今さらのようにムラムラとあの道化師の怪物に対する憎悪が湧き上がってきた。

　踏みつけて、叩きつぶして、眼の玉をくり抜き、歯を一本一本引き抜いてもあきたらぬ、気ちがいのような烈しい憎悪だ。

　競馬馬のように首をのばし、からだを四十五度に倒して、走りに走る夜ふけの田舎町、誰一人とがめる者もない。

　五間の隔たりが四間となり三間、二間と縮まっていった。だが、敵もさるもの、僅かのところでなかなか捕まらぬ。一度は明智の右手が、賊の肩に触れさえしたが、残念、残念、もう決勝点まできてしまった。

その芝居小屋は、木戸口は往来に面し、楽屋口はその横手の袋小路をはいった裏側にある。賊はむろん楽屋口の方へ走りこんで行った。

賊がこの小屋へきたところを見ると、首領はまだ場内にいるのだ。忠実な部下は首領に急を告げるために、楽屋へ飛びこんだに違いない。

「二郎君、君はここで見張っていてくれたまえ。楽屋口は袋小路だ。逃げ道はここしかない。奇術師らしいやつが出てきたら、容赦なく捕まえるんだ。それから、木戸番に命じて警察へ電話をかけさせてくれたまえ」

明智は二郎を残しておいて、楽屋口へ走った。

屋根裏の捕物

楽屋に踏みこんで、座員の部屋を片っぱしから覗き廻ったが、なんという素早さ、どこへ逃げたのか人影もない。

背景を廻って舞台へ出ると、すでに緞帳はおろされ、その向こうから見物のどよめき、女の悲鳴さえ聞こえてくる。

「オイ、おれは警察のものだ。見物席の方へ逃げたやつはいないか」

明智はまだ緞帳の綱を結んでいた道具方をつかまえて尋ねた。

「へい、一人も。みんな楽屋の方へ逃げました」

その男が奇術師一行と関係のないことは、一見してわかった。道具方の一同はその小屋に付属しているのだ。

舞台には奇術に使用する、黒ビロード張りの大きな箱が据えられ、その下の床板には、おびただしい血のりの跡。これほどの血のりを、仕掛けの赤インキと信じていたにもせよ、見物も道具方も、なんの疑うところもなかったのは、賊の所業が人間の想像力の桁をはずれて、あまりにずば抜けていたからに違いない。

明智は念のために、そこにあるビロード張りの奇術道具の箱をひらいてみたが、中は空っぽだ。まさかそんなところへ隠れるはずはない。

彼は道具方を案内役にして舞台裏に引き返した。大道具の立ち並んだあいだを歩いて行くと、別の道具方が待ちうけていて、囁き声で報告した。

「あっちへ逃げましたぜ。ホラ、あの手品の道具の積んであるところです」

広い舞台裏の一隅に、旧劇用の駕籠だとか、張りぼての手水鉢だとか、はげちょろけの大木の幹などと一緒に奇術用の大道具小道具が、ビロードや金糸銀糸の房飾りも毒々しく雑然と並べてある。舞台裏全体にたった一つ、高い天井から電燈がぶら下がっているばかりだから、そのゴタゴタした隅っこは、ほとんど暗闇も同然、究竟の隠れ場所だ。

「奈落へ逃げたやつはいないか」

「ありません。あっしはずっとここにいたんだから、見落とすきづかいはありません」

明智は道具方に教えられた薄暗い隅へ突き進んだ。道具方二人も、あとに続く。威勢のいい彼らには、泥棒を追っ駈けるなんて、こんな面白い遊戯はないのだ。

明智は道具類の作る迷路に踏みこんで行った。美人鋸挽き(のこひ)の車のついた大きな箱、剣の刃渡りのドキドキと光ったダンビラの梯子(はしご)、ガラス張りの水槽、脚に鏡をはりつめたテーブルなどが、種々さまざまのグロテスクな、無気味な陰影を作って、数知れぬ隠れ場所が出来上がっている。

「刑事さん、いますよ、いますよ」

道具方の一人が、そばへよってきて、ソッと囁く。明智は刑事にされてしまった。

「どこに?」

「ホラ、あの箱の中でさあ」道具方は横に長い棺桶みたいな黒い箱を指さしながら、聞こえるか聞こえないかの小声で「蓋の隙間から覗いたんですが、驚きましたぜ、あの中にながながと寝そべっていやあがる。変てこな衣裳(いしょう)をつけたやつですよ」

三人はその箱を囲んで立った。蓋に手をかけたのは明智だ。中のやつはコトリとも音を立てず、息を殺して静まり返っている。あけたら飛びかかってやろうと、身構えをしているのかもしれない。そいつの手には恐ろしい兇器が握られているのかもしれない。

息づまる瞬間。

パッと蓋がはねのけられた。三人は思わず身構えをした。だが、中から飛びかかってくるものはなかった。覗いて見ると、暗い箱の中に、横たわる人影、白い肌、きらびやかな飾り衣裳。女だ。

「ハハハハハ、笑わせやがら」

道具方の別の一人が、いきなり手を突っこんで、その女をつかみ上げた。見ると、手は手、足は足と、バラバラの女人形に衣裳が覆いのせてあったのだ。

「人形ですぜ。ホラ、あの美人解体術の種になるやつでさあ」

なおも奥へ進んで行くと、背景の大道具が重なりあっている建具屋の倉庫みたいな場所へ出た。一層暗く、一層陰影に富み、隠れ場所の多い部分だ。

三人は背景と背景の作るほら穴のような隙間を選んではいって行った。闇の中は、蜘蛛の巣とほこりと泥絵具の匂いばかりだ。

明智の鋭い直覚が人の気配を感じた。彼は手をのばして頭の上にぶら下がっている二本の棒をつかんだ。足だ。背景の上部に平蜘蛛のようにへばりついていた逃亡者の一人だ。

力をこめて引っぱると、パリパリと背景の布の破れる音。しかし、曲者は声も立てずに、床に降り立った。

明るい場所へ引き出して姿を見れば、道化服の首領ではない。古めかしいタキシードを着こんだ奇術助手だ。

「座長はどこにいる」

明智が男の腕をねじまげて尋ねる。非常手段だ。男は存外あっけなく閉口してしまって、どもりながら答えた。

「あすこ、あすこ」

指さすほうを見ると、背景でできたトンネルの向こう側に、ボンヤリと見える道化姿。三人は男を捨てて、そのほうへ忍びよる。先に立つのは若い道具方だ。

向こうの道化服はいつまでも同じ場所に立っている。妙なことには、なんのためにか両手を翼のように伸ばしてゆらゆらと動かしている。

「オイ、待った」

明智がやっと気づいて叫んだときには、もう先頭の道具方が相手に飛びかかっていた。そして、ひどく頭を打って跳ね返されていた。

それは奇術に使う大鏡だった。どこかにいる道化服の怪物が、鏡に映っていたのを、あたりが薄暗いため、本ものと間違えたのだ。

本ものはどこにいるのだ。

二人の道具方が明智の視線を追って見上げると、意外にも、曲者は舞台上の天井に張り渡した針金の上を両手で調子を取りながら、渡っている。道化師の滑稽な綱渡りだ。なんという奇抜な隠れ場所。もし鏡の助けがなかったら、ちょっと急には発見できなかったかも知れない。

舞台下手の出入口に近く、天井に達する直立の梯子がある。三人は、そこへ飛んで行って、天井へ駈けのぼった。道具方は慣れたもの、明智も引けは取らぬ。三匹の猿だ。

追手に驚いた道化師は、針金を渡り尽し、屋根裏の横木を伝って、見物席の天井の上へ逃げこんだ。三人も遅れず同じ穴から這いこむ。

屋根裏の大捕物だ。

格天井の隙間から、さかさまの夕立みたいに射しこむ光線の糸。そのほかにはなんの光もない、べらぼうに広いがらんどうの暗闇だ。

曲者の白いダブダブの道化服が白い光の糸のあいだを、チラチラと通り過ぎる。

古い天井には、ところどころ、足を踏み抜くほどの大きな穴があいている。天井裏を這うあいだに、そんな穴に出くわすと、遙か下方の見物席の全景が手にとるように眺められる。そこにはもう、一人も見物人はいない。不意の椿事に驚いて、先を争って帰ったのであろう。僅かに物ずきな野次馬が五、六人、劇場事務所の人々などが、曲者が屋根裏に逃げこんだと聞いたのか、舞台のほうへ走っている。その中に玉村二郎の姿も見える。ああ、警官も到着した。木戸口からなだれこむ数名の制服姿、さすがの魔術師ももう袋の鼠だ。

やがて曲者は、表側の屋根裏の隅っこへ追いつめられた。相手は三人、身をかわして逃げ出す見こみはない。絶体絶命だ。

彼は三角に狭まった隅っこに身をかがめて、じっと動かなかった。猫に追いつめられた鼠が、反対に猫に飛びかかろうとする時の、あの物すごい姿勢だ。下から洩れてくる光の糸が、その部分部分を縞にして、一層無気味に浮き上がらせている。

追手が三方からジリジリと獲物目がけて這い寄って行く。

突然、曲者の右手にキラッと光ったものがある。あっ、短刀だ。いよいよ鼠は猫に刃向かってくるのだ。

道具方二人は逃げ腰になった。明智も足場を定めて、防戦の身構えをした。そして、なおもジリジリと敵に近づいて行く。

と、途方もない不思議なことがはじまった。賊は短刀の刃先を追手に向ける代りに、われとわが喉にあてて、今にも自殺しそうな様子を示す。驚いて一歩ひくと、短刀の手をおろすが、また近づくと、その切先が喉へと飛び上がる。

ああ、なんということだ。賊は近づくと自殺するぞとおどかしているのだ。しかもほんとうに喉笛をかき切る勇気もないのだ。これがあの世間を騒がせている大胆不敵の怪賊の仕草であろうか。一生涯を復讐事業に捧げた人物の行ないであろうか。彼の従来の傍若無人なやり口に比べて、この無気力な態度は、あまりにも烈しい相違ではないか。

そこまで考えた時、明智は胸にある恐ろしい疑いが閃めいた。彼はゾッとした。「しまった」と思うと、さすがの名探偵も、胸から背中から、つめたい脂汗がにじみ出すのを感じた。

いや、そんなはずはない。一座のうちで道化服を着ていたのは、座長の怪人だけだ。小人数の一座に同じ風体の道化師が二人もいるはずはない。その証拠には道具方も「あれが座長だ」といって、疑う様子もなく追撃をはじめたではないか。

「オイ、君は座長ではないのか」

尋ねてみても、相手は恐怖のために返事もできない様子だ。

「君は一体誰だ。座長でない者が、どうしてそんな服装をしているのだ」

「座長ではありません」やっと相手が震え声で答えた。

「軽業師の木野ってもんです」

それを聞くと明智は相手の兇器を無視して、飛びかかって行ったかと思うと、襟がみをつかんで、男の顔を下からの細い光線の中へグイとねじむけた。見ると全く人違いだ。取るにも足らぬ若造だ。容貌は奇怪な化粧でわからぬけれど、顔の輪廓がまるで違う。遠方と暗さのために、こうして近々と眺めるまでは、年齢や顔の輪廓までは見きわめることができなかったのだ。

明智は若者を虫けらのように突き離しておいて、もときた梯子の方へ引きかえし、おそまきながら、もういちど舞台裏をしらべてみようとした。

だが入口の穴まできて、下を見おろすと、梯子の昇り口に群がりよる一団の人々。警官、座方の者、野次馬、それに玉村二郎まで、全員こぞって、屋根裏目ざして集まってきたところだ。

「二郎君、木戸口の見張りはどうしたんだ」

明智は烈しい口調で尋ねた。

「木戸口の見張りですって、そんなことどうだっていいじゃありませんか。手下のやつらが逃げてしまっても首領さえ捕まえれば」

二郎は呑気な返事をした。無理はないのだ。道化服の怪人は、明智はじめ三人のものに、屋根裏へ追いつめられた。もう何も表口、裏口を見張っている必要はない。それよりも明智に協力して屋根裏の怪賊を捕えなければならぬ。一刻も早く恋人のかたきの顔が見てやりたい、と二郎が考えたのはまことに自然である。二郎がその考えだから、様子を知らぬ警官にしても、座方の者にしても、もう犯人は捕まったことと思って、ただ屋根裏へと殺到したのだ。

すぐに場内から表の往来までくまなく捜索したが、すでに手遅れ、首領の怪物も、部下の連中も、娘の文代まで行方知れずになっていた。

道化服の若者を取り調べてみると、彼は近頃もとの親方のところから、多額の金を持ち逃げして、怪賊の一座にかくまわれていたもので、さっき「美人解体術」が終って間もなく、座長が「木戸口にデカらしいやつがきているから、万一の用意にお前はおれの道化服を着て白粉をぬって、姿を変えているがよかろう」と注意してくれたので、その通りにしていると、今の捕物騒ぎだ。脛（すね）に傷持つ彼は、テッキリ自分が捕縛されるものと思いこみ、持ち前の軽業で、綱渡りから天井裏への逃走となったのである。彼は泥棒などする男に似あわず極度の小心者で、短刀を用意していたのも、縄目の恥を受けるよりも、いっそ自殺したがましだと、ほんとうに考えたからであった。しかしいざとなると、やっぱりだめで、結局捕縛されてしまったのだ。

むろんこれは、例の怪物の、悠々迫らぬ、からかい顔の逃走トリックであった。さすがの明智もそこまで手早い用意ができていようとは知らず、思いもかけぬ失策を演じてしまったのだ。

五色の雪

明智の立場は苦しかった。非常な苦労をして死を装い、せっかく爺やに化けて玉村邸内に入りこんだのを、心なき二郎青年の失策から、賊の前に正体を曝さねばならぬことになり、しかも、その大犠牲を払って追跡した賊には、まんまと一ぱい喰わされてしまったのだ。周囲の人々、ひいては世間に対する不面目は別としても、彼の自尊心が恥辱に耐ええなかった。こうなっては、もうどんなことがあっても、賊の巣窟をつきとめないでは我慢ができぬ。前後の利害を打算している暇はないのだ。彼は木戸口のところに黙然と佇んだまま全気力を頭脳に集中した。全く不可能なことがらを、なしとげなければならぬのだ。あれほど探してわからぬ賊の行方を、今ただちにつきとめようというのだ。

彼はかつて怪汽船の密室で、身動きもならぬ縄目をうけ、怪賊のためにあわや毒薬を注射されようとした、あの危急な場合を想起していた。そのとき彼を救ってくれたのは、当の怪賊の娘文代だった。全くありえないことが起こったのだ。
だが、あの時、彼は五官以外の感覚で、それを予期していた。少しも絶望を感じなか

った。今夜も同じ不思議な感覚がある。心の隅を名状し難い微妙な何者かが擽ぐってい
る。それは例えば少年の日の恋の思い出のように、ほのかに匂やかな感覚だ。
定めもなくあたりを見まわしていた明智の眼が、ピッタリと、闇の地上に釘づけにな
った。長い長いあいだそこを見つめていた。やがて、彼の固い頬が徐々にくずれ、皺ん
だ眉がひらくと、にこやかな微笑が顔全体を占領した。
「二郎君、君が恋人を失った気持が、今こそわかるような気がします。ああ、君は変な
顔をしていますね。なぜだというのですか。それはね、僕には非常に美しい恋人ができ
たからですよ」
明智はこんな際にもかかわらず、彼にも似ぬ感情的な調子で妙なことを言いだした。
むろん二郎にはなんのことだかわからなかったが、あとになって考えてみると、わが明
智小五郎が生涯ではじめて恋を感じたのは、その劇場の木戸口に立って、暗い地面を見
つめていた時であった。誰に対して？　それはおいおいにわかることだ。
「さあ、これから賊を追っかけるのです。たぶん僕らはやつの巣窟をつきとめることが
できるでしょう」
明智が感情を振り払って叫んだ。二郎も警官たちも、明智は気でも違ったのかと怪し
まないではいられぬ。
「何を目あてに追跡するのです」
「まあ、僕に任せておいてください。十中八、九、諸君を失望させることはないと思い

ます」

言いながら、彼はもう町を右へと歩きだした。さもさも確信あるもののように。有名な素人探偵のいうことだ。人々も彼にしたがって歩きはじめた。二郎と警官四名、同勢六人だ。

町角へくるごとに、明智はなんの躊躇もなく、一方の道を選んで進む。まるで眼に見えぬ道しるべでもあるように。

五、六丁歩くと東海道線(とうかいどう)の踏切りだ。その辺から、夜ふけながら、町筋が明るくなる。

「ああ、わかりました。明智さん。あなたはあれを目あてに歩いているのですね」

二郎が町の明かりでそれを発見して叫んだ。人々が彼の指さす地上を見ると、行手にずっとつづいている粉のように小さな五色の色紙(いろがみ)。今までは道路が暗いのと、紙切れがあまりに小さいために、つい気づかなかったが、振りかえると、うしろにも同じように、かすかに断続する紙の雪。

「明智さん、一体誰がこんな目印を残して行ったのです。そして、これが賊の逃げた道だということが、どうしてわかるのです」

二郎が尋ねる。

「紙テープと同じように、手品に使う、紙を刻んだ五色の雪です。それをほんの少しずつ、地面へ落として行った。これをたどって行けば賊の住みかに達するという目印です。幸い今夜は風がないので、散りもしないで残っていたのでしょう」

「しかし変ですね。あの賊がそんな目印をわざわざこしらえておくなんて。考えられないことじゃありませんか」

「賊ではありません。あいつの娘の文代という女です」

「賊だって、賊の娘だって、同じわけです。そんなばかなことが」

二郎は今度こそ、明智が発狂したのではないかと、ほんとうに心配になりだした。

「いや、君が変に思うのはもっともです。しかしあの娘は親子のきずなで悪魔に従ってはいるものの、父親とは正反対の心の優しい女です。以前から父の悪行を憎んでいたのですが、今夜こそ、もうたまらなくなって、いっそ父親を警察へ引き渡そうと決心したのでしょう。それにはまた、僕の苦しい立場を救ってやろうという、優しい思いやりもあるのです」

明智は歩きながら、かつて怪賊船での不思議な出来事を手短に話して聞かせた。

今度の事件では、名探偵を絶体絶命の窮地から救うものは、いつも怪賊の実の娘なのだ。なんという不思議な因縁であろう。なるほど、なるほど、さっき明智が恋人ができたといったのは、この文代のことだったかと、二郎も引きいれられて涙っぽい気持になった。明智はと見ると、彼の眼も、思いなしか、異様にギラギラ光って見えるのだ。

急ぐほどに、いつしか町を離れた淋しい海岸に出ていた。静かとはいっても、さすがに頬をうつ潮風、よせては返す波の音。もうその辺には目印の五色の雪も残っていない。見ると行く手の丘にポッツリ建っている一軒家。大森の町を出離れて森ケ崎(もりがさき)に近い場所ではあるが、妙なところに思いもかけず、妙な洋館があったものだ。孤独ずきな人の別荘か、画家のアトリエか、古風な建て方のささやかな木造洋館だ。

近づいて様子をうかがうと、どの窓も密閉されているが、なんとなく怪しげなけはい。それにいまきた道を通っては、この家よりほかに行きどころはないのだ。

警官は手わけをして建物をとり巻く。明智と二郎とは入口を叩いて、さりげなく案内を乞う。中に人が住んでいることは、ほのかに洩れる燈火によっても察しられるのだが、戸を叩いても返事はない。シーンと静まり返って、中では、眼を見あわせた連中が、だまりこんで、そとの様子に聞き耳を立てている感じだ。

「感づいたのでしょうか」

「われわれとは知るまい。ただ、場合が場合だから用心しているのでしょう」

暗闇に立っているのだから、大丈夫とは思ったけれど、二人は充分用心して、屋内から隙見されても、それと気づかれぬよう、ドアのすぐ横にうずくまって様子をうかがった。

ややしばらくたって、闇の中に、うっすりと、光の線が現われ、それが徐々に太くなって行く。誰かが入口のドアを細目にあけて、そとを見ているのだ。家内の淡い光を背にうけて、クッキリと黒い影法師が浮き出し、ドアの隙間がひろがるにつれて、それが洋装の女であることがわかってきた。

「どなた？」

何かを期待しているような低い声。確かに賊の娘の文代だ。

闇の中にかがんでいた明智がヒョイと立ち上がって、一尺の近さで娘と顔を見あわせた。暗いけれど、顔形がわからぬほどではない。娘はハッと身を引きそうにしたが、相手が予期していた人物と知ると、今度はなんとも形容のできない複雑な表情で、泣き出しそうな顔をしながら、ためらい勝ちに、かすかにかすかに目礼のようなことをした。

なんという不思議な対面であろう。なんという奇妙な知己であろう。一人は追うもの、一人は追われるもの、彼らは永久にかたき同士のあいだがらだ。顔を見あわすのも、今が二度目、親しく語り合ったことは一度もない。ただ娘は実行したのだ。言葉の百層倍も雄弁に実行してみせたのだ。明智の方では、一度ならず二度までも、この比類なき乙女の純情に、彼女が賊の娘であればこそ、一そう強く打たれないではいられなかった。

「早く、早く」

娘は乾いた舌で囁く。明智と二郎とは、娘に導かれて家にはいった。はいったところは、三坪ほどの小さなホールになっている。

「大丈夫ですか。僕らがつけてきたことを感づいてやしませんか」

「まだ大丈夫です。奥には二人しかいません。お父さんと森の中であなたに見つかった男です。ほかの座員たちは思い思いの方角へ逃げました。奥では今お酒を飲んでいます。早く捕まえてください。今夜こそお父さんを逃がさないでください」

文代は彼女の切ない思いをこまごまと語りたかった。玉村一家の人々を救うためには、実の親ながら、極悪非道の父を警察へ引き渡すほかはないと、けなげにも心をきめるまでの、言うに言われぬ苦しさ悲しさを、しみじみ聞いてほしかった。しかしこの危急の場合、そんな余裕はないのだ。

「まず第一にあたしを縛ってください。あたしは極悪人の子です。一味の者です」

娘は明智にからだをすりつけるようにして、強い調子でささやく。

「どうして？　君はもうわれわれの味方じゃないか」

「でも縛ってください。そうでなければ、あたしは大きな声を立てます。親を売った娘は縛られるのが当たり前です」

　可哀そうな文代は、もう泣きだしそうな声だ。明智にも二郎にも、彼女の心持がよくわかった。ともかくも、一応縛ってやるのがむしろ慈悲である。二人は彼女のいうがままに、明智の細い帯を解いて、ホールの柱へ、型ばかりに文代を縛りつけた。

　ちょうどその時、奥の間を忍び出た賊の部下（洋子の死体を埋めた男）が玄関の横手の小部屋に潜み、ドアの蔭からこの様子をうかがっていたが、玄関の三人は少しも気づかなかった。その小部屋には、やっぱり手品の道具であろうか、寝棺（ねかん）のような黒い箱がおいてある。中には何がはいっているのか、文代すら少しも知らぬのだ。もしそれを知っていたら、彼女は決して、明智の手引きをするような愚かなまねはしなかったであろうものを。

　文代を縛り終った明智と二郎とは、そとの警官を呼びこむ前に、先ず敵の様子を探っておこうと、まるで泥棒みたいに足音を盗んで、奥へ奥へと忍びこんで行った。

鉤の手の廊下はまっ暗だ。両側の部屋に燈火はない。ただ突き当たりの通風窓からボンヤリ明りがさしているばかりだ。賊はその部屋にいるのであろう。

ドアのそとまでたどりついた明智は、鍵穴に眼をあてて、室内を覗きこんだ。いるいる。服装が変り、顔の白粉は消えたけれども、テーブルに肘を突いて、盃をなめているのは確かに怪賊だ。視野が狭いので、もう一人の男は見えぬが、たぶん怪物と向き合って、同じように酒を呑んでいるのであろう。

だが変なことには、賊はただ盃をなめているばかりで、いっこう話をする様子がない。ただああして二人が睨みあっているのかしら、それとも、もしや……

「こいつは油断がならぬぞ」と立ちなおろうとしたときには、すでに遅かった。グーッと背中をおしてくる固いもの。

「手をあげろ」

押しつけるような声。いつの間にきたのか、賊の部下が両手にピストルを持って、その筒口を明智と二郎の背中にあてがっていた。

不意をつかれた両人は、ただ命ぜられるままに手をあげるほかには、何を考える暇もなかった。

「もう出てきてもよござんす。二人のやつは虜にしました」

男が呼ぶと、ドアがひらいて姿を現わす。悪魔と名探偵の二度目の対面。だが両人とも特別の感情を示すでもなく、平気な顔を見あわせた。

「これはよく御訪問くだすった。実はこういうこともあろうかと、心待ちにしていたわけですよ」

賊はニヤニヤと無気味に笑いながら挨拶した。

さすがに明智は答えない。冗談に応酬するにはあまりに不利な立場だ。

「ところで、あなたをなんとお呼びしましょうかね」

賊はさも愉快らしく手をすり合わせて、一こと一こと自分の言葉を味わうように、

「音吉爺さんですか。それとも明智小五郎君ですか。いや、そんなことはとにかく、せっかくの御訪問ですから、一つ私の商売の大魔術というやつをお目にかけましょうかね。何もおもてなしができませんので、まあ御馳走代りというわけですよ」

「それでは、どうかこちらへ」

手下の男までが、首領をまねてばか丁寧だ。そのくせピストルの筒口では、二人の背中をつついて、案内どころか牛でも追うように、無理やり元の入口へおして行くのだ。

明智も二郎もされるがままになって、玄関のホールへ戻ってきた。首領もあとからついてくる。

「さあ明智君、ここです。君がさっき縛っておいた私の娘の顔を見てやってください」

明智は背中をピストルで突かれて、よろよろと前にのめり、危うく文代にぶつかりそうになった。が、それと同時に、筒口が背中を離れた。今だ。明智は一と飛びで、娘の

うしろに廻り、彼女のからだを楯にして、どうして持っていたのか、ポケットからピストルを取り出すと、いきなり文代のうなだれた頭部へ狙いを定めた。残念ながら、とっさの場合、そのほかに方法がなかったのだ。むろん撃つつもりはない。ただ賊と対等の立場をうるためだ。

だが、ああなんという恐ろしいやつだ。怪物はそれを見るとゲラゲラ笑いだした。

「ハハハハハ、おうちなさい。その女が死んだところでわしは少しも痛痒を感じない。いや、かえってお礼を申し上げたいくらいのものだ」

「だが、君は、僕がこれを撃てば、娘さんが傷つくばかりではない、その銃声でそとにいる警官たちが飛びこんでくることを勘定にいれていますか」

明智がはじめて口をひらいた。彼の眼は憎悪に燃えている。野獣にも劣る極悪人の態度に、彼はさすがに激昂しないではいられなかった。

「むろん、それに気づかぬおれではない。何百人の警官がはいってこようと、その娘を殺せば、おれの手助けをしたも同然だ。君もおれの一味として捕えられなければなるまい。ワハハハハハハ、明智君、まあ気を静めて、その女の顔を見るがいい」

それを聞くと、明智は何かしらギョッとしないではいられなかった。彼は淡い光の中で、縛られた娘の全身を眺めた。変だ。はっきり記憶していないけれども、どうも服装が違うようだ。だが、これは一体なにを意味するのだ。たった二、三分のあいだに、ここでどんなことが起こったというのだ。ひるむ心をはげまして、彼はうなだれた娘の顔を覗きこんだ。ああ、果たして果たして、彼女は文代ではなかった。明智も二郎も熟知している全く別の女性であった。

驚くべき魔術師の怪技。いつの間に、どうして、しかもこの娘が！

さすがの名探偵も、「アッ」と叫んだまま、次に採るべき手段を考える力さえ失ってしまった。

奇妙な取引

人違いだ。文代ではない。薄暗いので、今の今まで気づかなかったが、文代と同じ服装をした別の娘だ。ああ、なんという早業、いつの間に、人間のすりかえが行なわれたのであろう。

だが、もっと驚くべきことは、その娘が、知らぬ人ではなかったことだ。知らぬどころか、大森外科病院の病室に寝ているとばかり信じていた、玉村妙子その人であったことだ。

彼女は、さっき明智が、文代にした通り、グルグル巻きに縛られ、猿轡をはめられて、物をいうことも、身動きすることもできず、涙に濡れた青ざめた顔で、じっと二人を見つめている。

明智も二郎も、それを見ると「あっ」といったまま立ちすくんでしまった。

「ハハハハ、魔術師の早業がお眼にとまりましたか。さすがの名探偵どのも、ちと面くらいの形ですね」

悪魔は、醜く顔をゆがめて、毒々しく笑った。彼のピストルは、素早く妙子の脇腹にくっついている。形勢は一転して、今度は明智の方がおどかされる立場になった。

あとでわかったところによると、その日、玉村妙子は、もう傷口もほとんど癒えたので、退屈のあまり病室を出て、病院の庭を散歩していたが、ちょっと看護婦が眼を離しているあいだに、どこへ行ったのか、姿が見えなくなってしまった。

夕方になっても、帰らぬので、玉村邸へ電話をかけると、むろん家へは来ていないという返事だ。そこで、警察へ届けるやら、捜索隊が八方に飛ぶやら、大騒ぎとなったが、その時分には、当の妙子は、とっくにこの海岸の一軒家へさらわれてきていたのだ。

先に、賊の住みかの玄関脇の一室に、棺桶のような長い箱がおいてあったことをしたが、妙子はその中にとじこめられていたのだ。そして、明智たちが奥の方へはいって行った留守に、賊の手下のやつが、柱に縛られていた文代と、棺桶の中の妙子とを、手早くすりかえてしまったのだ。名探偵の裏をかいて、アッといわせてやろうという、例の魔術師の虚栄心である。

「すてき、すてき、さすがは魔術師ほどあって、あざやかなものだね。君にかかっちゃ、僕のいたずらなど子供だましさ」

明智はこのお芝居が面白くてたまらぬという調子で、ニコニコ笑いながら、手にしていたピストルをポイと床の上へほうりだした。

賊の手下が素早くそれを拾いあげて、ポケットにいれた。

「おいおい、そんなもの、大切そうにしまいこんでどうするんだね。そいつは、君たちの手品の楽屋で拾ってきた、おもちゃのピストルだよ」

若者はそれを聞くと、ちょっとたじろいだが、何くわぬ顔で、

「手品の小道具がなくちゃ、あすから興行ができないからね」

とへらず口を叩いた。

「ところで、われわれの勝負だが、この場の形勢は一体どちらに勝ち目があると思うね。君もまんざらばかではないのだから、そのくらいの目先は利くはずだが」

明智は手下などは相手にせず、賊の首領に向きなおって大胆不敵の応対をはじめた。

「おれの方には武器がある。人質もある。だが君の方は空手だ」

賊が鷹揚に答えた。

「この家をとり巻いている警官たちを忘れたようだね」

「その連中がはいってくるまでには、妙子が死んでしまう。この娘の命と引きかえなら、わるくない取引だよ」

「ハハハハハ、嘘をいってもだめだ。ホラ、君の顔はそんなに青いじゃないか。妙子さん一人のために、君は四十年も苦労をしたのかね。君の目的はもっとほかにあったはずだ。それを棒に振って、絞首台に上がるほど、あきらめのいい男でもあるまい。ハハハ

ハハ、そんな取引きは、わるくないどころか、君の方が大損をするわけだぜ」

賊は急所をつかれて、グッと詰まった。彼の額には見る見る苦悶の色が現われた。

「よしっ、それまで知っているなら、痩我慢はよして、ギリギリ決着の取引きをしよう。実際、おれは不意を打たれてびっくりしたのだ。偶然妙子をここへ連れだしてなかったら、俺は破滅してしまうところだった。この娘がいるばっかりにやっと助かるのだ。さあ、妙子を売ろう。気を静めて、値をつけてくれ」

さすがに悪党だ。決断も早い。

「君の自由か……もしいやだといったら？」

「ズドンと一発、妙子と心中だ。この世がおしまいになるばかりだ」

「高い取引だ。だが、妙子さんの一命にはかえられぬ。承知した。君は自由だ」

「卑怯なまねをするんじゃあるまいな」

「ハハハハハ。妙子さんを受けとっておいて、君を捕縛させるというのか。安心したまえ。たとえ君のような悪党に対してでも、そんなことをするのは、僕の潔癖が許さんよ。さあ、縄をときたまえ」

「だが、そとに待っている連中を、どうして説きふせるのだ。警察のやつらが、まさかこの取引きを承知するはずはないぜ」

「ハハハハハ、だんだん弱音を吐くね。だが、その連中は僕に任せておきたまえ。君らは裏口から逃げればいいのだ。警官たちは僕が表口へ集めてしまう」

こうして、不思議な商談が成立した。

妙子は自由の身となって、兄の二郎の腕に抱かれた。二人の賊と、別室に隠れていた文代とは、手を引きあって裏口へと走った。

「オイ、文代さんを大切にしてくれたまえ。君には惜しい娘さんだ」

明智は賊のうしろから声をかけた。文代を一しょに逃がしてやるのは、なんとなく残りおしい感じがしたけれど、賊の実子とあっては、無理に引き離すわけにも行かぬ。

賊の一団が裏口を出ぬ先に、表へ飛び出した明智が、合図の口笛を吹いた。建物を包囲していた警官たちが残らず集まってきた。

「諸君、賊はどこかの部屋へ逃げこんでいるのだ。暗いのでハッキリしたことはわからぬ。それに相手はピストルを持っているから、注意して向かってくれたまえ」

警官たちは、身構えをしながら、いくつかの部屋を、次から次へと探して行った。

そのひまに、賊の一団が、裏口からそとの闇へと、行方知れず逃げさったことはいうまでもない。

ダイヤモンド

玉村商店宝石部の第一等の得意先に、牛原耕造（うしはらこうぞう）氏という金満家があった。二年ほど前、アメリカから帰ったいわば成金紳士で、社交界にはあまり名を知られていないが、一種の宝石道楽で、この二、三か月のあいだに、玉村商店から買いあげた額は、到底由緒正しい貴族富豪などの及ぶところではなかった。

買いあげた宝石を、誰に与えるのか、夫人も子供もない全くの独り者で、小石川区内の、もと旗本の屋敷だという、古い大きな家を買い求めて、数人の召使いとともに、住んでいた。

アメリカ式な、無造作な人物で、自分で自分の自動車を操縦して、よく玉村商店へ遊びにきたが、話しずきで、どことなく愛嬌があったので、主人の玉村氏ともじき懇意を結び、お互いに訪問しあうほどのあいだがらになっていた。

前章の出来事があってから、約一か月の後、年を越して一月の終りに近いある日のこと、玉村氏は、一郎と二郎と妙子の三人の子供をつれて、牛原氏の晩餐会に招かれた。

約束はもう二、三か月も以前からできていたのだけれど、得二郎変死以来、引きつづく凶事に、晩餐会どころではなく、長いあいだ延び延びになっていたのが、この一と月ほど、なんの変事も起こらず、さすがの悪魔も退散したかと思われるほど無事な日がつづいたので、ようやく約束を果たす運びになったのである。しかし、明智小五郎のかねての注意に基づき、玉村氏は、このなんの危険もない晩餐会にも、屈強の書生数名を、護衛として同伴することを忘れなかった。

約束の午後六時、ものものしい二台の自動車が、小石川の淋しい屋敷町にある牛原邸の玄関に、横づけになった。

上機嫌のニコニコ顔で、召使いとともに出迎えをした牛原氏は、玉村氏の一行四人を、奥の客間へと招じた。同伴の書生たちは、別間に酒肴の用意ができているというので、その方へ連れられて行った。

客間は、主人の例の無造作で、畳の上にジュウタンをしき、椅子テーブルを並べて、洋室らしくしつらえたもので、贅沢な洋風家具と、床の間のある天井の低い座敷とが、妙にチグハグで、明治初年の錦絵などにある、西洋間という感じがした。

中央の大テーブルには、すでに主客五人分の食事が用意されてあった。

「さあ、どうかおかけください。御馳走は何もありませんが、今晩は、料理よりも、妙子さんのピアノと、それからお約束の私秘蔵のダイヤモンドをお目にかけるのが、御馳走です」

牛原氏は愛想よくふるまった。

玉村氏が今晩の招待に応じた第一の理由は、この牛原氏の自慢の宝石を見るためであった。それは最近ある外国人から手に入れたもので、話に聞いただけでも、非常に珍らしい石であることが想像された。是非いちど拝見したいというと、それでは晩餐会においでなさい、必らずお見せしますと、とうとう今晩引っぱりだされることになったのだ。

子供たちを同行することは、一応辞退したけれど、牛原氏が承知しなかったし、そればかりでなく、しばらく消息を絶ってはいるが、例の復讐鬼がいつ魔手をのばさぬとも限らぬので、一家の者が少しでも離れ離れになることを避けるために、かくて四人一しょに出かけてきたのである。

牛原氏が一人舞台で、みんなを笑わせたり、謹聴させたりしているうちに、食事は終った。

「それでは、例のダイヤモンドをお目にかけましょう」

食卓の白布が取りのけられると、牛原氏は立ち上がって別室に退いたが、間もなくビロード張りの小函を持って帰ってきた。

「これです。一つお目利きが願いたいものです」

待ちかねていた玉村氏は、すぐさまその小函を受けとって蓋をひらいた。

五つの頭が、四方から小函の上に集まる。

電燈の光を受けて、ギラギラと、火のように燃え輝く見事な宝石、古風なロゼット型の十カラット以上の品だ。

「まあ、美しい」

妙子が第一番に感嘆の讃声をあげた。

「すてきだ」「見事なものだ」「すばらしいダイヤだ」と誰も彼も讃美を惜しまなかった。

だが、さすが専門家の玉村氏は、石に見入ったまま、容易に口をひらこうとはせぬ。

「いかがです。玉村さん。一万円は買いかぶりではありますまいか」

「買いかぶりどころか、非常な掘り出しものです。その倍以上の値打ちは確かに……」

と言いかけて、玉村氏はふと口をつぐんだ。指でつまみ上げていた石が、ポロリと卓上に落ちた。彼は何かしら非常な驚きにうたれた様子だ。

「玉村さん、どうなすった。あなたの顔はまっ青ですよ」

牛原氏はびっくりして尋ねた。

「私は、この石を知っています。確かに見覚えがあります。あなたは何者から、これをお買いになりました」

「アメリカの商人です。今は本国へ帰っている男です」

「その人は、本国から持ってきたのではありますまいね。日本で手に入れたものでしょうね」

「さあ、本人は本国から持ってきたようにいっていましたが」

「それは嘘です。裏に肉眼で見えないほどの瑕がありります。同じ瑕の石が二つあるはずはありません。これは確かに盗んだものです」

「え、なんですって？　これが贓品だとおっしゃるのですか」

「そうです。その宝石には、殺人罪さえ伴なっているのです」

「いつ、どこで、誰が盗まれたのです」

「昨年の十一月、私の弟が盗まれました」

「それじゃ、あの獄門舟の惨殺事件のおりにですか」

牛原氏は、非常な驚きにうたれて叫んだ。

「そうです。福田得二郎が、あの魔術師と呼ばれる兇賊のために惨殺されたとき、ロゼット型のダイヤモンドが紛失したことは、当時の新聞にも出ました。その品は、私の店の番頭が、フランスの同業者から買って帰ったもので、それを弟の得二郎が懇望するので譲ってやったのでした。牛原さん、これは今度の犯人を探し出すためには、大変な手掛りです。その本国へ帰ったアメリカ人が、誰から譲りうけたかということが、わからないものでしょうか」

「そうでしたか。これがあの時のダイヤでしたか。よろしい、探ってみましょう。本人は国へ帰りましたが、親しくしていた友人がいるはずです。あす、早速その男を訪ねて糺してみましょう」

一としきり、その宝石がめぐりめぐって、牛原氏の手に入った奇縁について、驚きの言葉が取りかわされた。

「いや、その話はよしにしましょう。私が必らず元の譲り主を探しだしてお眼にかけますから、御安心なさい。それはそれとして、今晩はせっかくこうしておいでを願ったのですから、一つ愉快にやろうじゃありませんか。妙子さんのピアノが是非伺いたいものですね」

牛原氏は話題を転じて、白けた一座を明るくしようとつとめた。

だが、妙子にしては、二度も賊のため恐ろしい目にあった記憶が去りやらず、無気味な宝石をみては、なおさらピアノなどに向かう気持にはなれぬらしく、打ち沈んで辞退するばかりだ。

「ハハハハハ、いやにしめっぽくなってしまった。こいつはいけませんね。それでは、一つ交換条件を持ち出しましょう。私はね、このごろ十六ミリの小型映画に凝っているのです。自分で脚本を作って、書生などを役者にしてお芝居を撮ったのがあるのです。一つそいつをお目にかけましょう。その代り映画をごらんになったあとで、きっとピアノを聞かせてくださるのですよ。ようござんすか」

小型映画、しかも、牛原氏自作の映画劇とは初耳であった。三人の兄妹はもちろん、玉村氏さえ、ちょっと興味を感じて、流行の小型映画というものについて、いろいろ質問を発したくらいであった。

殺人映画

結局、牛原氏の誘い上手にのって、一同その小型映画を見ることになった。

「この部屋ではだめです。別に私のスタディオができているのですよ。穴蔵というと、気味がわるいのですが、なあに、この家の元の持主が作っておいた、小さな地下室があるのです。そこは、昼でもまっ暗なものですから、スタディオにはもってこいの場所で、映画の道具一式そこにおいてありますし、スクリーンも、そこの壁に張ってあるのです」

地下室と聞くと、一同の好奇心は一そうつのった。何か別世界を覗くといった、一種異様の興味が若い兄妹たちの心をそそった。

牛原氏は先に立って、客間の隣の、ガランとした空部屋にはいり、その押入れをあけると、中の床板が揚げ蓋になっていて、その下に、地下への階段ができていた。

「なんだか気味がわるいようですね」

玉村氏が笑いながらいった。

「酔狂なまねをしたものですね。ひょっとしたら、この家はもとばくち打ちか何かが住んでいたのかもしれませんよ」

牛原氏は、事もなげに答えて、ズンズン階段をおりて行く。一同は主人の気軽な調子にはげまされ、薄気味わるく思いながらも、まさかあのような深い企らみがあろうとは、知る由もなく、あとに従って地下室へとおりて行った。

降りきったところに頑丈な鉄の扉があって、そのそとにたくさん煉瓦がつんである。いったい何をするための煉瓦であろうか。

地下室というのは六畳敷きほどの狭い部屋で、天井も床も四方の壁も、古風な赤煉瓦でできていて、一方の壁に映写用の白布が張ってあり、器械類、簡単な椅子テーブルなどがゴチャゴチャと並んでいる。

牛原氏は小型のテーブルのような台の上に、器械を据えて、映写の準備をしていたが、それが終ると、一同を椅子にかけさせ、

「さあ、はじめますよ」

と言いながら、パチンと電燈を消した。

あやめもわかぬ真の闇の中で、カタ、カタ、カタとクランクの音が聞こえると、正面のスクリーンに、薄ボンヤリと抜けのわるい画面が動きはじめた。

よくみると、牛原氏自身の屋敷が背景に使われている。そこのいろいろな部分が、巧みに取り入れられ、その背景の前で、見知らぬ登場人物が、事件の筋を運んで行く。

素人現像のボンヤリした不明瞭な画面が、一種異様の凄味となり、なにかこう、恐ろしい悪夢でもみているような気持だ。

音楽も説明もなにもない沈黙の映画。音といえばクランクの廻転ばかり、登場人物は、黙々として笑い、泣き、語っている。真のパントマイムだ。

背景は現在のこの屋敷だけれど、物語の時代は明治の初期らしく、人物の髪の形、衣裳の着つけなどが、古い錦絵を思い出させる、古風な姿である。

夜会巻きの美しい女が出てくる。ある男の愛妾だ。その二人の色っぽい場面がいくつも現われる。

この女には、幼馴染の情夫がある。それが主人のいない折をみて、忍んでくる。不義の幾場面が巧みに描かれる。

だが、ある時、ついに主人が、この忍び男を発見する。すさまじき憤怒の形相、煩悶懊悩の痛ましい姿、彼は真底から女を愛していたからだ。

彼は、しかし、何気ないていで、伝手を求めてその忍び男と近づきになる。女の主人は四十歳ぐらい、忍び男は五つ六つ年下だ。二人とも妻も子もある立派な暮らしをしている。

恨みを包んだ無気味な笑顔。相手の真意を測りかねてビクビクしている不安の表情。

女の主人は、その奇妙な交際をつづける一方では、とある広い屋敷を買い入れて、その地下に、煉瓦造りの穴蔵のようなものを作らせる。買い入れた屋敷というのは、牛原氏のこの屋敷だ。地下の穴蔵というのは、今一同が映画を見ている、この地下室だ。そのころから、見物たちの頭に無気味な錯覚が起こり、映画と現実とが不思議な交錯をはじめる。

画面では、職人の手で穴蔵がほとんど完成する。あと半坪ほど煉瓦の壁が残っているばかりだ。主人は、どういうわけか、そこで、仕事を中止させて、職人たちを帰してしまう。

彼は鍬を持って、未完成の部分を、掘りはじめる。みるみる土の洞窟ができて行く。その時代には珍らしい地下室。異国的な赤煉瓦、そこで奇妙な穴掘りをつづける長い髪の毛の明治男。なんともいえぬ、不思議な景色である。

人一人はいれるほどの穴が出来上がった。

その穴を眺める四十男のゾッとするような笑い顔。

彼は穴蔵を出て、着物を着かえて、客間にじっと待っている。その客間というのは、映画を見ている一同が、さっき食事をした部屋だ。洋風家具がなくて、座蒲団と煙草盆に変っているが、部屋は同じあの部屋だ。

そこへ、約束があったものか、忍び男が訪ねてくる。主客の前に酒肴が運ばれる。形は違うけれど、やっぱり今夜と同じ晩餐の饗応である。

「ああ、きっと食事のあとで、地下室へ案内するのだ。全く同じことが起こるのだ」

予想は的中した。主人は立ち上がって、恨み重なる忍び男を伴ない、次の部屋へくると、さっきと同じ押入れをあけ、同じ揚げ蓋をひらいて地下の階段をおりはじめた。スクリーンの出来事と、さっきの現実とがピッタリ同じ順序で進んで行く。故意か偶然か。あまりにもいぶかしき一致ではないか。

室内の場面には、玄人のようにライトが用いられ、地下室の暗黒も巧みに撮影されている。

主人も客も、フラフラに酔っぱらっている。主人が恐ろしい意味をこめて、ゲラゲラと笑うと、まだ気づかぬ客も、同じようにゲラゲラ笑った。二人の酔っぱらいの、無気味な大写し。

主人がさっき掘ったほら穴を指さすと、客はそれを通路と誤まったらしく、壁の穴へとつき進んで、土の中へころがりこむ。

ハハハハハハ。ワハハハハハハハ。土の中へころがったまま耐らぬように笑っている。可哀そうな忍び男の大写し。

と、主人の態度が一変した。彼はほんとうに酔っていたのではない。シャンとすると、驚くべき敏捷さで、そこにおいてあった煉瓦を取り、鏝を持ち、漆喰をすくって、壁の穴へ、煉瓦を二重に積みはじめた。

壁の奥では、酔っぱらいが、なにも知らずに笑っている。彼の前に、恐ろしい速度で煉瓦の壁が積み上げられて行くのを、空(うつ)ろな眼で眺めている。

煉瓦積みの単調な場面がしばらくつづく。

やがて、恐ろしい作業がほとんど完成した。あと五、六個の煉瓦で、すっかり密閉されてしまう。

「アハハハハハ、こいつは耐らぬ。なんという滑稽ないたずらだ。オイ、この思いつきは素敵だぞ。お前はうまいことを考えたものだね」

壁の中の、ほら穴の大写し、そこに笑いこけた忍び男が、そんなことをわめいているのがありありと想像される。

そとの男は、とうとう最後の煉瓦をはめこんで、ハタハタと着物の汚れをはたいている。満足そうな薄笑い。そして穴蔵を出て、鉄の扉をしめて、足どりも軽く階段をのぼり、もとの客間へ帰ると、残っていた酒をガブガブのんで、舌なめずりをしながら、ニタニタと、身震いの出るような笑い顔。

と、場面はもういちど穴蔵に戻る。完全にとじこめられた壁の奥のまっ暗な土の中の大写し、酔っぱらいの忍び男は、もう一生涯そこを出る望みがないのも知らぬていで、まだゲラゲラ笑いつづけている。ああ、なんという戦慄すべき笑いであったろう。

それがパッと消えると、しばらくは時間の経過を示すための暗黒、そして、再び現われたのは、やっぱり元の壁の中だ。

男はもう笑っていない。すっかり酔いが醒めたのだ。恐怖に飛び出しそうな両眼、何をわめくのか、大きくひらいた唇。虚空をつかむ断末魔の指先。

彼はすべてを悟ったのだ。女の主人が彼の不義を知っていて、恐ろしい復讐をなしとげたことに気づいたのだ。どんなに叫んでも、永久に出ることのできない、生きながらの埋葬を悟ったのだ。早くも漆喰が固まって、おしても叩いても厚い煉瓦の壁はビクともしない。

むだとはわかっていても、しかし、彼はもがかぬわけにはいかなかった。土の中のみるも無残な気ちがい踊り、網にかかった鼠のように、ガリガリと壁を掻いて狂い廻った。

この世のものとも思われぬ、恐怖の表情の大写し。そして、徐々に溶暗……。

恐ろしい映画が終った。穴蔵の中は真の闇、感動のあまり誰も口をきくものはない。死のような沈黙の数秒。

やがて闇の中から、牛原氏の妙におしつけた声が聞こえてきた。

「玉村さん、この写真の意味がおわかりでしたか」

玉村氏は、恐ろしい予感に震えて、返事をする気力もない。

「おわかりになりませんか。では教えてあげましょう。今から五十年以前、ああしてこの穴蔵へとじこめられた、みじめな男は、かくいう私の父親なのです。そして、この世にも恐ろしい復讐をなしとげた人物は、玉村さん、あなたのお父さんの幸右衛門(こうえもん)という人でした。あなたは、まさかこんな出来事があったのはご存じないかも知れぬ。だが、密通者奥村源次郎が、妻子を残して行方不明になったことは、お聞き及びでしょう。世の中では、源次郎がなにか悪いことをして、身を隠したのだと取り沙汰しました。誰もこの恐ろしい復讐の犠牲になったことは知りませんでした。しかし、たった一人、ほんとうのことを知っている者があった。彼は苦心を重ねてこの穴蔵の秘密を探り出したのです。そして、とうとう源次郎の死体を発見し、源次郎が煉瓦を傷つけて書き残した、異様な遺書を読んだのです。そして、彼の生涯を復讐事業に捧げる決心をしたのです。それが誰であったかは、言わずともお察しでしょう。源次郎の一子奥村源造です。即ちかくいう私なのです」

闇の中の声がパッタリ途絶えた。

「牛原さん、冗談はいい加減にしてください。いたずらが過ぎますぜ。こうして私たちを思う存分怖がらせておいて、あとで大笑いなさろうというわけでしょう。ハハハハハ。その手には乗りませんよ」

玉村氏は震え声で、夢中になって打ち消した。それを信じるのが、あまりにも恐ろしかったのだ。

「冗談ですって?」闇の中の無気味な声が答えた。「あなたは冗談やなんかでないことを、知りぬいておいでなさる。さっき、例のダイヤモンドをお見せした時から、あなたは心の隅で私を疑っていた。もしやこの男が、あの魔術師といわれる兇賊ではあるまいかとね。その通りですよ。私が得二郎を殺した本人であればこそ、あの宝石を持っていたのです。私は半生を復讐事業のために捧げました。ただ父の遺志を果たすために生きてきました。そして、やっと、今晩、その目的を達したのです。玉村一家を亡ぼしてしまう時がきたのです。玉村さん。私の嬉しさが、あなたにわかりますか。気ちがいになりそうですよ」

「わしは少しも知らないことだ。わしの子供たちは一層無関係だ。父親のかたきを、その子と孫が受けなければならぬ道理はない。君は血迷っているのだ。気が違っているのだ。無関係なわしらを苦しめて、どうしようというのだ」

玉村氏は必死に抗弁した。

「それが知りたいですか。知りたければ、スクリーンの裏の煉瓦の中をしらべてごらんなさい。私がどうしてこんな気持になったかが、わかりすぎるほどわかりますよ」

言ったかと思うと、カタカタと走り去る足音、バタンと締まる鉄扉の音、そして、そのそとから聞こえてくる、ゾッとするような悪魔の笑い声。

一郎と二郎とは、闇の中をドアに突進して、それをひらこうとあせったが、頑丈な鉄板は二人や三人の力で、ビクともすることではない。

電燈をひねってみたが、そとのスイッチが切ってあるとみえて、点火しない。

「だめです。お父さん、僕たちはとじこめられてしまいました」

「お父さま、兄さん、どこにいらっしゃるのです。あたし怖い！」

「しっかりするんだ。みんな気を落としてはいけない。なあに、まだ助からぬときまったわけではないよ」

親子兄妹が、恐ろしい闇の中で呼びかわした。

ドアのそとでは、五十年以前に、玉村幸右衛門氏がやったと同じことが行なわれていた。悪魔は、鉄扉のそとへさらに煉瓦を積み上げているのだ。コトコトという物音はそれに違いない。さっき通りすがりに見た、煉瓦の山はそのために用意されてあったのだ。

「こう暗くては、どうすることもできない。マッチはないか」

玉村氏の声に応じて、一郎は所持のライターを点火した。

赤暗く見える煉瓦の穴蔵、暗闇よりは一層物すさまじき光景である。

どんなにあせってみても、急には出られぬことはわかっている。それよりは、ともかく、奥村源造の言い残して行った、壁の中をしらべてみよう。ひょっとしたら、その奥の土を掘って、そとへ抜け出せぬでもない。

玉村氏はそこへ気づくと、一郎のライターをたよりに、壁のそばへよって、そこにさがっているスクリーンを引きちぎった。

そのうしろの煉瓦の壁は、ところどころ漆喰がとれて、たやすく抜き出せるようになっている。三人の男は、力をあわせて、煉瓦の抜きとりにかかった。一枚一枚、煉瓦を取りさるにつれて、ポッカリと、地獄の入口のような、まっ暗な穴がひろがって行く。間もなく、二尺ほどの空虚ができた。

「それを貸しなさい。一つ中を覗いてみよう」

玉村氏は一郎のライターを受けとって、それをかざしながら、中へ首をさしいれて、闇のほら穴を覗いた。

覗いたかと思うと、彼はアッと叫んで、大急ぎで首を引いた。なんともいえぬ恐怖の表情、土気色の顔、鼻の頭に浮かんだ玉の脂汗。子供らはかつて、このように恐ろしい父親の顔を見たことがなかった。

一郎も、二郎も、それにおびえて、思わずあとじさりした。

妙子は、あまりの怖さに、キャーッと絹を裂くような叫び声を立てた。

恐ろしき遺書

「なんです。何があったのです」

一郎と二郎とがほとんど同時に叫んだ。

「骸骨だ。五十年前に生埋めにされた男の骸骨だ。あいつのいったことは、嘘ではなかったのだ」

父玉村氏が、あえぎながらいった。

だが、ただ骸骨を見ただけで、あんなに驚き恐れるというのは、なんだか変に思われた。元気な一郎、二郎の兄弟は、いきなり壁に突進して、煉瓦の隙間に手をかけると、力を合わせて押しのけた。

すると、ガラガラと煉瓦がくずれ、そのうしろに、深いほら穴が現われた。煉瓦はあらかじめその部分だけ取りはずして、いつでもくずれるよう、ソッと積みあげてあったのだ。

ほら穴の中にはボロボロに破れた着物をきた骸骨が、くずれもせず、断末魔の苦悶の姿をそのまま、ほしかたまっていた。

骨ばかりで、どうして、原形を保っていることができたか。土の上によりかかっていたからか。あるいは復讐鬼の奥村源造が、骨をつぎ合わせて、そんな形にこしらえておいたのか。いずれにせよ、着物をきた骸骨の生けるが如き断末魔の形相は、ゾッとするほど恐ろしいものであった。

土の中へ食いこんだ両手の指、異様な恰好に折れ曲った両足、よじれた胴体、食いしばった、むき出しの歯並、恐ろしいほら穴みたいな両眼。それが気ちがいのように取り乱して、断末魔の踊りをおどっているのだ。

さすがの兄弟も、父親同様、「ワッ」といって、顔をそむけないではいられなかった。女の妙子は、もう見ぬ先から慄(ふる)え上がって、床に顔を伏せたまま身を縮めていた。

自分たちは少しも知らぬこととはいえ、これが父なり祖父なりに生埋めにされた男かと思うと、善太郎氏も一郎も二郎も、なんともいえぬ変な気持になった。

どんなにか恐ろしかったことだろう。どんなにか苦しかったことであろう。煉瓦にとざされた地底の暗闇。永久に抜け出す見こみのない墓場。そこで、この男は、だんだん乏しくなって行く空気にあえぎながら、ガリガリと土を掻いて、息の絶えるまで、もがき苦しんだのである。

善太郎氏は、思わずほら穴の前にひざまずいて死者の苦悶をやわらげ、なき父の罪障消滅を祈るために、念仏を唱えたが、ふと見ると、床に落ち散っている煉瓦の塊りに、何かしら文字のような掻き傷のあるのに気がついた。ああ、さっき奥村源造が、煉瓦に刻んだ遺書といったのは、これのことだな、と思うと、恐ろしさに身震いがでたが、恐ろしければ恐ろしいほど、それを読んでみないではすまされぬ気持で、あちこちにちらばった煉瓦の塊りを継ぎあわせて、字とも絵とも見わけ難い掻き傷を（おそらく懐中ナイフか何かを持っていて、暗闇の中で書きつけたものであろう）苦心して読み下してみると、それは、次のような身の毛もよだつ文句であった。
（操（みさお）というのは、彼が不義を働いた、幸右衛門の妾（めかけ）の名だ）

操、ミサオ、ミサオ、
モ一ド顔ガ見タイ。
ダガ、モウ出ラレヌ。一生涯出ラレヌ。
アア苦シイ。息ガ苦シイ。
マッ暗ダ。何モ見エヌ。

ミサオ。ミサオ。ミサオ。
オレハ死ヌ。モウ死ヌ。
ミサオ。コノカタキヲ討ッテクレ。
オレヲ生埋メニシタ奴ハ玉村幸右衛門ダ。カタキヲ討ッテクレ。
アイツヲ。アイツノ子ヲ。アイツノ孫ヲ。オレト同ジ目ニ合ワセテクレ。
アイツノ一家ガ栄エテイテハオレハ死ニ切レヌ。死ニ切レヌ。
息ガデキヌ。苦シイ。胸ガ破レソウダ。
ミサオ。ミサオ。ミサオ。

煉瓦の掻き傷はむろんこんなに順序正しく現われていたわけではない。あるいは大きく、あるいは小さく、あるいは縦に、あるいは斜に、あるいは横に、断末魔の苦悶をそのまま、しどろもどろに書きちらしてあるのを、乏しいライターの光で、苦心をしながら、やっと読みえたのだ。

「お前の親爺が、どんな残酷な私刑をやったかがわかったか」

無気味な声が響いてきた。鉄のドアに小さな覗き穴があって、そこから源造がしゃべっているのだ。

「悪魔！　貴様の父は不義を働いたのだ。他人の愛妾を盗んだのだ。その報いを受けるのは当たり前だ。僕たちがこんな不合理な復讐をされるはずはない。貴様は血迷っているのだ。気が違ったのだ。開けろっ、このドアを開けろ」

血気の二郎がたまりかねて、鉄扉を乱打しながら叫んだ。

「ワハハハハ。不義だと？　他人の妾を盗んだと？　何も知らぬくせに、ほざくな。盗んだのはお前たちの親爺の幸右衛門の方だぞ。おれはちゃんとしらべ上げてあるのだ。金にあかして、人の恋人を横どりしたのだ。横どりしておきながら、不義呼ばわりをして、あまつさえ、こんな残酷な目に合わせたのだ。それが証拠に、見ろ、恋人が行方不明になったと知ると、妾の操は、名もわからぬ病にかかって日に日に痩せ細って行ったじゃないか。そして妾としての用が足りなくなると、幸右衛門は、操を新宅から追い出してしまったのだ。

その時、操は妊娠していた。幸右衛門はそれが不義もの源次郎の子だということを知っていた。それはほんとうだった。

操には身寄りのものもなかったので、みじめな裏長屋でその子を生み落とすと間もなく病死してしまった。みなし子は、人の手から手へと渡って、大きくなって行った。親も兄弟も親戚もなんにもない、一人ぼっちの幼児が、この世から、どんな待遇を受けるかということを君たちは知っているか。学校へもはいれず、ろくに食うものも食わないで、朝から晩までこき使われ、何かというと恐ろしい折檻を受けた。そのみなし子というのは、かくいうおれだ。おれは源次郎と操のあいだに生れた、呪いの子だ。

おれは世を呪った。わけてもおれたち親子をこんな目に合わせた幸右衛門を呪った。

と同時に、この広い世界に、たった一人ぼっちのわが身が淋しくてたまらなかった。おれは、行方不明の父を捜すために、どれほど骨を折ったことだろう。

とうとう、この穴蔵を発見し、無残な父の骸骨と対面したのは、十七の年だった。おれは煉瓦の遺書を読んだ。そして幸右衛門というやつは、母とおれとを、ひどい目に合わせたばかりでなく、父の源次郎を、生埋めにした下手人であることがわかった。おれは父の骸骨に復讐を誓った。そのとき幸右衛門はもう死んでいたけれど、相手が死んだぐらいで、この深い恨みが消えさるものではない。父が死ねばその子、子が死ねば孫と、玉村一家の最後の一人までも、おれはこの恨みをむくいないではおかぬと誓ったのだ。おれは一生涯を復讐事業に捧げる決心をした。貴様たちに、おれの親爺が受けたと同じ苦しみを与えた上、一人残らず殺してやろうと決心したのだ。おれの生涯はただその準備のために費された。犯罪学の書物に読み耽った時代もあった。毒薬の研究に没頭した時代もあった。ピストルの射撃も練習した。手品師の弟子入りもした。軽業も習い覚えた。そしてからだを練り、知恵を磨く一方では、復讐事業の資金を貯蓄するためにあらゆる辛酸をなめた。

やっと四十年の努力は報いられた。おれは世間からは魔術師といわれる腕前になった。資金も余るほど貯えた。そこで、いよいよ復讐事業に着手したのだ。おれは、自信があった。計画は少しの遺漏もなく運ばれることと信じていた。

ところが、いざ復讐に着手する間際になって、全く思いもかけぬ障害が起こった。素人探偵の明智小五郎だ。あいつが外国から帰ってきて、例の『蜘蛛男事件』ですばらしい働きを見せたのだ。おれはこの恐ろしい男と戦わねばならなかった。おれは戦った。だが、あいつのためにおれの計画は半ば以上くるってしまった。

いつもきわどいところで、あいつが飛びだしてくるのだ。妙子の場合がそうだ。一郎の場合がそうだ。おれは、あいつの虚を衝くために、心にもなく玉村一家以外の人をさえ襲わなければならなくなってしまった。

いや、計画がさまたげられるばかりではない。今ではおれの身が危ないのだ。ぐずぐずしてはいられぬ。そこで、おれは計画を早めて最後の幕を切って落とすことにした。実をいうと、子供たちを一人一人滅ぼして行って、さんざん恐れと悲しみを味わわせた上、一人残った父親を、この穴蔵へおびき寄せる手はずだった。だが、そんな悠長な順序を踏んでいる余裕がなくなった。おれの楽しみは薄らぐけれども、仕方がない。とうとう今夜、最後の幕を切って落としたのだ。

さあ、これでおれのいうことはおしまいだ。あとは、ドアのそとへ、五十年前の貴様の親爺がやったように、煉瓦を積んで貴様たちを生埋めにするばかりだ。せいぜい苦しむがいい。そして、おれの親爺の苦しみがどんなものであったかを、つくづく味わって見るがいい」

悪魔の長談義が終るとともに、覗き穴の蓋がカチンとしまって、そとには、またしても、煉瓦積みの物音がはじまった。

これで悪魔の復讐の動機がわかった。彼の四十年の辛苦も明らかになった。だが悪魔はなぜか彼の結婚について、その妻の死について、残された一人娘の文代について、何事も言わなかった。穴蔵にとじこめられた四人の者は、そんなことを疑ぐっている暇もなかったが、考えてみると、いくら復讐のためとはいえ、可愛い一人娘を、平然として悪事の道連れにしている源造の気が知れぬではないか。彼は娘がいとしくはないのであろうか。それとも、ほかに何か深い事情でもあるのだろうか。針で突いたほどの抜け目もない悪魔のことだ。娘の文代についても、遡(さかのぼ)っては彼の結婚そのものにさえ、何かしら深い深い企らみが隠されていたのではなかろうか。

燃える骸骨

親子四人は、声を限りにわめきののしったけれど、復讐鬼はもう相手にしなかった。彼はただ黙々として煉瓦積みをつづけていた。が、間もなく、その物音さえもしなくなった。ドアのそとに、安全な煉瓦の壁が出来上がったのである。

狭いといっても、六畳ほどの部屋だ。昔の奥村源次郎のように急に窒息する気遣いはない。だが上下四方とも厚い煉瓦で完全に密閉された穴蔵だ。いつかは酸素もなくなるであろう。いや、それよりも、空腹の方が先にくるかも知れぬ。いずれにせよ、じっとしていたら、死ぬほかはないのだ。

煉瓦の壁を打ち破るような、鋭利な武器はない。たった一か所、そとへ抜け出す可能性がありそうに思われるのは、源次郎の横たわっているほら穴だが、その土を掘るためには、恐ろしい骸骨に手を触れなければならぬ。死者の悪念におびえきった四人のものは、まだそのほら穴へはいって行く勇気がなかった。

彼らは、乏しいライターの光に、お互いの顔を見あわせて、冷たい床の上に坐ったまま、だまりこんでいた。

だまっていれば、だまっているほど、底冷えのする地底の夜気とともに、生埋めの恐ろしさが、ひしひしと身に迫ってくる。

「ああ、だめだ。ライターのベンジンがなくなってしまった」

一郎がおびえて叫んだ時には、ライターはもう、螢火のような果敢ない光になっていた。

「この上光までなくなっては耐らない」

二郎が唸(うな)るようにいった。

妙子は父親の膝にすがりついた。

「ああ、どうしましょう。怖いわ」

だが、消え行くともし火を、どうとりとめることができよう。ともし火が淋しく二、三ど瞬いたかと思うと、ライターはとうとう消えてしまった。

闇と寒さと、墓場のような恐ろしい静寂の中に、四人の者は、お互いのからだに触れあうことによって、僅かに一人ぼっちでないのを確かめながら、どうする知恵も浮かばず、だまりこんでいた。

「誰かマッチを持っていないか。一本でもいい。お前たちの顔を見ないで、こうしているのは耐えられない」

玉村氏が我慢しきれなくなって言った。

一郎も二郎も、その言葉に励まされて、ポケットというポケットを探してみた。

「ああ、あった。だが、たった三本です」

二郎が情ない声でいった。

「あったか。早くつけてくれ。早く暗闇を追っぱらってくれ」

シュッという音がしたかと思うと、部屋じゅうが日の出のように明るくなった。闇に慣れた眼には、マッチの光さえ非常にまぶしく感じられた。

四人は、その光の中で、これが最期というように、お互いの顔を眺め合った。

ちょうどその時、マッチの軸がまだ燃えきらぬうちに、非常に変なことが起こった。

「兄さん、ちょっと、あれ動いてやしない？　ネ、動いてるわね」

妙子のゾッとするような囁き声に、一同例のほら穴を見ると、ゆれる焔のせいではない。確かに、着物をきた源次郎の骸骨が動いている。

「あっ、こっちへ歩いてくる。ワワワワワ」

妙子の悲鳴に、男たちもギョッとして立ち上がった。

骸骨は断末魔の苦悶の姿をそのまま、ほら穴を出て、一歩、二歩と歩くともなく、漂うともなく、こちらへ近づいてくる。幻覚ではない。凝り固まった五十年の妄執が、生命なき髑髏(どくろ)を歩かせたのであろうか。

一同はそれを見ると、あまりの不思議さ、物すごさに、思わずタジタジとあとじさりをしたが、そのとたん、二郎の指の力がぬけて、まだ燃えているマッチが床に落ちた。と同時に、ポッという恐ろしい音がしたかと思うと、部屋の中が真昼のように明るくなった。

床に落ち散っていたフィルムに火が移ったのだ。

小型とはいえ、十数巻のフィルムが、映写したまま、紙屑の山のようにほうり出してあった。それが瞬くうちに燃え尽す光景は、形容もできないすさまじさであった。

狭い密室内はむせ返る煙の渦に満たされ、螺旋形のフィルムを燃え走る火焔(かえん)は、のたうちまわる無数のまっ赤な蛇であった。

まるで火山の噴火孔、熔鉱炉のまっただ中に落ちこんだのと同じこと。まばゆさに眼をあいていることもできぬ。鼻をつく異臭にむせて、息も絶え絶えの焦熱地獄だ。

「ア、お父さん……それはなんです……どうなすったのです」

咳きこみながら、二郎が非常な恐怖にうたれて、あえぎあえぎ叫んだ。

一郎も、妙子も、苦悶のうちに、夢見心地で父の恐ろしい姿を眺めた。

玉村氏は煉瓦の壁にもたれて、全身をねじまげ、両手は空をつかみ、額にはミミズのような静脈をふくらませて、今にも窒息しそうに悶えていたが、ゾッとしたことには、その恰好が、源次郎が示していた苦悶の有様と生写しなのだ。

骸骨はと見ると、ほら穴を歩きだしたまま、まるで玉村氏の影のように、寸分たがわぬ姿勢で、すぐ隣の壁にもたれていた。

「キャーッ」という妙子の悲鳴。一郎と二郎も、何かわけのわからぬことをわめきながら、父の奇妙な姿に飛びかかって行った。死霊のたたりを追っ払おうとしたのだ。

父子三人は折り重なって部屋の隅に倒れた。倒れると同時に、眼の前にまっ黒な無数の玉が群がってきて、なにがなんだかわからなくなってしまった。

ふと気がつくと、フィルムの山は燃え尽して、立ちこめた煙もやや薄らいでいたが、椅子、テーブルに移った火が、まだメラメラと燃えていた。

一郎と二郎は、よろよろと立ち上がると、それに近づき、椅子やテーブルを投げつけ、踏みくだいて、火を消した。むせ返る煙を、少しでも少くしたかったのだ。

悉く踏み消したつもりで、もとの場所に帰って、グッタリと倒れたが、どういうわけか、部屋の中が薄明るく、チロチロと自分たちの影が動いて見える。

変だなと思って、その方を振りむくと、わかった、わかった。源次郎の骸骨の、ボロボロになった着物に火が移って、チロチロと鬼火のように燃えているのだ。

着物が湿っているので、威勢よくは燃え上がらぬ。青い焔が、着物の裾や袖を、人魂みたいに、無気味に這っている。

明滅する焔に、下方から照しだされた骸骨の顔は、陰影の加減で、ある時は笑い、ある時は泣き、あるいは落ち窪んだ眼を怒らせ、今にも食いつかんばかりの、物すごい憤怒の形相となる。

妙子は失神したように俯伏(うつぶ)していたから、この恐ろしい光景を見なかったけれども、残る三人は見まいとしても引きつける死霊の怨念に、眼をそらす力もなく、息もとまる思いで、それを眺めていた。

突然二郎が歯を喰いしばって唸りだした。

「畜生め、畜生め」

唸ったかと思うと、彼はとうとう、物狂わしく、骸骨めがけて飛びかかって行った。見ているに耐えなかったのだ。恐ろしければ恐ろしいほど、その相手にぶつかって行かないではいられぬ、不思議な衝動にかられたのだ。

彼は、子供が泣きわめきながら、強い相手に向かって行く、あの死にもの狂いの恰好で、両腕をめちゃめちゃに振り動かし、燃える骸骨と、眼に見えぬ死霊に向かって突進した。

深夜の婦人客

お話かわって、旗本屋敷の地下室に、この恐ろしい地獄の光景が展開されていた、ちょうどその時、われわれの素人探偵明智小五郎は、近頃借りうけた、お茶の水の「開化アパート」の新しい住まいで物思いに耽っていた。

明るい快活な明智小五郎ではあったが、彼とても、探偵事件がうまく運ばぬような時には、憂鬱に沈みこむこともあるのだ。

借りうけているのは、表に面した二階の三室で、客間、書斎、寝室と分かれているのだが、彼は今その書斎の、大きな安楽椅子に、グッタリと身を沈めて、彼の好きな「フィガロ」という珍らしい紙巻煙草を、しきりと灰にしていた。

作者は七年ほど前に、「D坂の殺人事件」という物語で、書生時代の明智を読者に紹介したことがある。当時彼は煙草屋か何かの二階借りをしていて、その四畳半の狭い部屋に、書物の山を築き、書物に埋まって寝起きしていたのだが、彼の書物ずきは今でも変らず、「開化アパート」の書斎にも、外遊のあいだ、友人に預けておいた蔵書を取りよせ、四方の壁を隙間もなく棚にして、内外雑多の書籍を、ビッシリ並べている。いや、棚ばかりではない。例の調子で、デスクの上にも、安楽椅子の肘掛けにも、電気スタンドの台の上にも、敷きつめたジュウタンの床の上にさえ、伏せたのや、ひらいたのや、さまざまの書物を、まるで引越しのように散らかしているのだ。

それはともかく、デスクの置時計は、もう十一時を示しているのに、寝ようともせず、彼は一体なにを思い耽っているのであろう。ほかでもない玉村宝石商一家を襲う、魔術師のような怪賊のことだ。

大森海岸の一軒家で、妙子を取り戻してからもう一か月になる。そのあいだ、決して探偵の手をゆるめたわけではないのだが、不思議な賊は杳として消息を断ったまま、どの方面にも影さえささぬのだ。

海岸の一軒家をはじめ、例の魔術の興行された小劇場、海岸一帯の汽船など、心当たりは漏れなく調べてみたけれど、用意周到な怪賊は、髪の毛一筋の手掛りさえ残しておかなかった。相手には四十年の長いあいだ、練りに練った用意があるのだ。どんな小さい行動でも、一つ一つ、ちゃんと練り上げたプログラムにしたがってやっているのだ。こうすればどうなると、あらゆる場合が考慮されているのだ。いくら明智が名探偵であっても、こんな相手にかかっては、そうやすやすと勝利は得られぬ。

魔術師のことを考えていると、いつの間にか頭に浮かんでくる二人の女性があった。玉村妙子と賊の娘の文代である。

妙子とはS湖畔のホテルで仲よしになり、今度の事件も半分は妙子のために手を染めるようになったのだが、彼女との交際では、どちらかといえば妙子の方から近づいてきた。甘い眼遣い、甘い言葉が、明智を虜にしてしまったのだ。くだくだしいので一々は書かなかったけれど、事件が起こってからも、彼はたびたび妙子と二人ぎりで話をする機会があった。だが、妙なことに、二人の交際が深くなればなるほど、明智の胸から恋らしい心持が薄れて行くのが感じられた。彼は、妙子と友だち以上の関係に進んでいないのを、むしろ喜びさえした。

それは非常にかすかではあったが、妙子の性質に、何かしらしっくりしないものがあったせいもある。だが、もっと大きな原因は、賊の娘の文代の出現であった。悪人の父とは似てもつかぬ美しい顔、美しい心、燃えるような純情。いつかの夜、玉村二郎に述懐したのでもわかるように、明智は賊の娘を恋しはじめていた。文代の方でも明智を慕っている気持は、品川沖の怪汽船での出来事以来、わかり過ぎるほどわかっている。

なんという不思議な因縁であろう。名探偵は敵と狙う賊の娘を恋している。娘のほうでは、真実の父親を裏切ってまで明智に好意を示そうと、いたましく悶えている。

「フフフフ、貴様はなんというばか者だろう。相手は殺人鬼の娘だ。できない相談だ。そんな妄想はきれいさっぱり、西の海へ吹きとばしてしまえ」

明智はフィガロの紫色の煙の中で、苦々しげに呟いた。

と、ちょうどその時、何かの暗合のように、隣の客間のドアにコトコトとノックの音が聞こえた。

十一時すぎの来客だ。少しも当てがない。誰だろうと思いながら、物憂く立って行って、ドアをひらいた。

廊下にションボリ佇んでいたのは、外套の毛皮の襟で顔を隠した洋装の女であった。

「お間違いではありませんか。僕は明智というものですが」

明智は予期せぬ来客に面くらって尋ねた。

「いいえ」

女は毛皮の下からかすかに答える。

「では、僕をお訪ねになったのですか。あなたはどなたです」

女はややしばらくためらっていたが、やがて決心したように、

「どうか、お部屋へ入れてくださいまし。誰かに見つかるといけません」

と、さもあわただしくいうのだ。

商売がら、明智はさして驚きもせぬ。何か犯罪に関係があるなと思ったので、いうがままに室内に招きいれて、ドアをしめ、スチームの暖房装置に近い椅子を勧めた。

「夜なかに失礼だと思いましたけれど、大変なことが起こったものですから」

女は詫びごとをして、やっと外套をぬいだ。

「あ、君は、文代さんじゃないか」

女の顔を一と目見ると、明智がびっくりして叫んだ。今も今とてその人のことを考えていた、賊の娘の文代に違いないのだ。

「ええ、あたしここまで抜け出してくるのが、やっとの思いでした。さあ、早く外出の御用意をなさってくださいまし。玉村さんの御一家の方々の命にかかわる大事です。父を捕まえてくださいまし。あの悪者の父を懲らしめてくださいまし」

文代は泣かんばかりにいうのだ。娘が父を捕えてくれとは、よくよくのことである。

聞いてみると、文代は隅田川の川口に碇泊している、例の怪汽船の一室にとじこめられていたのだが、次の室で賊の部下たちが話しているのを聞いて、小石川の旗本屋敷の

陰謀を知り（彼女は前章にしるした賊の悪企みを、手短に語った）、非常な苦心をして汽船を抜け出し、タクシーをとばして明智の住まいへかけつけたというのだ。明智が「開化アパート」に移ったことは、とくに賊の方に知れていて、自然文代の耳にもはいったのだ。

また、先日来の大捜索に、この怪汽船がどうしてその筋の眼をのがれたかといえば、外部をすっかり塗り変えて、まじめな貨物船と見せかけていた上、多くは港外の海上をあちこちして、同じ場所に半日とは碇泊しなかったからである。

「あたし、それを聞きましたのは、夕方の五時ごろでしたが、父の部下の一人をだまして戸をあけさせるのに、つい今しがたまでかかったのです。それは苦労をいたしましたわ。でも、もうこんなにおそくなっては、あとの祭りかと思いましたけれど、一ばん恐ろしいことは、まだすんでいないかもしれぬと、それを頼みに先生のお力を拝借に伺ったのです。なんぼ父親のすることでも、四人もの命が奪われるのを、だまって見ているわけには行きません」

「一ばん恐ろしいことというのは？」

明智が尋ねると、文代は物いう暇も惜しそうに、早口に答えた。

「その穴蔵を抜け出すには、骸骨のおいてあった、煉瓦の破れたところから、土を掘って地上へ出るほかはありません。ところが、それが父の思う壺なのです。ちゃんとそのことを見こして、恐ろしい仕掛けができているのです。そこの土を上の方へ掘って行きますと、深い水溜りの底へ出ます。その水溜りへは、庭の大きな池から水が通じるようになっていて、いちど土がくずれると池の水がことごとく地下の穴蔵へ流れこみ、中にいる人は溺死しなければならないのです。ああ、こういううちにも、四人の方は、もうその水責めにあっていらっしゃるかもしれません。さあ早く、早く」

それを聞くと、明智は少しもためらわず、書斎にかけこんで、卓上電話に向かい、警視庁の波越警部の自宅を呼び出した。

犯罪捜査を生命とする波越警部は、枕もとに、官服と電話機とをおいて眠る習慣だったので、取次ぎを待つ面倒もなく、すぐさま聞きなれた相手の声が出た。

明智は手短に仔細を語り、小石川の旗本屋敷の所在を教えて、先方で落ちあう約束をして電話を切った。警部の方では、電話で小石川警察に手配を依頼した上、自分も数名の警官を伴い、すぐ現場に自動車を飛ばすはずであった。

明智は電話を継ぎ直して、近所のタクシーを呼ぶと、もとの客間へ引き返した。

「お聞きの通りです。なんだったら、あなたは、ここに待っていてはどうです」

「いいえ、かまいません。あたし、そのうちの様子をよく知っていますから、御案内いたしますわ」

文代は眉をあげて、固い決心を示した。実の父親の捕物に、案内役を勤めないではいられぬ悲しい娘の心。なんという因果なめぐりあわせであろう。

その深夜、お茶の水と、丸の内を出発した二台の自動車が、一台には明智と文代、一台には波越警部と四名の部下をのせて、小石川の高台へと走った。

「間に合いますかしら。あたし、なんだか胸がドキドキして……」

文代が気をもんでいたと同じく、別の車では波越警部が、

「今度こそは、兇賊を捕まえないでおくものか」

と汗ばむ拳を握っていた。

地底の滝

穴蔵では、源次郎の骸骨に飛びかかって行った二郎が、とうとう、それをめちゃくちゃに叩きつぶしてしまった。同時に骸骨の着物に燃え移っていた焰も消えて、地下室は再びあやめもわかぬ暗闇となった。

それから、室内の毒煙も薄らぎ、一同半狂乱の気が静まるまでには、たっぷり三十分ほどもかかった。

そのあいだ、玉村父子四人は、闇の中に、生きているのか死んでいるのかわからぬ状態で、倒れていた。

だが、やがて、正気に帰った玉村氏が、闇の中から声をかけた。

「おい、一郎も二郎も妙子も、しっかりするのだ。わしらは、どうしてでも、この穴蔵を抜け出さなければならぬ。今も考えてみたのだが、それには、たった一つの方法があ

る。骸骨のとじこめられていた、ほら穴の土を掘って、地面へ抜け出すのだ。大して深いはずはないのだから、皆が力を合わせたら、出られぬということはないだろう」

「ああ、僕も今それを考えていたところです。焼け残った椅子の脚で、土を掘ればいい」

一郎が応じた。二郎とても異存はない。

そこで大切な二本目のマッチがともされ、妙子を除く三人の男がてんでに椅子の脚を持ってほら穴に集まった。

それから半時間ほどのあいだ、闇の中に穴掘りがつづけられた。寒中にもかかわらず、一同汗びっしょりになって、めった無性に働いたかいあって、思ったよりも仕事がはかどった。

「もう一と息だ。なんだか天井が柔かくなってきたのを見ると、もうすぐ地面だぞ」

一同元気を出して働くうちに、ふと気がつくと、天井からポトリポトリ何かの雫が落ちていた。

変だなと思う間もなく、雫は雨となって降りそそぎ、一同アッといって飛びのいたときには、泥まじりの滝つ瀬と変じて、おびただしい水が、ドッとばかり、穴蔵へと落ちこんできた。

三人は、もとの地下室の、ほら穴から一ばん遠い片隅に避難して、もうやむかと、耳をすましていると、やむどころか、滝の音はますます高くなるばかりだ。

室一ぱいに轟々と波うつ水は、やがて足を浸し、瞬くうちに膝頭へとのぼってくる。その早さ。

「二郎、マッチ、マッチ」

父の声に、二郎は最後のマッチを点じて、室内を眺めた。

ほら穴の滝は同じ勢いで落ちている。室全体が波だったプールだ。

「おや、妙子はどうしたのだ」

気がつくと、妹の姿が見えぬ。水に溺れたのかと、マッチを振って、あちこち見廻すうちに、悲しや軸木が燃え尽きた。しかも、水は刻々に膝を没し、すでに腰に及ばんとしている。妙子を探している暇はない。

この調子で、滝がとまらなかったら、まもなく、水面は腹から胸、胸から頸と這い上がって、ついには全身を隠してしまうだろう。どこにはけ口もない密室だ。溺死の運命はまぬかれない。

それにしても、このおびただしい水は、一体どこから落ちてくるのだろう。

「ああ、わかった。わしらは賊の計略にかかったのだ。あのほら穴の上に大きな池を作って、穴を掘れば、必らずその池の庭へ掘り当たるように仕掛けてあったのだ」

玉村父子は、みじめなどぶ鼠のように、罠にかかったのだ。水罠にかかったのだ。

「畜生っ、どこまで執念深い悪党だろう。僕たちはあせればあせるほど、かえって最期を早めるようなものだ」

だが、いくら憤慨してみたところで、水が引くわけではなかった。水面はすでに腰に達した。しかも、滝つ瀬は轟々と落ちつづけ、いつやむべしとも思われぬのだ。

地上と地下

明智と文代が旗本屋敷に到着した時には、すでに所轄警察署から数名の刑事が屋内に踏みこんで、部屋部屋を捜索していた。

明智がはいって行くと、波越氏から話があったとみえて、警官たちは別に異議もいわず、むしろ彼を歓迎するようにみえた。

「家の中はもぬけの殻です、猫の仔一匹いません」

おもだった私服刑事が報告した。

「玉村さん親子四人のものが、地下室にとじこめられているのです。地下室は調べて見ましたか」

明智が尋ねる。

「ところが、地下室が見つからぬのです。どこに入口があるのだか、少しも見当がつきません」

刑事が困惑して答えた。

「いや、それならば、僕の方に案内者があります、妙な因縁で、賊の娘がこの出来事を密告したのです……文代さん地下室はどこにあるのですか」

明智が叫ぶと、文代は庭に面した縁側から駈けこんできた。

「大変です。早くしないと間にあわぬかもしれません。いま庭の池を見てきましたが、水がグングン減っているのです。玉村さんはやっぱり土を掘って逃げ出そうとして、悪人の罠にかかっておしまいになったのです」

彼女は青ざめた顔で、早口に言い捨てて、例の客間の隣の妙な部屋へ走って行った。一同もそれにつづく。

「この押入れの中に、穴蔵の入口があるのです」

文代は説明しながら、自分で襖（ふすま）をひらいたが、一と目その中を覗くと、アッと叫んで身を引いた。

ああ、なんという大胆不敵な怪物であろう、彼はすでに警官隊の来襲を察して、単身この穴蔵の入口に敵を待ちぶせしていたのである。

押入れの中の揚げ蓋が二、三寸ひらいて、その下から、蛇の鎌首のような人間の片腕が覗き、恐ろしいブローニングの筒口が、じっとこちらを狙っているのだ。

明智も刑事たちも、この怪物の死にもの狂いの抵抗には、さすがにゾッとして、立ちすくまないではいられなかった。

一方、穴蔵の闇の中では、親子三人の者が、お互いに手をとりあって、刻一刻増してくる水の中に、なんとせん術もなく立ち尽していた。

妙子はすでに溺れてしまったのか、いくら呼んでも答えはない。暗闇の水の中。見当もつかぬので、無闇に歩き廻るわけにもいかぬ。

水面は、腰から腹、腹から胸と、恐ろしい速度で這い上がり、うっかりすると渦まく水に足をとられそうだ。

やがて、胸から頸へと迫る水、からだが浮き上がって、もう立っていることもできない。時は極寒、凍った水がまるで鋭い刃物のように、身にこたえる。

「お父さん大丈夫ですか」

兄弟は老いたる父を気遣い、両方から、その肥ったからだを抱くようにして、ときどき声をかけて励ますのだ。玉村氏はもう観念したのか、物悲しい低い声で念仏を唱えはじめた。

地上では、一人の心利いた刑事が、どこからか太い竹竿を探してきて、その先に手ごろの石をくりつけた。ピストルのたまの当たらぬよう、押入れのそとに身を隠して、その竹竿で怪物の手からピストルを叩き落とそうというのだ。

一同ピストル射域のそとに出て、息を殺していると、刑事は竿の先を押入れの天井まであげて、狙いを定め怪物の腕を目がけて非常な勢いで叩きつけた。

ドシンというひどい物音。

顔をそむけ、耳に蓋をしていた文代は、この物音に、アッと悲鳴をあげた。父の腕が叩きつぶされたかと思うと、さすがに耐え難い苦痛を感じたのだ。腕はひしがれた。ピストルは手を離れて押入れのそとへふっ飛んだ。それっというと、一同ひしがれた腕の上に折り重なる。と、突如として起こる哄笑（こうしょう）。

「畜生め、一ぱい食わせやがった」

竹竿の武器を考えついた刑事が、くやしさに、歯をむきだして叫んだ。

怪物の腕と思ったのは、手袋に芯をいれて、巧みにこしらえたにせもので、ピストルは、子供のおもちゃにすぎなかった。それが、暗い押入れの中なので、はっきり見わけがつかなかったのだ。

「ばかばかしい。こんな案山子（かかし）のために、二十分もむだに費してしまった」

それが賊の目的であった。万一救いの人々が駈けつけた場合、ここでしばらく食いとめておけば、そのわずかの時間が、穴蔵の玉村親子に取っては、生死の瀬戸ぎわだ。念には念を入れた賊の用意である。

案山子とわかると、刑事たちは素早く揚げ蓋をはねのけ、先を争わんばかりに、穴蔵へとおりて行った。

だが、その階段の下には、第二の関所が待ちかまえている。積みあげた煉瓦は、たとえ完全に固まっていなくとも、それをとりのけるには、ずいぶん手数がかかる。それから鍵をかけた鉄扉だ。刑事たちの力で、果たしてこれを打ち破ることができるであろうか。

穴蔵の水は、もう頸までの深さになった。

一郎も二郎も、いつの間にか床から足を離して泳いでいた。玉村氏は二人に助けられて、辛うじてからだを浮かべている。

暗中の水泳がいつまでつづくものでない。凍った水に、からだはだんだん無感覚になって行く。

「もうだめだ、もう我慢ができない」

一郎が譫言（うわごと）のように、無残な叫び声を発した。

「もう力が尽きた。いっそ死んだ方がましだ」

二郎もすすり泣きをして、兄のからだにしがみついた。父玉村氏は、すでに死人も同然、グッタリとなって、物をいう力もない。

ああ、せっかくの文代の純情も、明智や刑事たちの努力も僅かの違いであだとなり、ついに玉村親子は、この穴蔵で凍え死にをしてしまう運命ではなかろうか。

復讐鬼の方には、悪魔は悪魔ながらの理窟もあろうけれど、かたきを討たれる玉村一家のものは、わが身になんの覚えもないことだ。親が若気のいたりで、どのような悪いことをしたにもせよ、それゆえに子や孫が一人残らず、この苦しみを受けなければならぬという道理はない。

父玉村氏は、親の報いとあきらめもしようけれど、可愛い子供が三人まで、同じ憂き目をみせられるとは、余りといえば残酷だ。そればかりではない、一郎と妙子とは、すでにいちど、ひどい手傷を負わされている。そのほか、玉村氏の弟の得二郎は無残の最期をとげ、二郎の恋人花園洋子は、手足をバラバラに斬りさいなまれたではないか。

ああ、なんという貪慾（どんよく）な復讐鬼であろう。彼は玉村家の、最期の一人までも、いや、一家のものばかりではない。その近親にまで手をのばして、残酷無比の殺戮（さつりく）を行なおうとしているのだ。もはや復讐ではない。立派な殺人狂である。天はかくの如き大悪魔の跳梁を、いつまで許しておくのであろうか。

いやいや、そうではない。自然の摂理というものは存外公平である。企みに企んだ悪事にも、つい思いもよらぬ抜け目があるものだ。

魔術師の場合では、文代の内通がそれであった。彼女は穴蔵水責めの悪企みを小耳にはさみ、隅田川の川口に碇泊していた賊の汽船を抜け出して、玉村親子の危難を名探偵明智小五郎に急報し、彼を案内して旗本屋敷へ駈けつけたのだ。

明智はこのことを、電話で警視庁の波越警部に報じておいたので、深夜ながら、警視庁と小石川警察と両方から数名の警官が出張し、玉村氏に同行して、別間に待たされていた書生たちと力をあわせ、被害者の救いだしに努力した。

救助者の一群は、秘密の階段を駈けおりて、穴蔵の入口に殺到した。厳重な鉄扉のほかに、煉瓦の壁が積みあげてあるので、容易に破れるものでない。

もし一人二人の救助者であったなら、おそらく玉村親子の息のあるうちに救い出すことは、とうてい不可能であっただろうが、多人数の力は恐ろしい、てんでに道具を探しだしてきて、煉瓦の継ぎ目をこじるもの、叩くもの、蹴とばすもの、汗みどろの奮闘で、やっと壁をくずし、鉄扉の錠前を破ることができた。

ドアをひらくと、いちどにドッと溢れ出す濁水、先に立った警官たちは、はずみをくって階段の根元までおし流される騒ぎであったが、ともかくも、親子三人のものを助けだすことに成功した。

地上の一室へ運んだときには、三人ともグッタリとなって、ほとんど死骸も同然であったが、焚火をするやら、湯を沸かすやら、手を尽した介抱に、玉村氏も一郎も二郎も、日ごろ健康な人たちのことだから、なんなく気力を回復した。

意識を取り戻した玉村氏が、第一に尋ねたのは、

「妙子、妙子はどうしました」

と、愛嬢の安否であった。

人々は、暗闇の水中で、妙子さんの姿がなくなったことを聞くと、早速穴蔵へおりて、くまなく捜索したが、不思議なことには、影も形もない。ドアは厳重に閉っていたのだし、水の落ちこむ穴から地上へ抜け出すなんて、屈強な男子にもできない芸当だ。とすると、妙子さんは、一体全体どこへ消えうせてしまったのであろう。

いや、消えうせたのは、妙子さんばかりではない。魔術師の奥村源造も、どこへ逃げ去ったのか、なんの手掛りも残さず、それにもっとおかしいのは、肝腎の明智小五郎と賊の娘文代の二人が、いつの間にどこへ立ち去ったのか、探しても探しても影さえ見えぬのだ。

では、彼らは一体どこでなにをしていたのか。玉村父子は首尾よく危難を逃れたのだから、その方は一と先ずお預りとしておいて、作者は明智と文代のその後の行動を読者諸君にお知らせしなければならぬ。

玉村父子救いだしの見こみが立つと、明智はもう、その場にグズグズしてはいなかった。彼は早くも、妙子さんの姿のないことを見てとり、文代に尋ねると、

「ああ、あたし思い出しました。あの人たちは妙子さんだけ命を助けて、船へつれてくるような、相談をしていたのです」

との答えだ。

「それにしても、どうして、穴蔵から連れ出したのでしょう。特別の通路でもあるのですか」

「ええ、あたし、それを知っております。穴蔵の壁に小さな隠し戸がついていて、そこから、邸のそとの原っぱへ抜けられるのです」

あとでしらべてみると、穴蔵の煉瓦の数枚が倉庫のドアのように、そとからひらく仕掛けになっていた。賊はそのそとへまわって、目ざす妙子さんを、闇の穴蔵から、ソッと連れだして行ったものに違いない。父も兄たちも、あの騒ぎの最中なので、それに気づかなかったのだ。

「では、すぐ、そこへ案内してください。あなたはなぜ早く、それを言わないのです」

文代は叱られて、答えるすべを知らなかった。彼女は最初からそこへ気づかぬではなかった。だが、そこには、まだひょっとしたら父が潜伏していないとも限らぬ。いくら正義のためとはいえ、恋のためとはいえ、父を売るのに、躊躇を感じない娘があるだろうか。これほど苦しんでいるものを、まるで思いやりもないような、明智の言葉がうらめしかった。

といって、もうここまできたものだ。今さら父をかばい立てしているわけにはいかぬ。

「ええ。御案内しますわ」

彼女は悲しい決意を示して答えた。

行ってみると、ほら穴の入口は、蓬々（ほうほう）と生い茂った雑草に覆われて、ちょっと見たのでは少しもわからぬようになっていた。

その雑草をかきわけて、用意の小型懐中電燈を点じて、穴の中へ這いこんでみたが、おおかた想像していた通り、そこにはもう、人の影もなかった。

「あら、こんなものが落ちていましたわ」

文代が眼ざとく、土の中から拾いあげたのは、銀製のヘヤピンである。見覚えとてないけれど、妙子さんのものに違いない。

「やっぱりそうだ。もう今ごろは、あいつの船へ連れこまれている時分かもしれません。さあ、船へ行きましょう。まさか、あなたを置き去りにして出帆してしまうこともないでしょう。僕をその船へ案内してください」

「ええ、それはもう、あたし覚悟していますけれど、あなたお一人では……」

「なあに、心配することはありません。グズグズしていては手おくれになります。それに大勢で向かうよりも、僕一人の方がかえって仕事がしやすいのです。僕はもうちゃんとその手だてを考えてあります」

そこで、二人は手をとって、大通りまで駆けだすと、タクシーを雇って、隅田川の川口へと飛ばした。

文代の指図で車の止まったところは、月島海岸の、見わたす限り人気(ひとけ)もない淋しい広っぱであった。川口の航路をさけて、遙か彼方に、一艘の小型汽船が、泊るともなく漂うともなく浮かんでいる。淡い檣燈(しょうとう)の光で、やっとその所在がわかるのだ。

「何か合図があるのですか」

親船から艀を呼ばねばならぬ。それには賊の定めた合図があるはずだ。

「ええ」

文代は答えて、ポケットからマッチを出すと、それをシュッとすって、二、三度振り動かし、燃えかすを海の中へ投げ捨てた。

しばらく待つと、ギイギイとオールのきしり、小型ボートが白い小波を立てて、岸に近づいてきた。

明智はすばやく岸の石垣に隠れる。

「文ちゃんかい」

ボートから低い声が尋ねた。

「ええ、お前、三次さん」

「そうだよ。もう親父さん帰っているぜ。文ちゃんはどこへ行ったかと、えらく探していたぜ」

「お父さん、一人で帰ったの」

「いや、例のお嬢さんと二人づれさ」

低い声だけれど、明智はこの問答を、すっかり聞きとった。

「三次さん、ちょいとここまで上がってくれない。荷物があるのよ」

文代はかねての打ちあわせにしたがって、三次を上陸させようとした。

た。

「荷物だって？　何をまた買いこんできたんだね」

それとも知らぬ、お人よしの三次は、ボートをもやって、ノコノコ石段を上がってきた。

「文ちゃん、荷物って、どこにあるんだい」

「ここよ」

「どれ、どこに」

と、三次が覗く石垣の蔭から、スッと現われた黒い人影。

「おや、貴様、一体誰だっ」

「ハハハハ、びっくりしなくてもいい。声さえ立てなければ、無闇に発砲するわけじゃないんだから」

明智がおとなしい口調で答えた。だが彼の右手には、ピカピカ光るピストルの筒口が、三次の胸板を狙っている。

魔術師の激怒

さてそれからどんなことがあったか。しばらくして、賊の本船に文代と三次とが帰りついたところをみると、わが明智小五郎は、残念ながら三次にひけをとったのかもしれない。それとも、わざと一と先ずこの二人を本船に帰して、おもむろに怪賊逮捕の策略をめぐらしているのかもしれない。

お話かわって、妙子さんをさらって本船に戻った魔術師の奥村源造は、すばらしく上機嫌であった。彼は警官隊が玉村父子救助に駈けつける以前、すでに例の旗本屋敷を立ちさっていたので、あのような騒ぎがあったことを少しも知らなかった。玉村氏も、一郎も二郎も、穴蔵の濁水におぼれてしまったものと信じきっていた。

あの厳重な穴蔵、妙子をつれだした抜け穴は、誰も気づくはずはないし、たとえ気づいたところで、そとから厳重に締まりをしておいたから、破れるものではない。親子三人は、天変地異でも起こらぬ限り、死の運命はまぬがれぬ。その上、もし救助者が飛びこんできても、穴蔵のおり口には例のピストルの案山子がしつらえてある。万に一つも失敗はないはずだ。と彼が安心しきっていたのも、決して無理ではなかった。

彼は部下を集めて、船中の酒盛りをはじめていた。

「みんな喜んでくれ。おれはとうとう完全に念願を果たしたのだ。あいつの一家をみなごろしにしてしまったのだ。さあ充分のんでくれたまえ。あすの朝もう一ど上陸して今夜の仕事の結果を確かめたら、われわれの仕事はおしまいだ。どこか遠くの海岸へ逃げて、そこで解散だ。諸君にはタンマリお礼をする。一生困らぬだけのことはするつもりだ。そして、おれは今夜盗みだしてきた玉村の娘と一しょに、外国へ高飛びだ。ハハハハハハ、愉快愉快、おれはやっと重荷をおろした。生れてからこんな嬉しい気持ははじめてだ」

源造は一人でしゃべり、一人で飲んだ。

シャンペン酒が、次から次と、景気のよい音をたてた。

部下の者どもも、有頂天になっていた。彼らは玉村一家を恨むわけではなく、そこの人たちがみなごろしになったからとて、べつだん嬉しいこともなかったが、一生困らぬお礼の金がありがたかった。酒もまわらぬうちに、目先にチラつく札束に酔っぱらっていた。

彼らは深い事情はなにも知らなかった。ただおびただしい礼金に眼がくれて、奥村源造を首領と仰いでいるにすぎない。金のためならどんな悪事でも平気でやってのける前科者ばかりであった。

だんだん酔いがまわって、ドラ声をはりあげて歌うもの、洋服姿で変な踊りをはじめるもの、場所は海岸から離れた船の中、どんなに騒ごうが、あばれようが、なんの気がねもないのだ。

文代と三次が帰ってきたのは、ちょうどその騒ぎの最中であった。

「かしら、文ちゃんが帰ってきましたぜ」

部下の一人がはいってきて報告した。

「文代が？」

今まで笑い興じていた源造の顔がキュッと不快らしくひん曲った。ことごとに仕事の邪魔だてをする文代が憎くてしょうがないのだ。

「ここへつれてこい、少し言い聞かせることがある。みんな、しばらくのあいだ、別の部屋で飲んでいてくれ」

「かしら、文ちゃんを折檻するのはよしたらどうです。めでたい日だ。勘弁しておやりなさい」

部下の一人がとりなし顔に言った。彼らはみな美しい文代に好意をよせていた。それよりも、あの娘をここへ呼んで、皆にお酌でもさせたほうがいい、と言いたげな面持である。

「いいから、しばらくあっちへ行ってくれ。なにも折檻なんかしやしない。ちょっとないしょの話があるんだ」

酔っぱらった首領のまっ赤な顔に、ミミズのような静脈がふくれ上がって、血走った眼がギロリと光った。

それを見ると、一同縮み上がって、ゾロゾロと別室へ退却した。彼らは、首領の言いだしたらあとへ引かぬ依怙地な気性をよくのみこんでいたからだ。

いれ違いに、たった一人ではいってきたのは、源造にとっては一人娘の文代である。

「お前、どこへ行っていた」

源造が酒臭い息と共にどなりつけた。

「ちょっと、お化粧の道具を買いに……」

「嘘をいえ。こんな夜ふけに、どこの店が起きている。お前、明智の野郎と逢引きをしていたのだろう」

ズバリと言って娘の顔を睨みつけた。さすがの文代も、この不意うちに、ギョッとして、思わず赤くなった。

「まあ、なにを言っていらっしゃるの。そんなことが……」

「あ、やっぱりそうだな。そのうろたえ方を見ろ。とうとう尻尾をつかんだぞ。さあ白状しろ。いつか明智をこの船から、おお、そうだ、部屋も同じこの部屋だ。ここから逃がしてやったのは、さては貴様だったな」

源造はムラムラと起こる癇癪に、いきなり手にしていたコップをわが娘めがけて投げつけた。コップは文代の頬をかすめ、背後の壁に当たって、こなごなに割れてしまった。

「あれ！」

と叫んで逃げようとするのを、腕をつかんで引き戻し、そこへおしころがすと、ありあわせた細引を鞭にして、ピシリピシリ叩きはじめた。

「さあ白状しろ。親の命がけの仕事を妨げようとする不孝者め、それほどあいつがいとしいか。うぬ。うぬ。白状しろ」

ピシリピシリ、細引の鞭は、文代のふっくらとした太腿へ刃物のように食い入るのだ。

「いくら親でも、いくら親でも、悪事の味方はできません」

文代は、痛さをこらえ、父を睨みつけて、ハッキリといってのけた。

「うぬ、うぬ、よくもいったな。どうするかみろ」

が、いやというほど、文代の脾腹を蹴りつけた。
源造の怒りは極点に達した。彼は手ぬるい鞭を投げすてて、足をあげると、固い靴のかかとで、いやというほど、文代の脾腹を蹴りつけた。

文代は、「ウーン」とうめいたまま、動かなくなってしまった。

酔っぱらった源造は、手かげんができなかったのだ。娘が気絶したのを見ると、さすがに驚いたが、それを介抱するような彼ではない。

「ざまあみろ……さあ、今度は娘を上陸させた野郎の番だ。オーイ、誰かいないか、三次を呼んでこい。三次野郎をここへ引っぱってこい」

首領の怒号に、部下のものが駈けつけたが、文代の倒れているのを見ると、顔色を変えて立ちすくんでしまった。彼らは源造の癇癪がどんなに恐ろしいものであるかをよく知っていたのだ。

「三次はどこにいる。あいつをここへ引っぱってこい」

彼らは首領の命令に、アタフタと部屋を出て行ったが、しばらくすると、妙な顔をして戻ってきた。

「かしら、三次はどこへ行ってしまったのか姿が見えません。機関室にも、船倉にも、どこにもいません」

「なに、いない、そんなことがあるものか。ボートはあるのか」

「ええ、ボートは艫にもやってあります」

「まさかあいつ身投げをしたわけではあるまい。よし、貴様たちがかばい立てするなら、おれが探しに行く。もしもあいつがいたら、承知しないぞ」

源造は、娘が気絶したことで、一層腹を立てていた。その入れ合わせに、三次も同じ目に合わせてやらねば、承知できぬと思った。

彼はよろめく足を踏みしめて、船の中をあちこちと歩きまわった。部下の者どもも、それを傍観しているわけにもいかず、懐中電燈を振り照らしながら、彼のあとについてきた。

なるほど三次はどこを探してもいなかった。

「畜生め、悪いと知って、どこかへ隠れてしまったのだな。だが、いつまで隠れていられるものか。朝になったら、うぬ、どうするか」

源造は拳を振り振り、元の船室へ帰ってきたが、一歩そこへ足をいれたかと思うと、

「アッ」と叫んで立ちすくんだ。

三次がいたのだ。あれほど探しても見えなかったのも道理、彼は源造が出て行ったあとへ、入れ違いに忍びこんで、気絶した文代を介抱していたのだ。みれば文代は正気に返って、三次となにかボソボソと話しあっているではないか。

源造はどぎもを抜かれて、しばらくは言葉も出なかったが、それだけに怒りは二倍三倍になって爆発した。

「三次っ、あれほど言いつけておいたことを忘れたのか。なぜおれに無断で文代を上陸

させたのだ」

叫びざま、飛びかかって行って、三次の横面をはり倒した。と、思ったのだ。だが、源造の鉄拳よりも、三次の方が素早かった。彼はヒョイと身をかわして、空をうたせ、知らん顔をして突っ立っている。

汚れた菜っ葉服、まぶかく冠ったもみくちゃの鳥打帽、そのひさしの下から、機械の油でまっ黒になった顔がのぞいている。

源造は面くらった。日ごろお人よしで薄のろの三次が、首領に敵対する気構えをみせたからだ。

「貴様、おれに手向かう気か」

どなりつけても、相手はどこを風が吹くかと、平気な顔でだまりこんでいる。

変だ。何かしらありえないことが起こったのだ。こいつは決して日ごろの三次ではないのだ。

光といっては、薄暗い石油ランプ、しかも相手の顔はその蔭にあるので、ハッキリは見えぬ。源造は、いきなり三次の鳥打帽を引ったくって、彼の顔をむきだしにした。

「アッ、き、貴様、一体なにものだっ」

源造の口から、思わず頓狂な叫び声がほとばしる。その男は三次ではなかった。服装は三次のものだが、中身が違っていたのだ。

「ハハハハハ、お見忘れですか」

男はニヤニヤ笑っている。

「誰だっ、名前をいえ」

源造は、酒の酔いもさめはて、まっ青になってヨロヨロとよろめいた。

「よくごらんなさい。僕ですよ」

みていると、黒く汚れた下から、ほんとうの顔が、だんだん浮きあがってくる。ああ、このモジャモジャの髪の毛、この広い額、この鋭い眼光、ほかにはない。あいつだ。あいつだ。

「明智小五郎！」

源造はうめくように呟いた。

「とうとう、僕の念願が届きましたね」明智はやっぱり笑いながら、「今度こそもうのがしませんよ」

彼は言いながら、素早く身をひるがえして、入口のドアをしめ、その前に立ちはだかった。部下の者に邪魔されぬ用意だ。彼らはまだ三次を探して船内をうろついているのであろう、一人も姿を見せなかった。

正義の巨人と、邪悪の怪人とは、ここに三たび相会した。四つの眼が、焔をはいて睨みあった。室内に名状しがたい殺気がみなぎり渡った。

八対一

「ワハハハハハ」

突如として、笑いが爆発した。奥村源造が腹をかかえて笑いだした。

「おい、探偵さん。こいつは愉快だね。一と足おそかったよ。おそかりし探偵さんだ。ワハハハハハ。おれはもうお先きに仕事をすませてしまったのだよ。君が妨げようとして、あんなにもがき廻っている仕事をだぜ。おい、わかるかね。玉村一家のものは、今ごろどこにどうしているか。君は知っているかね」

勝ちほこった源造が、気ちがいのようにわめいた。だが、明智はそれに驚くはずはない。

「旗本屋敷の穴蔵で、水責めにあっているとでもいうのですか」

彼は皮肉な調子で聞き返した。

「ゲッ、それでは、き、貴様、あれを……」

源造は極度の狼狽に、口も利けぬ。みるみる、額には玉の汗が浮かんできた。

「御安心なさい。玉村親子は、無事に救われました。今ごろは屋敷に帰って、暖かいストーブの前でおくれた晩餐をやっている時分ですよ」

それを聞いた源造の顔は、絶望にひん曲った。一刹那、サッと血の気が失せたかと思うと、次の瞬間には顔じゅうが紫色にふくれ上がり、額の静脈が虫のようにうごめいた。明智は生れてから、こんな恐ろしい人間の表情を見たことがなかった。

絶望の悪魔は両手で頭をかかえて、ヨロヨロと椅子に倒れこんだ。そして、血走った眼を無気味にキョロキョロさせて、取るべき手段を思いめぐらすと見えたが、やがて、徐々に奇妙な安心の色が浮かんできた。彼は激情のあまり、ついそれを胴忘れしていたのだ。

「だがね、探偵さん」

源造は考え考え切りだした。

「君は、いつかの森ヶ崎の西洋館を忘れたかね。あすこで一体どんなことがあったのだろう。え、思い出して見たまえ。ほら、君とおれと妙な取引きをやったことがあるじゃないか」

だが、それにも明智は驚かなかった。

「うん、覚えていますよ。あの時は君の方に妙子さんという人質があって、結局僕の負けになったのですね」

おや、こいつ、いやに落ちついているな、と思うと、源造は少し不安になってきたが、屈せずしゃべりつづける。

「ほら見たまえ。あの時と今と、一体どう違うのだ。君は妙子が今どこにいるか知っているのかね」

「知っていますとも」明智はニヤニヤ笑った。「向こうの小部屋に閉めこんであるというのでしょう。僕はあの部屋の鍵を手に入れたのですよ。そして、妙子さんにピストルを二梃渡して、その鍵で内側から締まりをしておくように言ってきたのですよ。で、誰かが、例えば君の部下が、あすこへはいろうとすれば、第一ドアがあかぬし、たとえそれを叩き破っても、妙子さんのピストルでお陀仏、というわけなのです」

源造は心を落ちつけるために、長いあいだだまりこんでいた。このような強敵に対しては、あわててはいけない。ゆっくり考えて、最善の手段をとらねばならぬ。

「で、つまりおれをどうしようというのだね。君は一人だ。俺の方には七人の部下がいる。おまけに、この船はどこへでも走り出すのだ。おれのいった人質というのは、なにも妙子ばかりではないのだぜ」悪魔は無気味な嘲笑を浮かべ、いきなり人差指を明智につきつけた。

「君だよ、人質というのは。飛んで火にいる夏の虫という、古いセリフがあったっけね。フフフフフ」

彼は含み笑いをしながら、部屋の隅の机に近づいて、その引出しをひらき、何かを取り出そうと、手をさし入れたが、探しても探しても、その品物がないのを知ると、ハッとして、明智の顔を見つめた。

「君の探しているのは、これじゃありませんか。君の留守中に、ぬかりなく拝借しておきましたよ。僕だって、命は惜しいですからね」

明智はそういいながら、ポケットからピストルを出して相手に狙いを定めた。

「畜生っ」

源造は、またしても先手をうたれて、地だんだを踏んだ。しかし、ピストルを持つ相手に飛びかかるわけにも行かぬ。

「さあ、文代さん。そとへ出ましょう。僕たちはまだ仕残した仕事があるのです。お父さんですか。なに、お父さんはしばらくこの部屋で御休息願うことにしましょうよ」

明智の言葉に、文代はオズオズと立ちあがって入口へ近づいた。

「こら、文代、貴様、親を裏切る気か」

源造の恐ろしい眼が、刺すように睨みつけた。

「お父さん。私も一しょに牢屋へ行きます。死刑になる運命なら、私も一しょに死にます。どうか堪忍してください」

文代は泣きながら、父をあとに残して部屋を出た。明智はそのドアへ、そとから鍵をかけた。

鍵はさいぜん、ピストルと一しょに手に入れておいたのだ。さすがの源造も、相手が飛び道具を持っているので、どうすることもできなかった。

「さあ、君はこれを持っていてください。そして、やつらが手向かいしそうだったら、かまわずぶっ放してください」

明智はピストルを文代に渡して、部下の者を捕縛するために、甲板へ出て行った。

と、出会い頭に一人の部下にぶつかった。

「オイ、三次じゃねえか。どこにいたんだ。みんなで大探しをしているんだぜ」

淡い檣燈の光で、おぼろな姿を認めて、相手が叫んだ。

「うん、おれはここにいるんだ。お前みんなを呼び集めてきな。三次が見つかったって」

声も違う、いうことも変だ。しかし相手は何も気づかず、いきなり大声でどなった。

「オーイ、みんなあ、三次がいたぞお。ここにいたぞお」

やがて、ゾロゾロ集まってきた七人の前科者。みんな酔っぱらっている中に、比較的正気なやつが、ふと明智の姿に疑いを起こしてツカツカと近づいて来た。

「三次だって、おい、こんな三次があるもんか。こいつ一体どこのどいつだ」

「なるほど、三次じゃねえ、ヤイ、貴様は誰だっ」

人違いとわかると口々にどなりはじめた。

「僕は明智小五郎っていうのだ」

明智がおだやかな声で答えた。

「ワア」というどよめき。七人のものは、油断なく身構えた。

「みんな、手向いすると、うちますよ」

明智のうしろから、文代がピストルを構えて、姿を現わした。

「や、文ちゃんじゃねえか。これは一体どうしたというのだ」

酔いのさめきらぬ一人が、頓狂な声を立てた。

「どうもしない。君たちを一人残らず縛りあげて、牢屋へぶちこもうというわけさ」

明智がほがらかに言い放った。

七人の者は、酒宴の最中だったので、武器を身につけていない。それはみんな船尾の彼らの部屋においてあるのだ。

武器の方へ、武器の方へ、一同いい合わさねど、心は一つだ。ジリジリとその方へあとじさりをはじめた。

明智と文代は、それを追って一歩一歩進んで行く。

七人の一ばんうしろのやつが、とうとう船尾の部屋のドアを探り当てた。彼はそれをひらいて中に飛びこむ。つづいて一人、また一人、残らず部屋へはいってしまった。

明智はそこまでは、相手のなすに任せていたが、最後の一人がドアをしめようとした時、飛鳥の素早さで、片足を部屋の中に入れ、全身の力でドアをおしのけて、文代と共に中へはいりこんでしまった。

だが、明智ともあろうものが、なんという向こうみずなふるまいをするのだ。それでは敵の思う壺ではないか。見よ、彼らはすでに七人が七人とも、てんでにピストルを握って、今はいってきた明智たちに狙いを定めているではないか。

「僕はうまうま君たちの計略にかかったようだね。ピストルが七梃と。さてどこを狙ったもんだろうね。額か、胸か、それともこうして笑っている口の中へぶちこむかね」

明智は言いながら、額を、胸を、口を、指さしてみせた。

七人の者は、相手のあまりの大胆さに気を呑まれて、ややしばらく立ちすくんでいたが、

「ぶっ放せっ」

一人が叫ぶと、一同気を取り直して、カチン、カチンと引き金を引いた。

「おや、妙だね。カチンカチンといったばかりで、たまが飛び出さぬようだね。ハハハハハ、もう一度やってごらん」

「うぬ」

「畜生っ」

てんでに叫んで、またカチンカチンやってみたが、やっぱりだめだ。

「君たちは、僕がこの船にきてから今まで何もしないでいるほどボンクラだと思うのかね。そいつはちっと不服だぜ。僕はすっかり戦闘準備をととのえておいたのだ。それでなくて、一人ぼっちで、船一艘乗っ取ろうなんて、できない相談だからね」

ああ、なんという恐ろしい探偵だ。彼は単身賊の汽船を乗っ取ろうとしているのだ。

「見たまえ、ここに細引が積んである。これが今に君たちのからだへまきつこうというわけなのだ。この部屋へ逃げこむことを見通して、ここに捕縄まで用意しておいたのだぜ」

賊どもは、あまりのことにあいた口がふさがらぬ。悪人であればあるほど、段違いの相手に出会うと、かえって意気地なくへこたれてしまうものだ。七人のやつは、蛇に見

こまれた蛙のように、ひっそりと静まり返ってしまった。くだくだしく書くまでもない。文代のピストルにおどかされながら、彼らは瞬くうちに、一人一人、身動きもならぬように縛り上げられてしまった。

明智は捕虜どもをその部屋に締めこんでおいて、再びもとの首領の部屋へ取って返した。

来てみると、源造をとじこめておいた部屋では、恐ろしい騒ぎがはじまっていた。ドアが風をはらんだ帆のようにふくらんで、メリメリ、メリメリと物すごい音を立てている。激怒した猛獣が、怒号しながら、檻を破ろうとしているのだ。

「あら、どうしましょう」

父ながら、あまりの恐ろしさに、文代は明智の腕にすがりついて、悲鳴をあげた。

「かまいません。疲れるまで、やらせておきましょう。決して心配することはありません」

だが、果たして心配しなくてもよいのだろうか。見よ、ドアの鏡板はすでに破れたではないか。メリメリ、メリメリ、それに勢いを得た猛獣は荒れにあれて、とうとうドアに出入りできるほどの大穴をあけてしまった。

アッと思う間に、その穴から源造が、鉄砲玉のように飛びだしてきた。明智が文代の手からピストルを取って身構える間もあらばこそ、悪魔は巨大なコウモリのように、風を切って甲板へと飛び出した。

かなわぬとみて、海へ飛びこむつもりだ。ああ、ここで逃がしたら、せっかくの苦心が水の泡だ。魔術師とまで呼ばれた怪賊、どのような恐ろしい再挙を目論まぬとも限らぬ。それを明智は、どうして平気でいるのだろう。賊を追っかけようともせず、あとからノソノソ歩いて行く。

そのころは、すでに東の空が白んで、甲板はもう薄明かるくなっていた。

源造はそこへ走りだすや、いきなり一方のふなばたへ駈けよって、飛びこむ身構えをしたが、ひょいと海面を見おろすと、思わず、

「ギャッ」と悲鳴をあげた。

「ハハハハハ、どうですね。今度こそは、完全に僕が勝利をえたようですね」

暁の空に高らかに響く明智の笑い声。

海面には、かすむ朝もやを隔てて、水上署の大型ランチが、手ぐすね引いて待ちかまえていたのだ。艇上にはピストルを握った警官の群、見れば、その中に警視庁の波越警部もまじっている。今しがたこのランチが到着したことを明智はちゃんと知っていて、賊が逃げだしても一向あわてなかったのだ。

進退きわまった怪賊はキョロキョロあたりを見まわしていたが、やがて「オーッ」と猛獣のようなうなり声を立てたかと思うと、いきなり手近かにひらいた昇降口から船倉へと駈けおりて行った。一体全体なにをするつもりであろう。

明智はやっぱりあわてもせず、ノソノソと賊のあとからおりて行く。

見ると、源造は、まっ暗な船底で、しきりとマッチをすっていたが、やがて、パッと燃え上がったのは、油のしみた布屑だ。彼はそれを片手につかんだかと思うと、一隅においてあった箱の中へ、ヒョイと投げこんだ。

「アッ、危ないっ、爆発薬です」

文代の絹を裂くような叫び声。

そこには賊の最後の武器が残っていたのだ。悪魔は絶望の極、恨み重なる明智を道づれに、船もろとも、わが身を粉微塵にしようと決心したのだ。まことに一代の兇賊にふさわしい最期といわねばならぬ。

だが、ああ、なんというみじめなことだ。

滑稽にも肝腎の爆薬が、いつまでたっても線香花火ほどの音さえ立てぬではないか。

「それを僕が見のがしておいたとでも思うのですか、触ってごらんなさい。火薬は水びたしですよ。ほら、ここにあるこのバケツで、海の水を一ぱい、さいぜんぶっかけたばかりです。いつまで待っても、爆発なんかするものですか」

恐ろしい名探偵が、とどめをさした。

「ああおれは、おれは……」

源造は気ちがいのように、わが髪の毛をかきむしった。そして、いきなり明智に武者ぶりつき、

「お願いだ。殺してくれ、殺してくれ。この上生恥をさらすのは耐らない」

と世迷言をわめきたてた。

「お父さん、お父さん」

文代も、父のあまりのみじめさに、声をあげて泣きだした。

可哀そうだ、しかしそれだからといって、この罪人を許すわけにはいかぬ。まして、ゆえもなく殺すことができるものではない。

「なんという醜態です。悪人なら悪人らしく、正しい裁きをおうけなさい」

明智がつき放したので、源造はたわいもなく船底にぶっ倒れたが、しばらくすると、ふと何か思い出した様子で、ピョコンと起き上がり、半狂乱のていで、階段を駈けのぼって、自分の部屋へ飛びこんで行った。

戸棚を探すと、あった、あった、黄色い小さな薬瓶、これさえあれば、何も生恥をさらすことはない。

彼は眼をつむって、その薬をゴクリと飲みほした。そして、グッタリと椅子に腰をおろし、うつろな眼で、遠くの方をじっと見つめていた。

「ああ、とうとうそれを飲みましたね」

明智がはいってきて、やっぱりニコニコしながら声をかけた。

「どうです。苦しいですか。あの薬どんな味がしましたか。変じゃなかったですか。シャンパンみたいな味がしなかったですか」

源造はそれを聞くと、無気味な表情で、ニヤニヤと笑った。あまりのことに、もう驚く力もないのだ。笑ったかと思うと両手を顔に当てて、さめざめと泣きだした。

「ああ、ひどい。あんまりひどい、おれはこれほどの報いを受けなければならないのだろうか。最後の毒薬までシャンパン酒と入れかえておくなんて、君は悪魔だ、悪魔だ……悪魔だ」

さすがの明智もこの様子をみると、少し後悔しはじめた。あまり手落ちなくやりすぎたのではなかろうか。職務とはいえ、少し無慈悲すぎたのではなかろうか。と、自から疑うほどの気持になった。

だが、悪魔はどこまでも悪魔であった。彼はもう泣いてはいなかった。泣くどころか、顔じゅうを筋だらけにして小鼻をいからし、口をひんまげ、世にも恐ろしい呪いの言葉をはきはじめた。

それを聞くと、明智はやっと安堵した。やっぱりおれのやり方は正しかったと思った。それほども、悪魔の呪詛(じゅそ)は恐るべく憎むべきものであった。

断末魔

彼は激怒した。半狂乱となった。はてはさめざめと泣きだした。両手を顔にあて、うずくまって、血の涙を流した。

血の涙を流した。読者諸君、それが単なる作者の形容ではないのだ。真実、顔を覆った彼の指のあいだから、節くれ立った指のあいだから、ポトポトと、まっ赤なしずくがたれたのだ。

明智も、文代も、それを見るとギョッとした。くやしさに唇を嚙んだぐらいの血の量ではなかったからだ。

「どうしたのだ。オイ、どうかしたのか」

明智が駈けよって、源造の顔から彼の両手を離そうとしたが、彼の手は膠づけになったように離れなかった。

彼はうずくまった姿勢を少しも変えず、ボトボト血をたらしながら、傷つける野獣のように物すごく唸るばかりだ。たまりかねた文代は、父のそばにしゃがみ、その顔を覗くようにして泣き声をたてた。

「お父さん、お父さん、どうなすったの。そんなに泣かないでください。あたしが悪かったわ。あたしが裏切りをしたばっかりに、お父さんをこんな目にあわせて……でも仕方がありませんわ、いさぎよく、死刑になってくださいね。あたしきっと、お父さんの死刑になるその日に死んで見せるわ。そしてあの世へ行ってから存分孝行しますわ。それで堪忍して、ね、堪忍して！」

叫ぶようにしゃべりつづける、娘の悲痛な言葉が耳にはいったのか、源造はやっと両手を離して、顔をあげた。だが、それは決して、彼の激怒がおさまったからではなかった。顔をあげると同時に、彼の右手は、いきなり文代を突きとばした。

文代は「あれー」と叫んで部屋の隅へぶっ倒れる。

「ばか野郎め、どいつもこいつも大ばか野郎め。ワハハハハハハ」

猛獣の咆哮するような罵声が、部屋中に響き渡った。

仁王立ちになった源造の顔は、赤鬼のように血に染まっていた。口から溢れる血が、両手でおさえていたために、顔じゅうにひろがったのだ。彼は舌を嚙み切って自殺しようとしたのだが、気力が足らず、失敗した。怒号する声の呂律が廻らぬのはそれがためだ。

「さあ、どうだ。おれはこうして死ぬんだぞ。こればっかりは邪魔ができまい。探偵さん。何をボンヤリしているんだ。せっかく捕えた犯人が、死骸になってしまうぜ。ホラ、おれはこうして、もう一ど、ウンと舌を嚙めば、のたうち廻って死んでしまうんだぜ」

わめくにつれて、傷ついた口中から、タラタラと血が流れ、顎を伝ってしたたり落ちた。

「お父さん、お父さん、堪忍して」

突き倒された文代が、起き上がって、またしても半狂乱の父親にすがりついた。

「ええ、うるさいっ。すべたの知ったことか」

恐ろしい怒号と共に、彼女は再び投げとばされた。

「さあ、探偵さん、見ていてくれ。おれが舌を嚙み切ってのたうち廻るところを。だが、その前にいっておきたいことがある。いいか。貴様は俺に勝ったつもりで、得意がっている様子だが、おいおい、ボンクラ探偵さん。おれはまだまだ負けてしまったのじゃないぜ」

源造は、血泡に染まった口辺を、ペロペロとなめずりながら、火のような息をはいて、どなりつづけた。

「おれは死ぬ。貴様の前で死骸になって見せてやるのだ。それで君たちが安心したら、ドッコイ飛んだ間違いだぜ。玉村親子にそういってくれ。おれのからだは死ぬ。だが、恨みに燃えた怨霊は、あいつらをみなごろしにしてしまうまでは生きているのだ。あいつらのそばを一寸と離れずつきまとっているのだ」

血に染まった口が、三日月型に、大きく大きくひろがったかと思うと、彼はすでに生きながら怨霊にでもなったかのように無気味な声で、「ヒヒヒヒヒ」と笑った。

さすがの明智も、この物すごい有様には、ゾッと総毛立って答えるすべを知らなかった。

「オイ、貴様、嘘だと思っているな。ホラ、その顔に……その顔に書いてある」

血まみれの源造がヒョイと手を上げて、明智の顔を指さした。

「今の世に怨霊のたたりなんてあるものかと、たかを括っているんだな。だがね、探偵さん、おれは魔術師なんだ。生きているあいだは、あたり前の人間のまねもできない芸当をやってみせたおれだ。死んだからといって、安心はできまいぜ。おれの霊魂はおれ同様に、妖術を使うのだ。ヒヒヒヒヒ、嘘だというのかね……ヒヒヒヒヒ、嘘だというのかね……見ているがいい。玉村一家のやつらがどんなふうに死に絶えて行くか、よく見ているがいい」

言いたいだけいってしまうと、彼はしばらく、恐ろしい眼で空間を睨んでいたが、

「さあ、見てくれ、見てくれ」

と突拍子もない声でわめいたかと思うと、みるみる、額の血管を恐ろしいほどふくらませ、顔じゅうを筋だらけにして、無残な泣き顔になったが、いきなりギコンと歯を噛みしめて、その場に悶絶してしまった。舌を噛み切ったのだ。

「アッ」といって、駈けよったが、もはや施すすべもなかった。

源造は仰向きに倒れ、手足を亀の子のようにもがきながら断末魔の苦悶に陥っていた。文代は父の断末魔に接し、その血みどろの形相を一と目見るや、ウーンとのけぞって、そのまま、気を失ってしまった。

と同時に、明智のうしろの、ドアのそばにも、別のうなり声が聞こえ、バッタリ人の倒れる音がした。驚いて振りむくと、そこにも気を失って倒れている女性があった。妙子だ。ただならぬ騒ぎを聞きつけて、彼女はいつの間にかここへ忍び出てきたのだ。そして、敵ながら、源造の恐ろしい苦悶を見て、脳貧血を起こしたのだ。

明智は当惑してしまった。一人は死に瀕し、二人は気を失って、三人三様の姿で、ぶっ倒れている。しかも、明智のために手を貸してくれる人とては、誰もいないのだ。

当惑して佇んでいるうちに、魔術師源造はついに動かなくなってしまった。

部屋の中には、動くものとては何一つなかった。文代と妙子は死人も同然だし、当惑して立ちつくしている明智まで生人形のように動かなかった。石油ランプは、窓から忍びこむ暁の光に、色うすれて、虫の鳴くような音をたてながら明滅していた。部屋中に朝の暗さが立ちこめて、陰気な情景を、一そう陰気に描きだしていた。

まだら蛇

それより少し前、水上署の大型ランチが、賊の汽船に横づけになった。

艇上の波越警部は、船内の明智をしきりと呼びたてたけれど、なんの答えもなく、第一、賊の船の甲板上にはいつまで待っても人影さえ現われぬので、業をにやして、ともかくランチから汽船へと、乗り移ってみることにした。

それにしても、波越警部たちが、どうして朝まだき、賊の汽船を襲ったのか。そして、きわどいところで、賊が海中に身を投じて逃げ去ろうとするのを食いとめることができたのか、偶然にしては少し話がうますぎるではないか。

いや、決して偶然ではなかった。これもまた明智小五郎の機知が功を奏したのだ。

前夜の三時ごろ、一人の警官が月島の海岸近くを巡回中、海辺の石垣の方から、異様ならうめき声、いや、むしろ叫び声の響いてくるのを耳にした。

不審に思って、駈けつけてみると、エビのように、両手と両足を背中で結びつけられた人物が、石垣の上をころがりながら悲鳴をあげていた。

用意の懐中電燈で照らしてみると、立派な背広服を着た、しかしあまり人相のよからぬ男が、縄目の痛さに耐えかねて、オイオイ泣いているではないか。

「どうしたんだ。喧嘩でもしたのか」

と声をかけながら、ふと洋服の胸を見ると、そこに手帖でも破ったらしい紙切れが、婦人のヘヤピンでとめてある。

「おやおや、変なものがとめてあるぞ」

と引きちぎって、調べてみると、紙切れには、鉛筆の走り書きで、次のような妙な文句が書きつけてあった。

この者魔術師一味の小賊なり。直ちに警視庁波越警部に引き渡されたし。

明智小五郎

「魔術師」と読んで、警官は飛び上がった。しかも手紙を書いた人物が、明智小五郎なのだ。

彼はもよりの交番に飛びこむと、直ちに警視庁を通じて、このことを波越警部の私宅へ報じた。警部は深夜ながら、時を移さず現場に駈けつけ、怪しい男を、手ひどく訊問した。そして、ついに賊の口から、委細の事実を聞きだすことができたのだ。

明智としては、別に警察の応援を望んでいなかったかもしれない。しかし、このちょっとしたいたずらが、案外な功を奏した。波越警部は、水上署に事の次第をつげて、大型ランチの出動をうながし、水上署の警官たちとともに、自から数名の刑事を率いて、それに同乗し、夜明け前の隅田川の、黒い波を蹴立て、賊船へと急いだ。明智は夜明けのうすあかりの中に、いちはやくそれを見てとったのである。

お話はもとに戻る。波越警部は、船内から答えのないのを不審に思いながら、数名の部下とともに賊船の舷側をよじ登り、甲板をあちこち探しながら、偶然にも、一人の死体と二人の気絶者と、生き人形のように突っ立った明智小五郎との、あの恐ろしい沈黙の部屋へと近づいて行った。

「ヤ、蛇だ」

刑事の一人が頓狂な声を立てたので、驚いてその方をみると、開け放たれたドアの下から、ニョロニョロと小豆色の小さなまだら蛇が、這いだしてくるのだ。

人々はゾッとして立ちすくんだ。思いもよらぬ船の上で、突然蛇に出くわしたからでもあった。その蛇の頭部が、菱形にふくらんで、毒蛇の相を現わしていたからでもあった。だが、そのほかに、もっと別の感じがあった。

その蛇は形は小さかったが、背後に、なにかしら大入道のような、巨大なものの影が感じられた。物の怪にでも出あったような、言葉で言い現わせぬ、一種異様の戦慄が人々の背筋を走った。

蛇は、立ちすくむ人々を尻目にかけて、醜怪な鎌首をもたげながら、踊るような恰好で、左右にからだを振り動かし、部屋のそとを廻って、見えなくなってしまった。

蛇を追って、二、三歩進むと、ひらいたドアから、室内の異様な光景が眺められた。

「あ、明智さん。ここでしたか……だが、この有様は……」

波越警部は二の句がつげなかった。

なんという陰惨無残の活人画であろう。青ざめた蠟人形のようにころがった二人の娘。断末魔の苦悶をそのままに、血まみれの指で空間をかきむしった怪賊の死体。夢みるようにボンヤリ佇んでいる明智小五郎。

「明智さん。僕ですよ」

ポンと肩を叩かれて、明智はやっと正気に返った。そして警部に問われるままに、ありし次第を語った。

「や、御苦労でした。大成功です。賊の首魁が死んでしまったのは、少々残念だが、これも、天罰というものでしょう。手下どもは皆あちらの部屋に縛ってあるのですね。一網打尽でしたね」

そこで警部は、刑事たちに命じて、二人の女性をベッドのある部屋に運び、手あてを加えさせたところ、二人とも間もなく意識を取りもどした。それがすむと、船尾の部屋の七人の小賊どもを引きたてて、警察ランチへと乗り移らせた。

それらの処置が一段落ついた時、もとの船室に立ちもどった警部が、ふと思い出して、まだ夢醒めきらぬ面持の明智にいった。

「この船には、蛇がいますね。賊が飼っていたのでしょうか」

それを聞くと、明智の顔色がサッと変った。

「え、なんですって、あなたはその蛇をごらんになったのですか」

その声が、あまり頓狂だったので、今度は警部の方でびっくりした。

「見ました。小さいけれど、なんだか毒蛇みたいな、いやな恰好をしていました」

「どこで？　どこで見たのです」

「ああ、そうそう、さっき、この部屋から這いだしてくるところを見たのですよ。だが、あなたはなぜそんなにびっくりなさるのです」

「僕は幻を見たのだと思っていました。だが、あなたの眼に映ったとすると、幻ではない。一体そいつはどちらへ行ったのです」

警部が船室のそとを曲って見えなくなったと答えると、明智はセカセカとその方へ歩いて行って、隅々を探し廻ったが、あの蛇がいまごろまでその辺にいるはずはない。

彼はむなしくひき返してきて、彼らしくもない恐怖の表情を浮かべながら、妙なことをいい出した。

「奥村源造の死にざまは、さっきもお話しした通り、眼もあてられぬ無残なものでした。

あいつは恐ろしい執念に、われとわが身を苦しめて、ゾッとするような、呪いの言葉を叫びつづけながら悶え死んでしまったのです。

僕はそれを、どうすることもできないで、じっと眺めていました。息絶えて動かなくなった死骸から、おれの怨霊は永久に生きているのだという、あの恐ろしい叫び声が、まだ聞こえてくるような気がしました。

やつの指先きの、かすかな動きが、ピッタリとまると同時に、つまり、やつが全く死にきった刹那、ふとあいつの血だらけの顔を見ると、僕は思わず逃げ出したい衝動を感じました。なぜといって、あいつの顔には毒々しい小豆色の小蛇が、まるで、そこから吹き出した血のりのかたまりででもあるように、のたうっていたからです。

その小蛇は、しばらくのあいだ、顔の上をノロノロと這いまわって、煙のような黒い舌で、血のりをなめていましたが、やがて、顎を伝って、首から床へと這いおりると、なんともいえぬ、ちょうど奥村源造の呪いの言葉を思い出させるような、いやないやな恰好で、鎌首をもたげながら、スルスルと僕の方へ這いよってくるではありませんか。

僕はギョッとして、その辺にありあう棒切れをつかむと、いきなり小蛇をなぐりつけようと身構えましたが、蛇もその勢いに恐れをなしたのか、僕をよけて、部屋のそとへ消えてしまったのです。ただ、それだけのことです。でも、これが偶然の出来事でしょうか。船の中に蛇がいたのも変です。しかもその蛇が、あいつが息を引き取ると同時に、血のりの中から湧きだすように、姿を現わしたのは、決してただごとではありません。

もしやあの蛇が、死体から抜け出したやつの執念深い怨霊なのではあるまいかと、僕は何かに身を縛られたようになって、立ちすくんだまま動けなくなってしまったのです」

聞いていた波越警部も、その小蛇が、背筋を這ってでもいるように、ゾッと気味わるくなってきた。

彼らは両人とも、怪談を信じるような古風な人間ではなかった。それにもかかわらず、なにか物の怪におそわれたような、異様な戦慄を感じたのはなぜであったか。もしや、この小蛇こそ、明智が想像した通り、怪賊魔術師が、死をもってこの世に送り出した、復讐の魔虫ではなかったのであろうか。

悪　夢

だが、とにかく事件は落着した。あれほど世間を騒がせた怪賊魔術師も、ついに自滅してしまった。八人の部下（船中で捕えた七人と、月島海岸にころがっていた一人）はことごとく収監された。賊の娘の文代は、明智に味方して、実の親を捕縛させた苦衷をめで、いずれは無罪放免にきまっていても、一応未決監に収容せられた。

玉村氏はもちろん、警察でも賊の余類がどこかに潜伏していはしないかとおそれたので、その点は最も厳重に訊問したが、いかなる拷問も、無いものを生み出すことはできぬ。文代さえも、ほかに余類のないことを宣誓したからには、もはや疑う余地はない。

賊の一味は完全に滅亡したのだ。よしまた、たとえ一人や二人残っていたところで、玉村氏になんの恨みもない部下のものが、利益にもならぬ他人の復讐事業をつづけるはずもないのだ。

玉村家に久しぶりで明るい生活が戻って来た。彼らは地底の水責めで、半病人のていだったが、中にも妙子さんは、賊の恐ろしい最期を見て気絶してからというもの、大熱を出して寝こんでしまったほどだが、それは肉体上のこと、精神的には、またもとののびのびとした幸福な日が戻ってきた。

二か月あまり、なんのお話もなく過ぎ去った。

怪物のお蔭で、一そう有名になった玉村宝石店は、群小同業者を圧して、メキメキと営業成績をあげていった。家族一同の健康もすっかり回復した。しかも、時は弥生、早い桜は、チラホラ咲きはじめようという季節だ。父善太郎氏はもちろん、兄妹たちも、うって変ったこの世の楽しさに、いつしかあの忌わしい事件のことも忘れがちになって行った。

だが、事件は果たして真に落着したのであろうか。奥村源造の死にぎわの呪いの言葉は、単なるいやがらせにすぎなかったのであろうか。それにしても、あの小豆色の小さな毒蛇は、一体何を意味しているのだろう。

ある朝のこと、妙子さんと、貰い子の進一少年との寝室から、なんとも形容のできぬ、物すごい悲鳴が家じゅうに響きわたった（進一少年はこの物語のはじめの方で顔を見せたきり事件にとりまぎれ、ついその存在を忘れられていたが、彼は玉村家の血筋ではないので、賊の迫害こそ受けなかったけれど、家族一同の苦しみを、少年は少年だけに、恐怖もし心配もしていたのだ)。

まだ家族のものは、床を離れぬ早朝だったので、一同その声にハッと眼を覚ましたが、久しく忘れていた忌わしい記憶が、ふと心の隅によみがえってきた。「またなにか恐ろしい事件が起こったのではないか」父も子もゾッと肌寒く感じないではいられなかった。駈けつけてみると、妙子さんは、白いベッドの上に半身を起こして、ひらけるだけひらいた眼で、キョロキョロとあたりを見まわしていた。同じベッドの進一少年も、妙子さんの胸にしがみついて震えている。だが幸いにも、両人ともどこも怪我をしている様子はない。

「夢でも見たのか。びっくりするじゃないか」

玉村氏が、たしなめるようにいうと、妙子さんは強くかぶりを振って、

「夢じゃありません。たしかにこのシーツの上にとぐろを巻いていたんです。あたし、何か重くなったものだから、眼を覚ましたのですもの……」

「とぐろをまいていたって？」

「ええ、あなた方、いま廊下で、誰かにお逢いにならなかって？　大きな、角力取りみたいな人に」

それを聞くと、一同ギョッと色を変えた。角力取りみたいな男——読者は記憶せられ

るであろう。第一回の殺人事件は、魔のような巨人の仕業であったのだ。普通人の倍もある血の手型。闇の中を走り去った、七、八尺もあるような大入道。あれだ。「角力取りみたいな」という言葉が、たちまちその当時の巨人の幻を描きだした。

その後、賊は魔術師のような怪人物とわかったので、あれも魔術的な一種の変装であったのだろうと、警察も、明智小五郎さえも、ことさらその巨人について穿鑿(せんさく)をしなかった。捕縛した賊どもには一応尋ねてみたけれど、誰もその無気味なトリックを知っているものはなかった。

「角力取りだって、お前そんなやつを見たのか」

玉村氏はただならぬ気色で尋ねた。

「ええ、たった今、そのドアをくぐって、出て行ったばかりなのよ。あなた方の眼につかなかったはずがありませんわ」

「お前が、叫び声を立ててからか」

「ええ、そうよ」

「それじゃ逃げだす暇はない。わしらは廊下の両側からかけつけたのだから、誰かが見なければならないはずだ。一郎、二郎、お前たちそんなものを見はしなかっただろうね」

「ばかなことがあるものですか」一郎が例によって、怪談を否定した。「僕らはもちろん誰にも会やしないし、第一そんなべらぼうな大男が、家の中にはいってくる道理がないじゃありませんか。妙子は夢を見たのですよ。どうせ、胸に手でものせていたんだろう」

「いいえ、お兄さま、夢じゃないのよ、なんぼあたしでも、夢なんかでこんなに騒ぎやしませんわ」

「まあいい。それで、角力取りみたいなやつが、どうしたんだね……君のシーツの上に、とぐろでも巻いていたのかね」

一郎はからかい顔だ。

「まあ！」妙子は憎らしげに兄を睨んでおいて、父親の方へ向き直った。「お父さま。とぐろを巻いていたのは、小さな、小豆色の蛇ですのよ。ほら、ここに、まだシーツの上が窪んでやしないこと」

「え、小豆色の蛇だって」

玉村氏は非常な恐怖の色を浮かべた。彼は恐ろしく蛇嫌いであった。ヘビと聞いただけでも顔色が変るほどであった。だが、いま非常な恐怖を感じたのは、ただそれだけの理由ではない。

一郎も、二郎も、それを知らなかったけれども、玉村氏は明智小五郎から、賊の最期について詳しい話を聞いていた。例の怪しげな蛇の一件も、それが賊のいわゆる怨霊かもしれないという怪談めいた一節も、ことごとく聞き知っていた。珍らしい小豆色の蛇、おまけに角力取りみたいな大男、いずれも怪賊魔術師を思い出させる者どもではないか。

彼が恐れおののいたのも無理ではなかった。

「その蛇は、どこへ行った」

彼は青ざめて、キョロキョロ身辺を見まわしながら尋ねた。

「あたしがびっくりして飛びおきると、チョロチョロとベッドを伝いおりて、ドアの方へ走って行きました。そしてその入口のところで、鎌首をもたげて、まるで人間みたいに、じっとあたしの顔を見つめるのです」

「それから？」

「それから妙なことが起こったのです。また一郎兄さまに叱られるかも知れませんわ。あまり変なのですもの。あすこの鼠色の壁から浮き出すように、一人の天井につかえそうな大男が現われて、ハッと思ううちに、スーッと、そとへ出て行ってしまったのです。そして、その人がいなくなると、蛇も見えぬようになってしまいました」

「ハハハハハ、まるで石川五右衛門の忍術だね。鼠の代りに蛇を使って」

案の定、一郎が茶々を入れた。

だが、玉村氏は笑えなかった。忍術と聞くと一そう変な気持になった。

もしや奥村源造はまだ生きているのではあるまいか。船の中で死んだのも、共同墓地へ埋葬せられたのも、彼のいわゆる魔術ではなかったのか。死んだと見せかけ、どこかに潜伏していて、ほとぼりのさめた今ごろ、また姿を現わしはじめたのではあるまいか。もし生きているとしたら、あいつは蛇の忍術だって使いかねない怪物だ。

それから一郎、二郎の兄弟や、書生たちに命じて、家じゅう限なく捜索させたが、角力取りみたいな奴はもちろん、小豆色の小蛇もどこにも姿を見せなかった。

「お父さん、気になさることはありませんよ。夢です。妙子が夢を見たのです」

一郎にいわれると、なるほどそうかとも思うので、玉村氏は警察沙汰にするようなこともなく、その日はそのままずんでしまったが、二、三日たった夜のこと、またしても恐ろしいことが起こった。しかも今度は、当の玉村氏がおそわれたのだ。

――庭の池の亀を見ていると、その可愛らしい亀の頭がニューッとのびて、小豆色のまだら蛇になった。

蛇嫌いの玉村氏は「ギャッ」といって逃げ出したが、走っても走っても蛇の頭がすぐうしろにあるのだ。そいつは亀の胴体から、紐のように無限にのびてくるのだ。

庭の向こうに、一郎、二郎、妙子の兄弟が笑い興じていた。玉村氏は、「助けてくれ」と叫びながら、その中へはいって行った。そして三人に囲まれながら、うしろを見返ると、細い紐のような小蛇が、いつのまにか胴廻り一と抱えもあるような庭一ぱいの大蛇に変っていた。「アッ」と思ううちに、親子四人とも、その大蛇のためにグルグル巻きにまきこまれてしまった。むせ返るような蛇の体臭、ヌルヌルした肌触り。

大蛇は、徐々に四人を絞めつけながら、空一ぱいに鎌首をもたげ、火焔のような舌をはいて、頭の上から、ただ一と呑みと迫ってくる。

われとわが悲鳴に、ヒョイと眼をひらくと、ベッドの中でビッショリ汗をかいていた。

今のは夢であったのだ。

「ああ、夢でよかった」

玉村氏はホッと安心して、寝がえりをしようとしたが、おやっ、なんだか掛け蒲団の上に乗っているものがある。ズッシリと重い一物だ。

彼は鎌首をもたげて（それが夢の中の蛇とソックリの恰好であった）、その方を眺めた。眺めたかと思うと、今度こそはほんとうに「ギャッ」と絞め殺されるような悲鳴をあげた。妙子の場合と同じだ。掛け蒲団のシーツの上に、小豆色のまだら蛇が、とぐろを巻いていたのである。

玉村氏が飛びおきると、蛇は床を這って素早く逃げてしまった。と同時に、黒い影が（なんとそれが出羽ケ嶽みたいな巨人だったではないか）スーッとドアのそとへ姿を消した。あとになって考えてみると、その大入道は、さいぜんから、部屋の隅で、玉村氏の寝姿をじっと見守っていたらしいのだ。

それから起こったことは、妙子の場合と、全く同じであった。蛇も角力取りも、煙のように消え去って、どこを探しても影さえなかった。

ただ違っている点は、角力取りの消え去ったあとに、一枚の紙切れが落ちていたことだ。

しかもゾッとしたことには、その紙切れに「奥村源造」と、簡単ながら、非常に恐ろしい四文字が書きつけてあった。怨霊は彼の名札を残して行ったのだ。

奇中の奇

　ついにこのことが警察沙汰になった。明智小五郎も再び事件の依頼をうけた。

「魔術師はまだ生きている」

　どこからともなく、そんな囁きが起こって、全市にひろがって行った。

　警察でも捨てておけないので、会議の結果、奥村源造の墓をあばいて、死体が紛失していないかと、確かめてみるという騒ぎになった。

　源造の死体は、後日のために土葬にしてあったので、着衣や骨格は元のまま残っているはずだ。そして、事実残っていた。あらゆる点が源造の死体に違いないことを示していた。彼はやっぱり死んでいるのだ。死体が夜な夜な墓場を抜けだして、蛇使いの大入道に化けて出るなんて、ベラボウな怪談を信じるわけにはいかぬ。

　これには何かしら、死人の残して行ったトリックがある。死後必ず復讐がとげられると思えばこそ、あいつは自殺したのだ。死人が生前組み立てておいたトリックによって罪を犯すというのは、非常に珍らしいことではあるけれど、犯罪史上先例がないことでもない。

　そこで、当時まだ未決監にいた一味の者どもが、厳重な訊問をうけた。だが、部下の者八人が八人とも、誰一人首領の秘密を打ち明けられているものはなかった。文代にも今度のことは全く見当さえつかなかった。

玉村一家の人々は、またしても、極度に神経過敏となった。殊に玉村氏は、だいきらいな蛇がからんでいるだけに、ゾッと震えあがって、極度に用心深くなった。

家内のもの四人の寝室がとりかえられた。同じ廊下に面した四つの洋室が、奥から一郎、妙子、玉村氏、二郎の順に割り当てられた。幸いその廊下は奥が行きどまりになっているので、窓さえ用心すれば、通路といっては廊下の入口たった一か所であった。廊下の窓という窓は鎧戸を締めきった上、ガラス戸はすべて釘づけにしてしまった。廊下の端には交替で寝ずの番が立った。しかも、寝につく時には、四人とも各自の部屋のドアに内側から鍵をかけることにした。

玉村氏はそれでもまだ安心ができなかった。自分の家であるけれど、もしや知らぬまに部屋の中に秘密戸でもできていはしないかと、明智小五郎の助けを借りて、四つの寝室を、床といわず、天井といわず、壁といわず、一寸角もあまさず、綿密に検査して、どこにも異状のないことを確かめた。

糸のように細く伸びるというナメクジのような怪虫なら知らぬこと、どんな小さい蛇さえも、全くはいる隙はなかった。まして蛇使いの大入道なぞ、絶対に忍びこむ余地はない。まずまずこれで安心だ、と善太郎氏は思った。だが、その安心が非常な間違いであったことが、間もなくわかる時がきた。

数日は何事もなく過ぎ去った。だが、右の用心をほどこしてから、ちょうど一週間目の深夜、人々は物悲しい横笛の音に、ふと夢を破られた。

ああ、あの笛の音色！　曲の調子！　どうして忘れることができよう。得二郎の殺されたときにも、妙子や一郎が傷つけられたときにも、これと全く同じ、物悲しげな笛の音が聞こえたではないか。

まっ先に飛びおきたのは二郎であった。彼がその笛の音を一ばんよく聞き慣れていたからだ。

こんなときには、ドアに鍵をかけておいたのが非常な邪魔になる。鍵を探して、もどかしくドアをあけて、廊下に飛び出してみると、向こうの端に寝ずの番の書生がボンヤリ立っている。

「誰か通りゃしなかったか」

と尋ねてみると、

「いいえ」

と、けげん顔だ。まさか角力取りみたいなやつを見のがすはずはない。まあよかったと思いながら、耳をすますと、いつしか笛の音はやんでいる。

「君、妙な笛の音を聞かなかった？」

「ええ、聞きました。僕も変だと思っているのです」

「どの辺から聞こえてきた？」

「大旦那のお部屋です、確かに」

二郎はそれを聞くと、まさかと思うものの、やっぱり気になるので、念のために、父の部屋をあけてみることにした。

鍵は四部屋とも共通のものであったから、そとからドアはひらく。なるべく音のせぬように鍵を廻すと、彼はソッと寝室の中を覗きこむや、彼の口から、なんともいえぬ恐ろしい悲鳴がほとばしった。

笛の音で、すでに眼を覚ましていたほかの二人も、二郎の声に驚いて飛び出してきた。

「どうしたんだ。二郎」

「お父さんが。お父さんが」

一郎も妙子もドアの前にきて、二郎の指さすところを見た。そこには、父玉村氏が、いや、玉村氏の死骸が、ベッドをころがり落ちて、倒れていた。

両手は喉の辺をかきむしる恰好に、空をつかみ、顔は苦悶にゆがんで、歯をむきだし、白くなった眼は、飛び出すかと見開かれていた。

二た眼と見られぬ無残な形相だ。しかし、それよりも一そう恐ろしい一物が、死人の頸に巻きついていた。小豆色の蛇だ。源造の怨霊だ。玉村氏はおそらく睡眠中に、この蛇に頸をしめつけられて、死んだものに違いない。

死体の上には、例によって、早咲きの桜の花びらが、雪のように撒きちらしてあった。死体を飾るこの花びら、さいぜん聞こえた横笛の葬送曲、すべてがかつての奥村源造のやり口である。

蛇は人々の立ち騒ぐ物音に驚いたのか、死人の頸を離れ、スルスルと床を這って逃げようとした。

「畜生め、畜生め」

気の強い一郎は、いきなりそれを追って、蛇の頭を革のスリッパで踏みにじった。

蛇はピチピチ躍り廻って、一郎の足に巻きついてきたが、頭を踏み砕かれては、おしまいだ。もろくもグッタリと死に絶えてしまった。

一方では二郎と妙子とが、父を蘇生させようと、いろいろ介抱してみたが、善太郎氏はついによみがえらなかった。

「だが、一体この蛇は、どこからはいってきたんだろう」

悲歎の数分間が過ぎて、やっと気を取り直した二郎が言った。

ドアには少しも隙間がなかった。庭に面した窓のガラス戸は、みな釘づけになっていた。天井の通風孔には厳重に金網が張りつめてあった。それを調べてみたが、どこにも破損した箇所はない。

不思議だ。蛇だけならまだしも、蛇のほかに人間がはいってきたはずだ。そして、玉村氏の死にきったのを見届けて、また煙のように出て行ったはずだ。なぜといって、蛇には横笛も吹けないし、花びらも撒けないからである。

魔術師奥村源造は死んでしまった。彼の死骸は共同墓地で腐っている。それにもかかわらず、奥村源造は生きているのだ。彼は彼自身の名札を示し、生前と寸分違わぬ不思議な手段によって、かたきと狙う玉村氏を殺害したのだ。

読者諸君、この奇怪事をなんと解決すればよいのであろうか。寝室は釘づけにした箱のように密閉されていた。その中へ蛇が這い入ったのさえ不思議であるのに、蛇の何百倍も容積のある一人の人間が、自由に出入りしたのだ。手品の箱なら種仕掛けもあろう。だが、この部屋には絶対に仕掛けのないことがわかっている。つまり、全然不可能なことが行われたのだ。

一郎も二郎も妙子も、父を失った悲歎に加うるに、この不可解事を見せつけられ、まるで思考力を喪失したかの如く、茫然としてなすすべを知らなかった。

ともかくも警察に知らせなければならぬ。一郎は電話室へ走って行って、警視庁と明智のアパートへこのことを報じた。

やがて、波越警部と明智小五郎がやってきた。彼らは同じ事件で、同じ玉村家で、再び顔を合わせた。

綿密この上もない調査がくり返された。しかし、なんの新発見もない。

「明智さん。あなたの御意見は？　残念ながら、僕には、まるで見当がつきません」

波越警部は正直に打ちあけるほかはなかった。

「そうです。不可解といえば不可解です」

明智はさすがにいつものニコニコ顔ではなかった。

「密閉された部屋に人間が出入りできないのは、いうまでもありません。たとえ彼が合鍵を持っていたとしても、見通しの廊下にちゃんと番人がいたのですからね。

しかも、あの書生は、一点の疑う余地のない人物です。もう三年もこの家に雇われている上に、正直者と評判の男です。また、たとえあの男が犯人を見のがしたとしても、家の中にはたくさんの召使いたちがいるのだし、玄関にも裏口にも人の忍び入った形跡がないのだから、不思議はやっぱり同じことです。

そういう考え方をすれば、不思議は色濃くなるばかりです。しかし、殺人が行われたからには、犯人がはいらなかったはずはない。波越さん、あなたは『蜜柑の皮をむかないで中身を取り出す法』というのをご存じですか。高等数学の数式上では、それが可能なのです。つまり、この犯罪は、中学などでは教えない、高等数学に属するものかもしれませんね」

明智は妙なことを言い出した。一体高等数学の犯罪なんて、あるものかしら。また、高等数学を心得た犯人は、そんなにやすやすと密閉された部屋にはいりうるものだろうか。

「眼の角度を変えるのです。同じ物体でも、正面から、うしろから、横から、斜めからと、いろいろな見方がある。そして、見方を変えるにしたがってその物体も、ある場合には、まるで違ったものに見えるではありませんか」

波越警部は、明智のいう意味がボンヤリとわかってくるような気がした。

「では、もしやあなたは……」

彼はハッとしたように顔色を変えて、明智の眼の中を覗きこんだ。ボンヤリとわかってきた意味があまりにも意外な、恐ろしい事がらであったからだ。

異様な捕物

さて、怨霊のたたりは、それで終ったのではない。玉村氏の次ぎには三人の兄妹がある。彼らは父の死を悲しんでいる暇もなく、早くも矢つぎ早に襲いかかる怨霊の魔力に悩まされなければならなかった。

一郎と二郎とは、西洋風に毎朝ベッドの中で、コーヒーを飲むくせがあった。その朝も(善太郎氏の葬儀をすませて数日後のことだ)小女の持ってきたコーヒーを飲んだが、間もなく烈しい腹痛を覚え、吐き下しをはじめた。

二人とも、その朝のコーヒーがあまり苦かったので、半分ほどしか飲まなかったが、もしすっかり飲んでいたら、一命にも関するところであった。分析の結果、コーヒーの中に或る毒物が混入してあったことがわかったのだ。召使い一同厳重に取り調べられたが、一人も疑わしい者がなかった。みな長年玉村家の恩顧を受けたものばかりであった。

今度は毒蛇ではない。あのいまわしい生物は、すでに死んでしまった。たとえ生きていたところで、彼が毒をまぜるはずもないのだ。やっぱり人間だ。だが復讐鬼一味のものは今は一人も残っていないことが明らかになっているではないか。とすると……とすると……いくら考えても、全く不可解というほかはない。

困じ果てた波越警部は、きょうもまた、彼の唯一の知恵袋、明智小五郎を訪ねて、残念ながらその教えを乞うほかはなかった。

開化アパートの書斎へ警部がはいって行ったとき、明智は机の上に大型の書物をひらいて、読み入っていた。グロースの犯罪心理学だ。

「読書ですか」

波越氏がドイツ語のページを覗きこみながら、いった。

「いや、本をひらいて、考えごとをしていたのです。読んでいたわけではありません」

明智が、ボンヤリした顔をあげて、答えた。

「なにを考えていたのです。奥村源造の怨霊についてですか」

「いいえ、もっと人間らしいことです。美しい幻です。僕だって、犯罪以外のことを考えないわけではありません」

「ホウ、美しい幻？　景色ですか。それとも歌ですか」

警部もがらにない言い方をする。

「もっと美しいものです。人の心です。純情です」

「純情？　と言いますと」

「奥村文代を早く出獄させてやるわけにはいかぬでしょうか」

「ああ、賊の娘の文代ですか。なるほど、あの娘は可哀そうです。あれは最初から、われわれの味方だったんですからね。悪魔のような父親とのあいだにはさまって、どんなにか心を痛めたことでしょう。むろん無罪放免ですよ。ただ時期の問題です」

「いつごろでしょう」

「ハハハハハ、あなたの美しい幻というのはつまり、その文代のことだったのですね。あの美しい文代が、あなたのために、どれほどつくしたかということは、僕もよく知っていますよ。文代の恋がなかったら、玉村家の人は、とっくに死に絶えていたのですからね」

「僕はなぜか、あの娘のことが忘れられないのです。父親とは似てもつかぬ、身も心も美しいあれの幻が、眼先にちらついて仕方がないのです」

明智は子供らしく、ありのままを告白して、少し顔を赤らめさえした。

「たとえ犯罪者の娘でも、文代なら、あなたがどれほど親しくなさろうと、僕は苦情を言いませんよ。あんな純情の女はめったにあるものではありません……玉村の妙子さんと比べても、決して、見劣りがしませんからね。顔も心も」

明智は妙子の名を聞くと、なぜか眉をしかめた。

妙子とはかつてS湖畔にボートを浮かべて、友だちというよりは、恋人のように語りあった記憶がある。玉村家の事件に手を染めたのも、妙子さんの切なる依頼があったからだと、波越警部もうすうすそれは感づいていたに違いない。と思うと、恥かしさ、腹立たしさに、彼は不快の表情を隠すことができなかった。今では彼は妙子がゾッとするほど嫌いなのだ。文代を知ったからばかりではない。もっともっと深い理由があった。

波越警部は、明智のこの心持を察するほど敏感ではなかった。彼はいいたいままを口にした。

「妙子さんといえば、今度の毒薬事件について、あなたが冷淡だといって、不平をこぼしていましたっけ。もっと熱心になってくださるように、お願いしてくれということでしたよ」

明智はだまって、やっぱり眉をしかめたまま、返事をするのも不愉快だという顔つきである。

「いや、妙子さんばかりじゃない。僕も実は、あなたのほんとうの御意見が聞きたいのです。あなたは玉村善太郎氏が殺された時、この犯罪は高等数学だといいましたね。僕はその後ずっと、あれが気掛りになっているのです。どう考えてみても、その意味がわからないのです」

波越氏は、話を本題に戻して行った。

「すべての既成観念をうっちゃってしまうのです。赤ん坊のような単純な頭になって、出直すのです。おとなというものは浮世の雑念に囚われすぎて、かえってほんとうのことがわからない。ありありと見えている物が、見えないのです」

明智は禅宗坊主みたいな言い方をした。探偵学もある意味で禅と同じようなものかもしれない。こいつが実際家の波越警部には一ばん苦手だ。彼は苦笑しながら、

「さあ、そこがわからないのですよ。君のいわゆる『盲点』というやつでしょうが、僕には、そのありありと見えているものがまるで見えないのです。しかし、あなたには、ほんとうにそれが見えているのですか」

と逆襲した。

「見えていますとも」

明智は平然として答えた。

「すると、つまり、君は玉村氏を殺し、一郎、二郎の兄弟に毒を盛った真犯人を、知っているわけですか」

警部の鉾先（ほこさき）はますます鋭い。しかし、明智は少しも驚かぬ。

「知っているのです」

驚いたのは警部の方だ。無理もない。この素人探偵は、警察があれほど騒いでも、片鱗さえつかみえぬ謎の犯人を知っているというのだ。

「まさか冗談ではありますまいね」

「冗談ではありません」

「では、聞かせてください。その真犯人は何者です。どこにいるのです」

波越警部は、意気ごみ烈しくつめよった。

「今夜十時まで待ってくださいませんか。決して逃げる心配はありません。かっきり十時に犯人をお引き渡ししましょう」

明智はまるで、ありふれた世間話でもしている調子だ。

「え、え、なんですって、すると君は、その犯人をすでに捕えているのですか。どこです。どこにいるのです」

「そんなにあわてることはありません。今、その場所をいいますから、よく覚えてください。そして、あなた一人でかっきり十時にそこへきてください。たぶん犯人をお引渡しできると思います。場所は本郷区Y町です。電車でいえば肴町の停留所で下車して、団子坂の通りを右へ、三つ目の細い横丁を左へ折れて、生垣にはさまれた道を一丁ほど行くと、石の門のある古い西洋館があります。まるで化物屋敷みたいな、あれ果てた空家同様の建物です。その石門をはいって建物の裏へ廻ると、三つ並んだ窓があります。その一ばん左の端の窓がひらいていますから、そこから部屋の中へはいってください。電燈もない、まっ暗闇ですが、その闇の中に僕がお待ちしているわけです。少しも危険はありません。必らず一人でおいでください」

明智の言うことはいよいよ変だ。なんという奇妙な捕物であろう。

「よくわかりました」警部は明智の指定した道順を復誦してみせた。「だが、どうして君はその犯人を探し出したのです。そいつは一体何者です」

「非常に意外な人物です。むろん、あなたもご存じの者です」

「誰です。誰です」

警部は思わずせきこんで尋ねる。

明智が、波越氏の耳に口を寄せて、何事かボソボソと囁いた。

「……………」

「そ、そんなばかなことが！」

警部は飛び上がらんばかりに驚いて叫んだ。

「ありえないことです。いくらなんでも……何か確証があったのですか。それについて」

「詳しくいわなければわかりませんが、むろん証拠もあるのです」

それから、明智は三十分ほどもかかって、その真犯人を発見するに至った顚末を、詳しく物語った。それを聞いてしまうと、波越氏もやっと明智の意見に承服した。そして十時には必らず、指定の場所へ行くことを約して辞し去った。

緋色のカーテン

夜にはいって、明智のアパートに、第二の訪問者があった。玉村妙子さんだ。午前、彼女から電話で予告があったので、明智の方でも心待ちにしていたのだ。楽しからぬ待ち人ではあったが。

しかし、妙子さんは美しかった。文代びいきの明智の眼にも、顔かたちの美しさでは、妙子さんの方が数段まさって見えることを否定できなかった。

　彼女は、肉体の線があらわに見えるような、絹の春服を身にまとい、顔にも手にも念いりのお化粧をほどこしていた。

「あたし、おそくなってしまって、お待たせしましたでしょうか」

　彼女は薄絹の手袋をぬぎながら、あでやかに笑ってみせた。

　明智は外套をぬがせてやるために、うしろに廻らねばならなかった。

「お待ちしていました。兄さんたちのお加減はいかがですか」

「ええ、ありがとう。まだ起きられませんけれど、大分いいようですの。ほんとうにご心配をかけて」

　妙子はソファに腰かけながら、まだ外套を手にして立っている明智を、なまめかしく見上げた。読者も知っている通り、彼女は明智を愛していた。彼の方で避けるほど、追いすがってくるように見えるのだ。

　明智は妙子の椅子と向きあったソファに身を沈めた。

　妙子はお礼やら、父を失った悲しみやら、えたいのしれぬ犯人の恐れやら、女らしくクドクドと話しつづける。いつまで待っても、用件がわからぬので、明智はとうとうしびれをきらして、ぶっきらぼうに尋ねた。

「で、ご用件は？」

　妙子は「まあ」という表情で、やさしく睨んでみせたが、

「ほかの用件があるはずはございませんわ。父を殺した犯人を探しだしていただきたい

のです。そして私たち兄妹を安心させていただきたいのです。あんな毒薬騒ぎが起こるようでは、怖くておちおちうちにいることもできやしませんわ……その後なにか手掛りがございまして？　安心のために詳しくお話しくださいませんでしょうか」

「そんなにご心配なさらなくても、もうあすからは、決して何事も起こりませんよ」

「まあ、それでは何か判りましたのね。聞かせてくださいまし。どうか」

妙子は熱心のあまり、我れを忘れたかのように、椅子を立ってきて、ソファに明智と膝を並べて腰かけた。

「ね、それを、聞かせてくださいませんか？」

彼女は、さも無邪気らしく、明智の膝に手をかけて、その上によりかかるようにからだをくねらせて、下から明智の顔を見あげるのだ。

明智は、ピッタリと密着した相手の膝の、すべっこい暖かみを感じた。彼自身の膝の上で、グリグリとうごく相手の指先を感じた。そして、わが顔の真下にある彼女の唇から立ちのぼるなまめかしい薫りを呼吸した。

ああ、なんという大胆な令嬢であろう。

明智は極度の困惑を感じた。妙子さんは美しいのだ。彼女のからだはなまめかしいのだ。そして、その愛すべき生きものが今彼の膝の上に、身を投げかけているのだ。

彼は心の底から湧き上がってくる身震いを、どうすることもできなかった。恐ろしいのだ。なんとも形容しがたい恐怖だ。

「そんなに聞きたいのですか」

明智はやっとおのれを制して言った。

「ええ、聞きとうございますわ」

恐ろしいことには、物をいうたびに、妙子の赤い唇がだんだん接近してくるのだ。

「犯人がわかったのです」

「まあ、犯人が……」

驚きのあまり、妙子の顔が、一刹那青ざめて見えた。

「何者でございますの？　その、犯人は」

まるで救いでも求めるような、弱々しい表情になって、なよなよと明智の膝にもたれながら、少し呼吸をせわしくして尋ねる。

「知りたいですか」

明智は、よりかかってくる柔かい肉塊を、ソッとかわすようにしていった。

「ええ、むろん知りとうございますわ」

「あなた、勇気がおありですか」

「まあ」妙子は息をひいた。「勇気ですって？　どうして勇気がいるのでしょう」

「犯人は、ある空家にいるのです、そいつの顔を見るためには、さびしい空家にはいらねばなりません」

「でも、そんなに、あたし、犯人を見たいとは思いませんわ。ただ、捕まえてくだされば……」

「むろん捕縛します。しかし、あなたは犯人が憎くはありませんか、一と目見てやりたいとは思いませんか」

「ええ、父の敵ですもの、憎くないはずはございません。でも、そんな怖い男に会うのは……」

「いや、男ではないのです。犯人は女性なのです。しかもあなたのよくしっている人です。面と向かってあなたに危害を加えうるような、強い女ではありません。その上、相手に悟られぬように、こっそり隙見をする方法もあるのです」

「ああ、あたしの知っている女の人でございますって？　誰でしょう。ちっとも心当たりがないのですが」

「非常に意外な人物です」

「ああ、もしや奥村源造の娘の文代ではありませんか」

「違います。文代はまだ未決監にいるのです。もっともっと意外な人物です。今夜十時になればそいつは捕縛されるにきまっています。あすの朝は、世間に知れ渡ってしまうのです。もし、それまで待ちきれなかったら、その空家へ行ってソッと隙見をなさいませんか。波越さんも僕もむろんそこへ行くのです。あなたはたぶん犯人が逮捕される現場を見ることができましょう」

「それは、一体どこの空家でございますの」

妙子は、もう明智の膝を離れて、犯人逮捕の吉報に夢中になっていた。無理もない。父が惨殺されたばかりか、奥村源造には、彼女自身もたびたび死ぬような目に合わされている。そいつの片割れが発見されたとあっては、興奮しないではいられぬのだ。

明智は、さいぜん波越氏に教えた通りの道順を、くり返した。しかし、妙子には、裏の窓からはいれとはいわなかった。

「その石門をはいると突きあたりに玄関があります。ドアを押せばひらくようになっています。あなたは、一人でそのドアをはいって、廊下をまっ直ぐに歩いて行くと、開け放った広い部屋に出ます。その部屋の右側に、緋色のカーテンがさがっている。カーテンの向こう側には、別の小部屋があって、電燈がともっています。あなたは、緋色のカーテンの合わせ目をひらいて、そっと中を覗けばよいのです。そこに犯人がいるのです」

なんという奇妙な方法だろう。妙子も波越警部と同じく、なぜそんな廻りくどいことをするのかと、不審を抱かないではいられなかった。

「犯人を見ようと思えば、いま僕のいった順序を、完全に守ってくださらねばいけません。もし間違うと、非常に困る事が起こるのです」

明智はさらにもう一ど、空家への道順と、隙見の方法をくり返した。

「でもあたし、なんだか気味がわるうございますわ。あなたとご一しょに行けるといいのだけれど」

「それはだめです。あるトリックによって犯人をその部屋へおびきよせるのが、僕の仕事なのです。そして、波越警部に引き渡すまでは安心できません」

「では、波越さんに、お願いして、お伴できないでしょうか」

「それもだめです。そんなことを頼めば、なぜ秘密を打ちあけたかと、僕が叱られますよ。あなたは一人でいらっしゃい。でなければ、酔狂なまねはおよしになった方がよいでしょう」

取りつく島がなかった。

彼女はなおも執拗に、犯人の名を聞かせてくれとせがんだけれど、明智は固く口をつぐんで語らなかった。

明智に別れてアパートを出た妙子は、その無気味な空家へ行ってみようか、どうしようかと、とつおいつ長いあいだ思案をしていたが、とうとう行ってみることに心をきめた。

早く敵の顔が見たいという憎しみ、一体誰だろうという好奇心、小説的な冒険の誘惑、いろいろな心持が、彼女を行け行けとそそのかした。しかし、もしそれだけの理由であったら、彼女は行かなかったかもしれない。

ほかに一つ、どうしても行かずにはいられない理由があった。翌朝まで待てばわかることを、その僅かの時間さえ待っていられない、せっぱつまった気持があった。見るのも恐ろしい。だが、待つのはなおさらおそろしい。なんともいえぬいらだたしさに、彼女は息づまるような苦悶を味わった。

彼女は、わざと肴町で自動車をおりて、団子坂通りを指定の空家へと歩いて行った。

横町を曲ると、陰気な住宅街で、頭より高い生垣が、両側に、まるで八幡の藪知らずみたいに、うねうねとつづいていた。

暗夜は距離を二倍に見せる。さほどでもない道のりを、妙子は、この生垣の中で、迷児になってしまうのではないかと思ったほどだ。

だが、やっとそれらしい石門が見つかった。星明かりにぼんやり見える西洋館の屋根は、まっ黒な大入道のようであった。あまりの無気味さに、

「いっそ帰ろうかしら」

とひき返しかけたが、といって、犯人の隙見をあきらめる気にはなれぬ。単なる好奇心なら、引き返しもしたであろう。だが、彼女には、彼女のほかは誰も知らぬ、好奇心以上の、せっぱつまった心持があったのだ。

足音を忍ばせて、門をはいり、雑草の生いしげった地面を玄関へとたどりついた。

押してみると、ドアは音もなくひらいた。まっ直ぐな廊下の突きあたりに、かすかな光が見える。たぶんあれが犯人のいる部屋なのであろう。

心臓が異様に波うちはじめた。

ああ、もう少しで、ほんの数秒の後には、真犯人を見ることができるのだ、と思うと、妙子は苦しさに息がつまりそうだった。身がすくんで、ヘナヘナとくずおれそうな気が

した。

だが、全身の気力をふるい起こして、やっとそれに打ちかった。

彼女は、広い廊下を抜き足差し足、まるで彼女自身が、なにかの怨霊でもあるように、音もなく、奥へ奥へと進んで行った。

明智の言葉にたがわず、広い部屋に出た。右手を見ると向こうがわの電燈が、緋色のカーテンを、美しく照らしている。

いよいよその時がきたのだ。

あのカーテン一枚を隔てて、向こう側には恐ろしい犯人がいるのだ。

たとえ相手が女にもせよ、気づかれては大変だ。絹ずれの音も、かすかな空気の動揺も、注意しなくてはならぬ。

妙子はつま先きで歩きながら、息を殺して、カーテンに近づいた。

じっと聞き耳をたてても、なんのけはいも感じられぬ。犯人は身動きもせず、誰かを、待ちうけているのではなかろうか。誰を？もしかしたら、妙子その人を待ちうけているのではないか。と思うと、からだじゅうの産毛が、ゾーッと逆立った。

だが、ここまできたものだ。今さら躊躇している場合ではない。入口で手間どったので、約束の十時はとっくに過ぎたはずだ。

妙子はソッとカーテンの合わせ目に指をかけた。そしてジリリ、ジリリ、動くか動かぬかわからぬほどの速度で、一寸ずつ一寸ずつそれをひらいていった。

真犯人

糸のような、細い細い光線が、合わせ目を漏れて、妙子の青ざめた顔に、一と筋の線を引いた。

彼女は血走った眼で、その隙間から、向こうの室内を覗いた。細く区切られた眼界には、何者の姿も見えぬ。息をつめて、不恰好な逃げ腰になって、少しずつ、少しずつ、カーテンの隙間をひろげていった。

ああ、今にも、カーテンの蔭に待ちかまえている曲者が、パッと、猛獣のように、飛びかかってくるのではあるまいか。

妙子はつめている息が、そのまま絶えて、死ぬのではないかと思った。心臓の鼓動がピッタリ止まってしまったような気がした。

だが、不思議なことには、カーテンの向こうには、人影もない。いつまで待っても、飛びかかってくるけはいはせぬ。

少しずつ大胆になりながら、彼女はカーテンをだんだん広くひらいていった。もう部屋の隅々まで、一と目に見える。誰もいない。といって、人の隠れるような場所も見あたらぬ。

カーテンの合わせ目から、ひょいと首をつきだして、グルッと部屋の中を見まわした。

全く空っぽだ。

まさか、明智が妙子をかついだわけではないだろう。でも、あんなに念を押しておきながら、このありさまは少し変だ。

彼女は、サッと、カーテンをひらいて、部屋の中へはいった。いや、はいって行こうと、一歩足を踏みだした。

踏みだすと同時に、彼女はギョッと立ちすくんでしまった。

部屋の正面にも、今彼女がひらいたのと同じ色のカーテンが下がっていた。それが、まるでこちらのまねをするように、サッとひらかれ、その向こうから一人の人物が――美しい女が現われたのだ。

明智は犯人は女だといった。すると、この娘が恐ろしい殺人者なのであろうか。

妙子はまっ青になって、両眼を飛び出すほど見ひらいて、じっと相手を見つめた。相手の方でも、よほど驚いたらしく、やっぱり異様に青ざめて、びっくりした眼でいつまでもこちらを見つめている。

ほの暗い電燈の光が、二人の女の、不思議な対面を、異様な陰影で描きだしていた。

しばらくすると、相手を見つめている妙子の顔に、ホッと安堵の色が浮かんだかと思うと、彼女は突然ゲラゲラ笑いだした。しかも、その次の瞬間には、ハッと何事かを思いだしたように、世にも恐ろしい恐怖の表情を示して、「ギャーッ」とほんとうに絹をさくような、鋭い悲鳴をあげた。

その声が、ガランとした部屋の中に、物すごくこだまして、余韻も消えやらぬうちに、妙子はすでに、長い廊下を玄関へと走っていた。幽霊にでも追っかけられているもののように、あとをも見ず、死にもの狂いに走っていた。

と、玄関の暗闇の中から、影のような人物が、ニューッと現われて、妙子の行手に立ちふさがった。

「アハハハ、逃げようたって、逃げられやしないぜ」

その男はふてぶてしい声でいって、ギュッと妙子の肩をつかんだ。巨大な手の平、恐ろしい力。小雀の妙子は、振りきる力もなく、ヘナヘナとその場へくずおれてしまった。

壁の穴

ちょうどその時、赤いカーテンの部屋の隣室では、電燈もつけぬまっ暗な中に、三人の人物が、妙な恰好で一とかたまりになって、古壁の小さな穴を覗いていた。

誰があけたのか、壁に径三分ほどの穴が三つあって、それに眼を当てれば、隣の部屋が見通しなのだ。

穴の正面に例の妙子のひらいたカーテンが下がっているので、覗いている三人には、妙子が、そとからそのカーテンをひらいてから、悲鳴をあげて逃げだすまでの、一切の挙動、表情が、手にとるように眺められた。

「明智さん、妙子はどうして、あんな恐ろしい悲鳴をあげて、逃げだしたのです」

妙子の姿が消えて、やっとしてから、三人のうちの一人が壁の穴から眼を離し、囁き声でいった。

「あの顔を見ましたか」

明智と呼ばれた、黒い影が聞き返した。

「ええ、見ました。僕は妹があんな恐ろしい顔をしたのを見たことがありません。なんだか全く別の女みたいな気がしました」

妙子を妹と呼ぶのを見ると、この人物は、玉村家の兄弟の一人に違いない。

「人間は、一生のうち、ごくまれに、ああいう表情を示すことがあるのです。あの表情の意味がおわかりですか」

明智の声がいった。

「恐怖の表情です。人間の顔があんなに恐怖を現わすものかと思うと、怖くなりました」

別の声が囁いた。どうやら玉村一郎らしい。すると、最初の一人は弟の二郎であろうか。それにしても、彼らは一体なんのために、この空家へ忍びこんで、壁の穴など覗いているのであろう。

「ですが、妹は何を見て、あんなにも驚き恐れたのでしょう。僕は不思議で仕方がないのです」

一郎がいった。

彼らは壁の穴の位置の関係で、妙子が見たさっきの女の存在を、少しも気づかないでいるのだ。

「犯人を見たのです。お父さんを殺した真犯人を見たのです」

「えっ、なんですって。ではやっぱりこの向こうの部屋に、その真犯人がいるのですか。でも、この穴から見たのでは部屋の中は、全く空っぽじゃありませんか」

二郎が不審らしく聞き返した。

「ほんとうに、この向こうに犯人がいるのですか。いるなら、なぜ躊躇なさるのです。早く捕えなければ……」

一郎も責めるようにいった。

「躊躇しているわけではありません。今ごろは波越警部が、犯人を捕えている時分です」

ああ、そういえば、さいぜん、波越氏が、明智と何か囁きかわして、どこかへ立ち去ったが、では、あのとき犯人を捕まえに行ったのであろうか。

「それにしても、変だな。犯人はこの隣の部屋にいるのじゃありませんか。それに、覗いてみても、部屋の中はいつまでも空っぽで、犯人はもちろん、波越さんがはいってきたようすもありませんよ」

二郎が穴を覗きながら、囁く。

「空っぽ？　ええ、その通り、そこには誰もいないのです」

明智が妙な言い方をした。

「では、さっき、妹が犯人を見たとおっしゃったのは？」

「妙子さんは確かに犯人を見たのです。しかし、この部屋に犯人が隠れていたわけではないのです」

妙子は犯人を見た。しかも、犯人はいなかった。論理的に全く両立しがたい事実だ。謎々ではあるまいし、明智は一体何を言おうとしているのだろう。

「ハハハハハ、不審に思われるのはごもっともです。こちらへいらっしゃい。隣の部屋へ行ってみましょう。謎はすぐ解けます」

明智が大声に笑ったので、他の二人はヒヤリとした。もし犯人に聞こえたらどうするのだ。

明智が先に立って廊下へ出たので、一郎、二郎の兄弟もわからぬながらあとにつづく。グルッと一と廻りすると、今まで穴から覗いていたカーテンの部屋に出た。

三人はさいぜん妙子がした通り、まっ赤なカーテンの外側に立って、その合わせ目をソッとひらいてみた。

「さあ、はいってごらんなさい」

明智にいわれて、まず部屋に踏みこんだのは二郎であった。

と同時に、部屋の突きあたりに下がっているもう一つのカーテンが、サッとひらいて、一人の洋服男が現われた。二郎は、その男と顔を見あわせて、ハッと立ちすくんだ。

が、次の瞬間、彼はきまりわるげに笑いだした。

「フフフフ、なあんだ、鏡か」

部屋の正面の壁に、大姿見がかかっていたのだ。カーテンも、そこから現われた人物も、みなこちら側のそれが映って見えたにすぎない。先方の男というのは、つまり二郎その人であったのだ。

ああわかった。さいぜん妙子が驚いたのも、この鏡であったのだ。彼女はそこに映った我が影に恐れて逃げだしたのだ。

だが、そうだとすると、犯人は一体どこにいるのだ。

「さっきあなたは、妙子が犯人を見てびっくりしたのだとおっしゃったようですが」

一郎が少し青ざめて明智の顔をみた。

「そうです」

「そいつは、どこへ行きました」

「どこへも行きません。最初からいないのです」

「すると……」

一郎にも二郎にも、明智のいう意味が、おぼろげにわかってきた。しかし、それは口にすべく、あまりに恐ろしい事であった。

「妙子さんは、この鏡の中に、恐るべき真犯人の姿を発見したのです」

明智がとうとうそれを言った。

「ああ、それでは……まさか、まさか」

一郎が、思わず叫んだ。

「ではあなたは、妹が実の父を殺した犯人だとおっしゃるのですか」

二郎が恐ろしい見幕でつめよった。

「今、その証拠を、あなた方にお目にかけたではありませんか」

明智は冷静な調子で答えた。

「妙子さんはこの鏡を見て、最初ギョッとしたが、次の瞬間には、いま二郎君が笑ったように笑いました。鏡ということがわかったからです。しかし、さらにその次の瞬間には、あの女の顔から、笑いの影がサッと消えて、恐ろしい恐怖の表情となり、その口からはたちまちゾッとするような悲鳴がほとばしりました。どこの世界に鏡に映った自分の影を、あのように恐れる者がありましょう。鋭い彼女は、とっさの間に、僕のトリックに気づいたのです。僕が、このカーテンの蔭に犯人がいるといったのは、つまり鏡に映った妙子さんその人を意味していたことを悟ったのです」

兄弟は、彼らの妹の顔に現われた、この世のものならぬ恐怖の表情を見ていた。なるほど、そう言われてみれば妙子自身が真犯人でもなければ、あんな恐ろしい表情をするはずはない。しかし、肉親の娘が、その父を殺すなんて、考えられないことだ。

「動機は？　妙子には父を殺す動機がありません」

二郎が叫んだ。

「動機ですか、至極簡単ですよ」明智は、少しも騒がぬ。「妙子はあなた方の妹でも、玉村さんの娘でもなかったからです」

低い声であったが、これは実に晴天の霹靂だ。一郎も二郎も、あまりに意外な明智の言葉に、あっけにとられて、しばらくは口もきけなかった。

明智ともあろうものが、でたらめをいうはずはない。さっきの妙子の異様な表情といい、明智の断言といい、どうも嘘ではないらしい。

「では妙子は一体誰の子です。どうして僕の家にいたのです。僕はあれの赤ん坊の時分から知っているのですよ」

一郎がなおも抗弁した。

「びっくりしてはいけません。妙子は怪賊奥村源造の実の娘です」

「え、そんなばかなことが……」

「いや、お疑いなさるのも無理はありません。しかし、これは僕が調べあげた間違いのない事実です。生れたばかりの赤ん坊が、病院で取りかえられたのです。しかも、その取りかえは、奥村源造の深い企らみだったのです。彼はある看護婦を買収して、偶然同じころ生れた、自分の娘と、あなたがたのほんとうの妹さんとを、ひそかに取りかえさせたのです」

「え、え、すると、もしや、あの文代という賊の娘が……」

「そうです。文代さんこそ、あなた方の血を分けた妹さんです。これは確かな証人があります。当時の看護婦がまだ達者でいるのです」

「しかし、なぜそんな恐ろしいまねをしたのです。僕には理由がわかりません」

二郎が烈しく聞き返す。

「源造の恐ろしい復讐心です。彼はこの取り替え子によって、わが実の娘を玉村家の人として成長させ、物心つくころになって、ソッと親子の名乗りをあげたのです。そして、復讐事業の手助けをさせたのです。実に恐ろしい企らみではありませんか。あなた方が真実の妹として愛していた、あの妙子さんこそ、復讐鬼の美しい廻し者だったのです。実の子が敵の家庭の一員と信じられている、悪魔にとってこれほど好都合なことはありません」

言われてみると、一郎も二郎も、だんだん思いあたるところがあった。実の妹と信ずればこそ、別に疑いもしなかったものの、考えてみれば妙子の挙動には、日ごろどことなくおかしい点がないでもなかった。

明智は説明をつづける。

「妙子が賊の娘であったとすれば、今まで、どうにも解釈のできなかったさまざまの不可思議がたちどころに氷解するではありませんか。犯人はいつも家の中にいたのです。いくら厳重に戸締まりをし、見張りをつけても、実の娘が犯人なのだから、防ぎようがなかったのです」

「わかりました。では、僕たちを妙子に会わせてください。直接あれの口から聞きたいのです。妙子は定めし波越さんの手で捕えられているのでしょうね」

二郎が、明智の説明を、もどかしげに打ちきって尋ねた。

「そうです。波越君は、妙子を捉えて、あちらの部屋で待っているはずです。そこには、妙子のほかに意外な共犯者や、さっきいった元看護婦のお婆さんなども、呼びよせてあるのですよ」

明智は言いながらもうその方へ歩き出した。

意外な共犯者

玄関脇の客間風な一室に、いつの間にかあかあかと電燈が点ぜられ、その光が廊下まで流れだしていた。その中から甲高い女の声が、漏れ聞こえていた。

三人は明智を先頭に、そこへはいって行った。

と見ると、夜叉のように荒れ狂っている一人の女性があった。妙子だ。彼女は邪悪な正体をむきだしにして、彼女を捕えた波越警部に食ってかかっているのだ。

「妙子さん、虚勢を張ってもだめです。君の兄さんたちは、さっき君が鏡を見て顔色を変えたありさまを、すっかり覗いていたのです。あの恐ろしい表情なり挙動なりが、なによりも雄弁な証拠です」

明智が半狂乱の妙子を憐れむように言い聞かせた。

「おお、兄さま、あたしどうしましょう。こんな、ひどい疑いをうけてしまって」

妙子は、兄たちに対して、最後のお芝居を演じてみせた。

一郎も、二郎も、もうその手には乗らなかった。彼らはきのうまで妹であった女を、怖い眼で睨みつけた。

明智も妙子のお芝居には取りあわず、さっきの説明をつづけた。

「妙子さん、いま僕が、あなたのしてきたことを、兄さんたちに、かいつまんでお話ししますから、間違っている点は訂正してください。

君は、奥村源造の実の娘であることを知ると、お父さんや兄さんたちに仇をむくいるために、日夜心を砕きました。復讐事業に着手する前に、君がまず計画したのは、この僕を懐柔して、邪魔だてさせないようにすることでした。S湖畔のホテルで、僕と偶然に出あったと見せかけ、君の美しさで、あらかじめ僕の活動を封じることでした。

やがて福田得二郎氏殺害事件が起こりました。福田氏の下手人は、妙子さん、あなたでした。横笛の葬送曲、死体にまきちらした花びら、血なまぐさい中にも、女性的な感傷を忘れなかった君の心持を、僕は面白く思います。犯罪史上に特異なる一例を残すことでしょう。

それから、君は波越君に対して、僕をS湖畔から電話で呼びよせることを希望しました。これはむろん途中で僕を引っさらって、事件の落着するまで、例の汽船の中へ幽閉しておくためでした。

それから、矢つぎ早に、さまざまの陰謀が計画され、玉村家の人たちは、しばしば生命をおびやかされました。君の実父の奥村源造はそとから、君は邸内に在って、相呼応し、着々として復讐事業を進めて行ったのです。

しかし、もし君が少しでも疑われるようなことがあったら、源造の四十年の計画もたちまち水の泡です。大事の上にも大事をとらねばなりません。そこで、君はうら若い娘にも似げなく、大胆不敵な決心をしました。すなわち玉村一家の人が襲われる場合には、必らず君が第一の犠牲者になってみせることです。そして完全に疑いを避けようとしたのです。現に君は、二度もひどい負傷をしています。あのような手傷を負ったその人が、実は犯人の片割れであろうなどと、誰が考えましょう。実に恐ろしい、思いきった欺瞞手段でした。君のような勝ち気な娘さんでなくてはまねもできない芸当です。

しかし、君はいつも手傷を負いながら、その負傷の箇所は、生命に別状ない部分に限られていた。この点がまず僕の注意をひいたのです。そこへ持ってきて、最後の水責めの際、君だけは、抜け穴から救い出され、船中へ連れ去られた点、奥村源造は君を人質にしたのだと言っていたけれど、なんとなくおかしく思われたのです。

そういうわけで、君はあらゆる不可能事を可能にする魔術師の役目を勤めた。例えば、賊からの手紙なり、その他の通信なりが、幽霊のように、ヒョイヒョイと玉村家の邸内に現われた怪事なども、君がその通信の配達人を勤めていたとすれば、実になんのわけもないことです。謎はたちまちに解けるのです。

蛇の一件にしろ、善太郎氏殺害にしろ、君なれば実にやすやすと行うことができたわけです。なぜといって、お父さんはむしろ君の身を案じて、寝室も隣同士にしていたくらいですからね。なるほど廊下に書生が見張り番をしていた。しかし、令嬢であるあなたが、お父さんの部屋へはいったところで、少しも疑念を抱くはずはありませんし、また買収という手もあったのです……さあ、これで大体あなたの悪事を数えたわけです。どこか間違った点がありますか」

明智が語り終ると、妙子は棄てばちに、落ちつき払って抗弁をはじめた。

「ホホホホホ、まあ、さすがに見ごとな推理でございますわね。でも卑怯ですわ。謎の解けない苦しまぎれに、あたしが玉村家の娘でないなんて、ホホホホホ、あんまりばかばかしくって」

「およしなさい。今さらなんとごまかしても、もうだめです。僕はすっかり調べあげたのです。れっきとした証人もあるのです」

明智は、あくまでおだやかな調子でいう。

「まあ、証人ですって？　それは一体誰ですの」

「K私立病院の看護婦です。あなたの生れる時、お世話した看護婦を発見したのです。その女が、奥村源造から莫大な礼金をもらって、ほとんど同時に出産した文代さんと君とを取りかえたことを、とうとう白状したのです」

「まあ、古めかしいお話ですこと。二十年も前の昔話が、なんの証拠になりましょう。どんな拵(こしら)えごとだって仕組めますわ」

「ハハハハハ、君はたかをくっているのですね。耄碌したお婆さんの証言なんか、どうだって言いくるめられると思っているのですね。だが、妙子さん、証人はその看護婦一人ではないのですよ」

「あら、まだございますの？　ずいぶんお集めなさいましたのね」

妙子はいよいよふてぶてしい態度をみせた。

明智は唇の隅に妙な笑いを浮かべながらドアを開けて、隣室に待たせてあった人物を招きいれた。そこには薄暗い電燈の下に、ひどく時代の違った二人の男女が、神妙に呼ばれるのを待っていたのだ。

はいって来たのは、元看護婦の老婆と、彼女に手をとられた幼い子供であった。

「あら、進一ちゃん」

妙子はその少年を一と目見ると、思わず甲高い叫び声を立てた。進一というのは、読者も知っているように、妙子が貧家のみなし児を貰いうけて、弟のようにいつくしみ育てていた、まだいたいけない少年である。

大団円

「みなさん」明智は一段声を高めてはじめた。「妙子さんは悪事に荷担して人殺しまでしたとはいえ、実父である源造の命令を守って祖父の復讐をとげたのですから、この人の立場としては、ある意味ではもっともな点もあり、むしろ同情すべきですが、妙子さんがその復讐の手段として、罪もないこの少年を手先に使い、日夜そばに置いて、一個の恐るべき野獣として育てあげた点だけは、人道上、断じて許すことのできない罪悪です。

波越君、福田氏殺害事件と、今度の玉村氏惨殺事件に出没した例の巨人の秘密はここにあったのです。妙子さんは進一少年に異様な教育をほどこした。この子供の頭から、あらゆる道徳観念、正義観念を追いだして、遠い先祖の野獣から伝わった、残忍刻薄な性質ばかり発達させて行った。そして、全く良心の影さえもたぬ一個の陰険きわまる小野獣を作りあげてしまったのです。

実に戦慄すべき事実です。育て方によっては人間がこんな怪物になりきってしまうかと思うと、ゾッとしないでいられません。一見普通の子供と少しも違わぬこの進一少年は、人殺しをむしろ快楽とする異常児です。田舎の子供が蛙を殺して喜ぶように、この少年は人間の胸に短刀をつきたてて喜ぶのです。なにしろまだ物心もつかぬ幼児です。その上貧家に育ち、早く両親に別れて、道徳的訓練を微塵もうけておらぬ。そこへ命親とたのみ親しむ妙子さんから、不思議な教育をうけたのです。無邪気な殺人鬼となりおおせたのも無理ではありません。

福田氏の場合も、玉村氏の場合も、殺人は内部から完全に締まりをした、出入口のない部屋の中で行われました。これが解き難い謎としてわれわれを苦しめたのです。ところが、こんな小さな子供が共犯者であったとすると、あの謎もなんなく解くことができるのです。ドアの上部の換気用の回転窓、あれです。あんな狭いところから人間が出入りしようとは誰も考えてもみません。どんな小柄のおとなにだって、これは全く不可能だからです。ところが進一少年のような幼児となると、問題は別です。骨の細い幼児なら、あすこをくぐって、部屋へ出入することができるのです。ああなんという巧みな思いつきでしょう。いかに疑い深い警察官でも、まさかこんな九歳や十歳の幼児が共犯者だとは気がつきませんからね。

妙子さんは進一少年をつれて被害者の部屋にはいり――はいるのは家族のことですから、わけはありません――殺害の目的を果たし、例の笛を吹き、花をまいて死者を葬ると、ドアの鍵を進一少年に渡して、妙子さんは先に部屋を出、少年は中から戸締まりをしておいて、猿のように回転窓にのぼりつき、そこからそとへ、廊下へおりて逃げ去る、という順序です。

例の巨人は、妙子さんが進一少年を肩の上にのせ、その上からマントをはおって、逃げだしてみせ、殺人事件に怪奇味をそえ、警察をまどわせる手段としたのです。壁に押されていた巨人の手型も、その怪談を一層ほんとうらしく見せかけるための拵えものにすぎません。

妙子さん、これで僕は、あなたの秘密をすっかり曝露したわけです。それに証人は二人も揃っています。いくら君が強情を張っても、もうのがれる道はありませんよ。それとも、ここで進一君に、殺人の順序を尋ねてみましょうか。いや、実演させることもできるのです。この子は、もうすっかり僕になついて、僕の命令ならなんだってやりますよ」

妙子は、今や絶体絶命の土壇場である。彼女の青ざめた額には、無気味な玉の汗が浮かび、つり上がった眼はまっ赤に血走っていた。

彼女はじっと空間を見つめて、無言のまま立ちつくしていたが、やがて、その打ち震う右手が人知れず、虫の這うように、少しずつ、胸の方に上がって行った。

「アッ」

という叫び声、飛鳥のように飛びついて行く明智。突きとばされて、よろよろと倒れる妙子。

人々は何事が起こったのかと、あっけにとられて眺めるばかりだ。

「何をするのです。危ないじゃありませんか」

明智は、妙子の手からもぎ取ったピストルを、掌の上で弄び(もてあそ)ながら、叱りつけた。

「一郎君と二郎君を道づれにして、自殺するつもりだったのでしょう。君はまだ執念を捨てないのですね」

「ああ、あたし自殺することもできないのですか。あんまりです。あんまりです」

妙子は床の上に身を投げて、ついに泣き伏してしまった。

雄弁な自白だ。明白な服罪だ。それにしても、宝石王玉村家の令嬢と持てはやされ、女王のようにふるまっていた妙子が、また稀代の毒婦として、世間を、警察を、思うがままに翻弄していた彼女が、この服罪はあまりといえばみじめであった。一郎と二郎とはきのうまでわが妹といつくしんだ妙子のこの有様を見るに耐えなかった。

「父を殺した憎いやつですが、かりそめながら兄妹のちぎりを結んだ女です。どうか、いたわってやってください……おい、妙子、もう覚悟をきめるがいい。いつまで泣いていたところで、仕方がないのだから」

一郎が、恨みを忘れて、やさしく声をかけた。

だが、俯伏した妙子は、その慰めの言葉も聞こえぬもののように、毒婦にも似合わしからぬ未練な泣き声をやめなかった。

シーンと静まり返った空家の一室、赤茶けた電燈の光、だまり返っている一団の人々、その中に、怪美人妙子の甲高い泣き声ばかりが、恨めしく、悲しく、物あわれに、いつまでもいつまでもつづいていた。

かくして、怪賊魔術師は亡びた。妙子はただちに刑務所に収容され、それと入れ代るようにして、可憐の文代さんが自由の身となった。彼女が賊の娘ではなくて、玉村宝石王の実子、一郎、二郎の実妹であることを聞かされた時、どのような歓喜を味わったか、それは読者の想像に任せるほかはない。

玉村家は一郎が相続して、宝石店の経営に当たり、二郎はその熱心なる協働者であった。父を失った兄弟は文代さんという美しい、やさしい妹をえて、世にも睦まじい三人兄妹ができ上がった。

文代さんは、もはや賊の娘ではなかった。父にそむいた裏切りものでもなかった。彼女は今やなんの遠慮も気がねもなく彼女の恋を楽しみうる身の上であった。

「文代さん、事務所へご出勤かい」

二郎兄さんにそんなふうにからかわれる日がきた。

文代は明智小五郎の女助手を志願して、彼の事務所の開化アパートへ、毎日のように通よいはじめたのだ。

怪賊魔術師の娘であっただけに、彼女は探偵助手には持ってこいだ。その後、文代探偵が、明智を助けて、どのようなすばらしい手腕を見せたか。そして、ついに彼女が明智夫人と呼ばれるようになるまでのいきさつはどうであったか。それらの顛末は「吸血鬼」という別の物語にゆずって「魔術師」物語はこれで終りとします。

黒手組

顕れたる事実

またしても明智小五郎の手柄話です。

それは、私が明智と知合いになってから一年ほどたったころの出来事なのですが、事件に一種劇的な色彩があってなかなか面白かったばかりでなく、それが私の身内のものの家庭を中心にして行なわれたという点で、私には一そう忘れがたいのです。

この事件で、私は、明智に暗号解読のすばらしい才能のあることを発見しました。読者諸君の興味のために、彼の解いた暗号文というのをまず冒頭に掲げておきましょうか。

> 一度おうかがいしたいと存じながらつい
> 好い折がなく失礼ばかり致しております
> 割合にお暖かな日がつづきますのね是非
> 此頃にお邪魔させていただきますわ扨日（さていつ）
> 外（ぞや）×つまらぬ品物をお贈りしました処御

> 叮嚀なお礼を頂き痛み入りますあの手提
> 袋は実はわたくしがつれづれのすさびに
> 自×ら拙い刺繍をしました物で却ってお
> 叱りを受けるかと心配したほどですのよ
> 歌の方は近頃はいかが？時節柄御身お大
> 切に遊ばして下さいまし　さよなら

これは或る葉書の文面です。忠実に原文通りしるしておきました。文字を抹消したところから各行の字詰めにいたるまですべて原文のままです。さてお話ですが、当時私は避寒かたがた少し仕事をもって熱海温泉の或る旅館に逗留していました。毎日いくどとなく湯につかったり、散歩したり、寝ころんだり、そしてそのひまに筆をとったりして、のんびりと日を送っていたのです。ある日のことでした。又しても一と風呂あびて好い気持に暖まったからだを、日あたりのいい縁側の籐椅子に投げかけ、なにげなくその日の新聞を見ていますと、ふとたいへんな記事が眼につきました。

当時都には「黒手組」と自称する賊徒の一団が人もなげに跳梁していまして、警察のあらゆる努力もその甲斐なく、きのうは某の富豪がやられた。きょうは某の貴族がおそわれたと、噂は噂をうんで、都の人心は兢々として安き日もなかったのです。したがって新聞の社会面なども、毎日毎日そのことで賑わっていましたが、きょうも「神出鬼没の怪賊云々」というような三段抜きの大見出しで、相もかわらず書き立てています。しかし私はそうした記事にはもうなれっこになっていて別に興味をひかれませんでしたが、その記事の下の方に、いろいろと黒手組の被害者の消息をならべたうちに、小さい見出しで「××××氏襲わる」という十二、三行の記事を発見して非常に驚きました。といいますのは、その××××氏はかくいう私の伯父だったからです。記事が簡単でよく分りませんけれど、なんでも娘の富美子が賊に誘拐され、その身代金として一万円を奪われたということらしいのです。

　私の実家はごく貧乏で、私自身もこうして温泉場にきてまで筆かせぎをしなければならぬほどですが、伯父はどうしてなかなか金持なのです。二、三の相当な会社の重役なども勤めていますし、充分「黒手組」の目標になる資格はありました。日頃なにかと世話になっている伯父のことですから、私は何をおいても見舞に帰らなければなりません。身代金をとられてしまうまで知らずにいたのは迂闊千万です。きっと伯父の方では私の下宿へ電話ぐらいはかけていたのでしょうが、こんどの旅行はどこへも知らせずにきていましたので、新聞の記事になってから、はじめてこの不祥事を知ったわけなのです。

　そこで、私は早速荷物をまとめて帰京しました。そして旅装をとくや否や伯父の屋敷へ出掛けました。行ってみますと、どうしたというのでしょう。伯父夫婦が仏壇の前で一心不乱に団扇太鼓や拍子木をたたいてお題目を唱えているではありませんか。いったい彼らの一家は狂的な日蓮宗の信者で、一にも二にもお祖師様なんです。ひどいのは、ちょっとした商人でさえも、まず宗旨を確かめた上でなければ出入りを許さないという始末でした。しかしそれにしても、いつもお勤めをする時間ではないのにおかしなこともあるものだと思い、様子をききますと、驚いたことには事件はまだ解決していないのでした。身代金は賊の要求どおり渡したにもかかわらず、肝心の娘がいまだに帰ってこないというのです。彼らがお題目をとなえていたのは、いわゆる苦しい時の神頼みで、お祖師様のお袖にすがって娘を取戻してもらおうというわけだったのでしょう。

ここでちょっと当時の「黒手組」のやり口を説明しておく必要があるようです。あれからまだ数年にしかなりませんから、読者諸君のうちには当時の模様を御記憶のかたもあるでしょうが、彼らはきまったように、まず犠牲者の子女を誘拐し、それを人質にして巨額の身代金を要求するのです。脅迫状には、いつ何日の何時にどこそこへ金何万円を持参せよと、くわしい指定があって、その場所には「黒手組」の首領がちゃんと待ちかまえています。つまり身代金は被害者から直接賊の手に渡されるのです。なんと大胆なやりかたではありませんか。しかも、それでいて彼らには寸分の油断もありません。誘拐にしろ、脅迫にしろ、金円の受授にしろ、少しの手掛りも残さないようにやってのけるのです。また被害者があらかじめ警察に届け出て、身代金を手渡す場所に刑事などを張り込ませておきますと、どうして察知するのか、彼らは決してそこへやってきません。そして後になって、その被害者の人質は手ひどい目にあわされるのです。思うにこんどの黒手組事件は、よくある不良青年の気まぐれなどではなくて、非常に頭の鋭い、しかもきわめて豪胆な連中の仕業に違いありません。

さて、この兇賊のお見舞いを受けた伯父の一家では、今も言いますように、伯父夫妻をはじめ青くなってうろたえていました。一万円の身代金はとられる、娘は返してもらえないというのでは、さすが実業界では古狸とまでいわれている策士の伯父も、手のつけようがないのでしょう。いつになく私のような青二才をたよりにして、何かと相談をする始末です。従妹の富美子は当時十九のしかも非常な美人でしたから、身代金をあたえても戻さぬところを見ると、ひょっとしたら無残にも賊の毒手にもてあそばれているかもしれません。そうでなかったら、賊は伯父を組みしやすしと見て、一度ではあきたらず、二度、三度身代金を脅喝しようとしているのでしょう。いずれにしても伯父としてはこんな心配なことはありません。

伯父には富美子のほかに一人の息子がありましたが、まだ中学へはいったばかりで力にはなりません。で、さしずめ私が、伯父の助言者という格でいろいろと相談したことですが、よく聞いてみますと、賊のやり方はうわさにたがわず実に巧妙をきわめていて、なんとなく妖怪じみたすごいところさえあるのです。私も犯罪とか探偵とかいうことには人並み以上の興味があり、「D坂の殺人事件」でもご承知のように、時にはみずから素人探偵を気取るほどの稚気も持ち合わせているのですから、できることなら一つ本職の探偵の向こうを張ってやろうと、さまざまに頭をしぼってみましたものの、これはとてもだめです。てんで手がかりというものがないのですからね。警察へはもちろん伯父から届け出てありましたけれど、果たして警察の手でこれが解決できましょうか。少なくともきょうまでの成績を見ると、まず覚束ないものです。

そこで、当然、私は友だちの明智小五郎のことをおもいだしました。彼なればこの事件にもなんとか眼鼻をつけてくれるかもしれません。そう考えますと、私は早速それを伯父に相談してみました。伯父は一人でも余計に相談相手のほしい際ではあり、それに私が日頃明智の探偵的手腕についてよく話をしていたものですから、もっとも、伯父としてはたいして彼の才能を信用してはいなかったようですけれど、ともかく呼んできてくれということになりました。

私は御承知の煙草屋へ車を飛ばしました。そして、いろいろの書物を山と積み上げた例の二階の四畳半で明智に会いました。都合のよかったことには、彼は数日来「黒手組」についてあらゆる材料を蒐集し、ちょうど得意の推理を組み立てつつあるところでした。しかも彼の口ぶりではどうやら何か端緒をつかんでいる様子なのです。で、私が伯父のことを話しますと、そういう実例にぶっつかるのは願ってもないことだというわけで、早速承諾してくれ、時を移さず連れだって伯父の家へ帰ることができました。

間もなく、明智と私とは伯父の屋敷の数奇を凝らした応接間で伯父と対座していました。伯母や書生の牧田なども出てきて話に加わりました。この牧田というのは身代金手交の当日、伯父の護衛役として現場へ同行した男なので、参考のために伯父に呼ばれたのでした。

取り込みの中で、紅茶だ菓子だといろいろのものが運ばれました。明智はいかにも船来の接待煙草を一本つまんで、つつましやかに煙をはいていましたっけ。伯父はいかにも実業界の古狸といった形で、生来大男のところへ、美食と運動不足のためにデブデブ肥っていますので、こんな場合にも、多分に相手を威圧するようなところを失いません。その伯父の両隣に伯母と牧田が坐っているのですが、これがまた二人とも痩形で、ことに牧田は人並みはずれた小男ですから、一そう伯父の恰幅が引き立って見えます。一通り挨拶がすみますと、事情はすでに私からざっと話してあったのですけれど、もう一度詳しく聞きたいという明智の希望で、伯父が説明をはじめました。

「事の起こりは、さよう、きょうから六日前、つまり十三日でした。その日のちょうど昼ごろ、娘の富美がちょっと友だちの所までといって、着がえをして家を出たまま晩になっても帰らない。われわれはじめ『黒手組』のうわさに脅かされている際でしたから、先ずこの家内が心配をはじめましてね、その友だちの家へ電話で問い合わせたところが、娘はきょうは一度も行っていないという返事です。さあ驚いてね、わかっているだけの友だちの所へはすっかり電話をかけさせてみたが、どこへも寄っていない。それから、書生や出入りの者などを狩り集めて八方捜索につくしました。その晩はとうとうわれわれは一睡もせずでしたよ」

「ちょっとお話し中ですが、その時、お嬢さんがお出ましになるところを実際に見られたかたがありましたでしょうか」

明智がたずねますと、伯母がかわって答えました。

「はあ、それはもう女どもや書生などがたしかに見たのだそうでございます。ことに梅と申す女中などは、あれが門を出る後姿を見送ってよくおぼえていると申しておりますので……」

「それからあとは一切不明なのですね。ご近所の人とか通行人などで、お嬢さんのお姿を見かけたものもないのですね」

「そうです」と伯父が答えます。「娘は車にも乗らないで行ったのだから、もし知った人に行きあえば、充分顔を見られるはずですが、ここはご存じの通り淋しい屋敷町で、近所の人といっても、そう出あるかないようだし、それはずいぶんたずね廻ってみたのですが、だれ一人娘を見かけたものがないのです。そういうわけで警察へ届けたものかどうだろうと迷っているところへ、その翌日の昼すぎでした。心配していた『黒手組』の脅迫状が舞い込んだのです。もしやと思っていたものの、実に驚かされました。家内などは手ばなしで泣きだす始末でね。脅迫状は警察へ持って行って今ありませんが、文句は、身代金一万円を、十五日午後十一時に、T原の一本松まで現金で持参せよ。持参人は必らず一人きりでくること、もし警察へ訴えたりすれば、人質の生命はないものと思え……娘は身代金を受取った翌日返還する。ざっとまあこんなものでした」

T原というのは、あの都の近郊にある練兵場のT原のことですが、原の東の隅っこの所にちょっとした灌木林があって、一本松はそのまん中に立っているのです。練兵場といっても、その辺は昼間でもまるで人の通らぬ淋しい場所で、ことに今は冬のことですから一そう淋しく、秘密の会合場所には持ってこいなのです。

「その脅迫状を警察で検べた結果、何か手掛りでも見つかりませんでしたか」とこれは明智です。

「それがね、まるで手掛りがないというのです。紙はありふれた半紙だし、封筒も茶色の一重の安物で目印もなにもない。刑事は、手跡などもいっこう特徴がないといっていました」

「警視庁にはそういうことを検べる設備はよくととのっていますから、先ず間違いはありますまい。で、消印はどこの局になっていましたでしょう」

「いや、消印はありません。というのは、郵便で送ったのではなく、誰かが表の郵便受函へ投げ込んで行ったらしいのです」

「それを函からお出しになったのはどなたでしょう」

「私です」書生の牧田が答えた。「郵便物はすべて私が取りまとめて奥様の所へさし出しますんで、十三日の午後の第一回の配達の分を取り出した中に、その脅迫状がまじっておりました」

「何者がそれを投げ込んだかという点も」伯父がつけ加えました。「交番の警官などにもたずねてみたり、いろいろ調べたが、さっぱりわからないのです」

明智はここでしばらく考え込みました。彼はこれらの意味のない問答のうちから、何物かを発見しようとして苦しんでいる様子でした。

「で、それからどうなさいました」

やがて顔を上げた明智が話の先をうながしました。

「わしはよほど警察沙汰にしてやろうかと思いましたが、たとえ一片のおどし文句にもせよ、娘の生命をとると言われては、そうもなりかねる。そこへ、家内もたって止めるものですから、可愛い娘には替えられぬと観念して、残念だが一万円出すことにしました。

脅迫状の指定は今もいう通り、十五日の午後十一時、T原の一本松までということで、わしは少し早目に用意をして、百円札で一万円、白紙に包んだのを懐中し、脅迫状には必ず一人でくるようにとありましたが、家内がばかに心配してすすめますし、それに書生の一人ぐらいつれて行ったって、まさか賊の邪魔にもなるまいと思ったので、もしもの場合の護衛役としてこの牧田をつれて、あの淋しい場所へ出掛けました。笑ってください。わしはこの年になってはじめてピストルというものを買いましたよ。そしてそれを牧田に持たせておいたのです」

伯父はそういって苦笑いをしました。私は当夜の物々しい光景を想像して思わずふき出しそうになるのを、やっとこらえました。この大男の伯父が、世にもみすぼらしい小男のしかも幾ぶん愚鈍な牧田を従えて、闇夜の中をおずおずと現場へ進んで行った、珍妙な様子が眼に見えるようです。

「あのT原の四、五丁手前で自動車をおりると、わしは懐中電燈で道を照らしながら、やっと一本松の下までたどりつきました。牧田は、闇のことで見つかる心配はなかったけれど、なるべく木陰をつたうようにして、五、六間の間隔でわしのあとからついてきました。ご承知の通り一本松のまわりは一帯の灌木林で、どこに賊が隠れているやらわからぬので、可なり気味がわるい。が、わしはじっと辛抱してそこに立っていました。さあ三十分も待ったでしょうかな。牧田、お前はあのあいだどうしていたっけなあ」

「はあ、ご主人の所から十間ぐらいもありましたかと思いますが、繁みの中に腹這いになって、ピストルの引金に指をかけて、じっとご主人の懐中電燈の光を見詰めておりました。ずいぶん長うございました。私は二、三時間も待ったような気がいたします」

「で、賊はどの方角から参りました？」

明智が熱心に訊ねました。彼は少なからず興奮している様子です。と言いますのは、ソラ、例の頭の毛をモジャモジャと指でかきまわす癖がはじまったのでわかります。

「賊は原っぱの方から来たようです。つまりわれわれが通って行った路とは反対のほうから現われたのです」

「どんなふうをしていました」

「よくはわからなかったが、なんでもまっ黒な着物を着ていたようです。頭から足の先までまっ黒で、ただ顔の一部分だけが、闇の中にほの白く見えていました。それというのが、わしはそのとき賊に遠慮して懐中電燈を消してしまったのでね。だが、非常に背の高い男だったことだけは間違いない。わしはこれで五尺五寸あるのですが、その男はわしよりも二、三寸も高かったようです」

「何か言いましたか」

「だんまりですよ。わしの前までくると、一方の手でピストルをさしむけながら、もう一方の手をぐっと突き出したもんです。で、わしも無言で金の包みを手渡ししました。そして、娘の事を言おうとして、口をききかけると、賊のやつやにわに人差指を口の前に立てて、底力のこもった声でシーッというのです。わしはだまってろという合図だと思って何も言いませんでした」

「それからどうしました」

「それっきりですよ。賊はピストルをわしの方に向けたまま、あとじさりにだんだん遠ざかって行って、林の中に見えなくなってしまったのです。わしはしばらく身動きもできないで立ちすくんでいましたが、そうしていても際限がないので、うしろの方を振り向いて小声で牧田を呼びました。すると、牧田は繁みからごそごそ出てきて、もう行きましたかとビクビクもので聞くのです」

「牧田さんの隠れていたところからも賊の姿は見えましたか」

「はあ、暗いのと樹が茂っていたために、姿は見えませんでしたが、何かこう賊の足音のようなものを聞いたかと思います」

「それからどうしました」

「で、わしはもう帰ろうというと、牧田が賊の足跡を検べてみようというのです。つまりあとになって警察に教えてやれば非常な手懸りになるだろうという意見でね。そうだったね牧田」

「はあ」

「足跡が見つかりましたか」

「それがね」伯父は変な顔つきをして言うのです。「わしはどうも不思議でしょうがないのですて。賊の足跡というものがなかったのです。これは決してわしたちの見誤りではないので、きのうも刑事が検べに行ったそうですが、淋しい場所でその後人も通らなかったとみえ、わしたち両人の足跡はちゃんと残っているのに、そのほかの足跡は一つもないということでした」

「ほう、それは非常に面白いですね。もう少し詳しくお話し願えませんでしょうか」

「地面の現われているのは、あの一本松の真下の所だけで、そのまわりには落葉がたまっていたり、草がはえていたりして、足跡はつかないわけですが、その地面の現われている部分には、わしと牧田の下駄の跡しか残っていないのです。ところが、わしの立っている所へきて金包みを受取るためには、どうしたって賊はその足跡の残るような部分へ立ち入っていなければならないのに、それがない。わしの立っていた地面から草のはえている所までは、一ばん短いので二間は充分あったのですからね」

「そこには何か動物の足跡のようなものはありませんでしたか」

明智が意味ありげに訊ねました。伯父はけげんな顔をして、

「え、動物ですって」

と聞き返します。

「例えば、馬の足跡とか犬の足跡とかいうようなものです」

私はこの問答を聞いて、ずっと以前にストランド・マガジンか何かで読んだ一つの犯罪物語を想い浮かべました。それは或る男が、馬の蹄鉄を靴の底につけて犯罪の場所へ往復したために、殺人の嫌疑を免れたという話でした。明智もきっとそんな事を考えていたのに違いありません。

「さあ、そこまではわしも気がつかなかったが、牧田お前覚えていないかね」

「はあ、どうもよく覚えませんですが、たぶんそんなものはなかったようでございます」

明智はここでまた黙想をはじめました。

私は最初伯父から話を聞いた時にも思ったことですが、今度の事件の中心は、この賊の足跡のないという点にあるのです。それは実に一種無気味な事実でした。

長いあいだ沈黙がつづきました。

「しかし何はともあれ」やがてまた伯父が話しはじめます。「これで事件は落着したのだとわしは大いに安心して帰宅しました。そして翌日は娘が帰ってくるものと信じてい

ました。偉い賊になればなるほど、約束などは必ず守る、一種の泥棒道徳というようなものがあることをかねて聞き及んでいたので、まさか嘘はいうまいと安心しておりました。ところがどうでしょう、きょうでもう四日目になるのに娘は帰ってこない。実に言語道断です。たまりかねて、わしはきのう警察に委細を届け出ました。けれども、警察はどうも、事件の多い中のことで、余り当てにもなりません。ちょうど幸い甥があんたとお心安いというので、実は大いに頼みにして御足労を願ったような次第で……」

これで伯父の話は終りました。明智は更らにいろいろ細かい点について巧みな質問をして、一つ一つ事実を確かめて行きました。

「ところで」明智は最後に訊ねました。「近頃お嬢さんの所へ、何か疑わしい手紙のようなものでも参っていないでしょうか」

これには伯母が答えました。

「私どもでは娘の所へ参りました手紙類は、必ず一応私が眼を通すことにしておりますので、怪しいものがあればじきにわかるはずでございますが、さようでございますね、近頃べつにこれといって……」

「いや、ごくつまらないような事でも結構です。どうかお気づきの点をご遠慮なくお話し願いたいのですが」

明智は伯母の口調から何か感じたのでしょう、畳みかけるように訊ねました。

「でも、今度の事件にはたぶん関係のないことでしょうと存じますが……」

「ともかくお話なすってみてください。そういうところに往々思わぬ手掛りがあるものです。どうか」

「では申し上げますが、一と月ばかり前から娘の所へ、私どものいっこう聞き覚えのないお名前のかたから、ちょくちょく葉書が参るのでございますよ。いつでしたか。一度私は娘に、これは学校時代のお友だちですかって聞いてみたことがございましたが、娘は、ええと答えはいたしましたものの、どうやら何か隠している様子なのでございます。私も妙に存じまして、一度よく糺してみようと考えていますうちに、今度の出来事でございましょう。もうそんな些細なことはすっかり忘れておりましたのですが、お言葉でふとおもい出したことがございます。と申しますのは、娘がかどわかされますちょうど前日に、その変な葉書が参っているのでございますよ」

「では、それをいちど拝見願えませんでしょうか」

「よろしゅうございます。たぶん娘の手文庫の中にございましょうから」

そうして伯母は問題の葉書というのを探し出してきました。見ると日付は伯母の言った通り十二日で、差出人は匿名なのでしょう、ただ「やよい」となっています。そして市内の某局の消印がおされていました。文面はこの話の冒頭に掲げておきました「一度おうかがい云々」のあれです。

私もその葉書を手に取って充分吟味してみましたが、なんの変てつもない、いかにも少女らしい要でもない文句を並べたものにすぎません。ところが、明智は何を思ったのか、さも一大事という調子で、その葉書をしばらく拝借して行きたいと言うではありませんか。もちろん拒むべき事でもなく、伯父は即座に承諾しましたが、私には明智の考えがちっともわからないのです。

こうして明智の質問はようやく終りを告げましたが、伯父は待ちかねたように彼の意見を問うのでした。すると、明智は考え考え次のように答えました。

「いや、お話を伺っただけでは別段これという意見も立ちかねますが……ともかくやってみましょう。ひょっとしたら、二、三日のうちにお嬢さんをお連れすることができるかもしれません」

さて、伯父の家を辞した私たちは、肩を並べて帰途についたことですが、その折、私がいろいろ言葉を構えて明智の考えを聞き出そうと試みたのに対して、彼はただ、捜査方針の一端をにぎったにすぎないと答え、そのいわゆる捜査方針については、一とことも打ち明けませんでした。

その翌日、私は朝食をすませますと、直ぐに明智の宿を訪ねました。彼がどんなふうにこの事件を解決して行くか、その経路を知りたくてたまらなかったからです。

私は例の書物の山の中に埋没して、得意の瞑想にふけっている彼を想像しながら、心安い間柄なので、ちょっと煙草屋のおかみさんに声をかけて、いきなり明智の部屋への階段を上がろうとしますと、

「あら、きょうはいらっしゃいませんよ。珍らしく朝早くからどっかへお出かけになり

ましたの」といって呼び止められました。驚いて行先を訊ねますと、別に言い残してないということです。

さてはもう活動をはじめたかしら、それにしても朝寝坊の彼が、こんなに早くから外出するというのは、あまり例のないことだと思いながら、私は一と先ず下宿へ帰りましたが、どうも気になるものですから、少しあいだをおいて、二度も三度も明智を訪問したことです。ところが、何度行ってみても彼は帰っていないのです。そして、とうとう翌日の昼ごろまで待ちましたが、彼はまだ姿を見せないではありませんか。私は少々心配になってきました。宿のおかみさんも非常に心配して、明智の部屋に何か書き残してないか調べてみたりしましたが、そういうものもありません。

私は一応伯父の耳に入れておく方がいいと思いましたので、早速彼の屋敷を訪ねました。伯父夫妻は相変らずお題目を唱えてお祖師様を念じていましたが、事情を話しますと、それは大変だ。明智までも賊の虜になってしまったのではあるまいか。探偵を依頼したのだから、こちらにも充分責任がある。もしやそんなことがあったら明智の親許に対してもなんとも申しわけがないと言って騒ぎ出す始末です。私は明智に限って万々へまなまねはしまいと信じていましたが、こう周囲で騒がれては、心配しないわけにはいきません。どうしよう、どうしようというちに時間がたつばかりです。

ところが、その日の午後になって、私たちが伯父の家の茶の間へ集まって、小田原評定をやっているところへ、一通の電報が配達されました。

フミコサンドウコウイマタツ

それは意外にも明智が千葉から打ったものでした。私たちは思わず歓呼の声を上げました。明智も無事だ。娘も帰る。打ちしめっていた一家は、にわかに陽気にざわめいて、まるで花嫁でも迎える騒ぎです。

そうして、待ちかねた私たちの前に、明智のニコニコ顔が現われたのは、もう日暮れごろでした。見ると幾ぶん面やつれのした富美子が彼のあとに従っていました。ともかく疲れているだろうからという伯母の心づかいで、富美子だけは居間に退き床についた様子でしたが、私たちの前にはお祝いとあって、用意の酒肴がはこばれる。伯父夫妻は明智の手を取らんばかりにして、上座にすえ、お礼の百万遍を並べるという騒ぎでした。無理もありません。国家の警察力をもってしても、長いあいだどうすることもできなかった「黒手組」です。いかに明智が探偵の名人だからといって、そうやすやすと娘が取り戻せようとは、誰にしたって思いもかけなかったのです。それがどうでしょう。明智はたった一人の力でやってのけたではありませんか。伯父夫妻が凱旋将軍でも迎えるように歓待したのは、ほんとうにもっともなことです。彼はまあなんという驚くべき男なのでしょう。さすがの私も、今度こそすっかり参ってしまいました。そこで、皆がこの大探偵の冒険談を聞こうとつめよったものです。黒手組の正体は果たして何者でしょう。

「非常に残念ですが、何もお話しできないのです」明智が少し困ったような顔をして言いました。「いくら私が無謀でも、単身であの兇賊を逮捕するわけにはいきません。私はいろいろ考えた結果、極くおだやかにお嬢さんを取り戻す工夫をしたのです。つまり、賊の方から熨斗をつけて返上させるといった方法ですね。で、私と『黒手組』とのあいだにこういう約束が取りかわされたのです。すなわち、『黒手組』の方ではお嬢さんも身代金の一万円も返すこと、そして、将来ともお宅に対しては絶対に手出しをしないこと、私の方では、『黒手組』に関しては一切口外しないこと、そして、将来とも『黒手組』逮捕の助力など絶対にやらぬこと、こういうのです。私としてはお宅の損害を回復しさえすれば、それで役目がすむのですから、下手をやって虻蜂とらずに終るよりはと思って、賊の申し出を承知して帰ったような次第です。そういうわけですから、どうかお嬢さんにも『黒手組』については一切おたずねなさいませんように……で、これが例の一万円です。確かにお渡しします」

そういって彼は白紙に包んだものを伯父に手渡しました。折角楽しみにしていた探偵談を聞くことができないのです。しかし私は失望しませんでした。それは伯父や伯母には話せないかもしれませんが、いくら固い約束だからといって、親友の私だけには打ち明けてくれるだろう。そう考えますと、私は酒宴の終るのが待ち遠しくてしようがありません。

伯父夫妻としては、自分の一家さえ安全なら、賊が逮捕されようとされまいと、そんなことは問題ではないのですから、ただもう明智への礼心で、賑やかな杯の献酬がはじめられました。あまり酒のいけぬ明智はじきにまっ赤になってしまって、いつものニコニコ顔を更らに笑みくずしています。罪のない雑談に花が咲いて、陽気な笑い声が座敷一杯にひろがります。その席でどんなことが話されたか、それは、ここにしるす必要もありませんが、ただ次の会話だけはちょっと読者諸君の興味をひきはしないかと思います。

「いやもう、あんたは全く娘の命の親です。わしはここで誓っときます。将来ともあんたのお頼みならどんな無理なことでもきっと承知するということをね。どうです。さし当り何かお望みくださることでもありませんかな」

伯父は明智に杯をさしながら、恵比須様のような顔をして言いました。

「それは有難いですね」明智が答えます。「例えばどうでしょう。私の友人の或る男が、お嬢さんに大変こがれているのですが、その男にお嬢さんを頂戴するというような望みでも構いませんでしょうか」

「ハハハハハハ、あんたもなかなか隅に置けない。いや、あんたが先の人物さえ保証してくださりゃ、娘をさし上げまいものでもありませんよ」

伯父はまんざら冗談でもない様子で言いました。

「その友人はクリスチャンなんですが、この点はどうでしょう」

明智の言葉は座興にしては少し真剣すぎるように思われます。日蓮宗に凝り固まっている伯父は、ちょっといやな顔をしましたが、

「よろしい。わしはいったい耶蘇教は大嫌いですが、ほかならんあんたのお頼みとあれば、一つ考えてみましょう」

「いやありがとう。きっといつかお願いに上がりますよ。どうか今のお言葉をお忘れないように願います」

この一とくさりの会話は、ちょっと妙な感じのものでした。座興と見ればそうとも考えられますが、真剣な話と思えば、又そうらしくもあるのです。ふと私は、バリモアの芝居では、あのシャーロック・ホームズが、事件で知合いになった娘と恋におちいり、ついに結婚する筋になっているのを思い出して、密かにほほ笑みました。

伯父はいつまでも引き止めようとしましたが、余り長くなりますので、やがて私たちは暇をつげることにしました。伯父は明智を玄関まで送り出して、お礼の寸志だと言いながら、彼が辞退するのも聞かないで、無理に二千円の金包みを明智の懐へ押し込みました。

隠れたる事実

「君、いくら『黒手組』との約束だって、僕にだけは様子を話してくれたっていいだろう」

私は伯父の家の門を出るのを待ちかねて、こう明智に問いかけたものです。

「ああ、いいとも」彼は案外たやすく承知しました。

「じゃ、コーヒーでも飲みながら、ゆっくり話そうじゃないか」

そこで、私たちは一軒のカフェーにはいり、奥まったテーブルを選んで席につきました。

「今度の事件の出発点はね。あの足跡のなかったという事実だよ」

明智はコーヒーを命じておいて、探偵談の口を切りました。

「あれには少なくとも六つの可能な場合がある。第一は伯父さんや刑事が賊の足跡を見落としたという解釈、賊は例えば獣類とか鳥類とかの足跡をつけてわれわれの眼を欺瞞することができるからね。第二は、これは少し突飛な想像かもしれないが、賊が何かにぶら下がるか、それとも綱渡りでもするか、とにかく足跡のつかぬ方法で現場へやってきたという解釈、第三は伯父さんか牧田かが賊の足跡をふみ消してしまったという解釈、第四は偶然賊の履物と伯父さん又は牧田の履物と同じだったという解釈、この四つは現場を綿密に検べてみたらわかる事柄だ。それから第五は、賊が現場へこなかった、つまり伯父さんが何かの必要から独り芝居を演じたのだという解釈、第六は牧田と賊とが同一人物だったという解釈、この六つだ。

僕はともかく現場を検べてみる必要を感じたので、あの翌朝、早速T原へ行ってみた。もしそこで第一から第四までの痕跡を発見することができなかったら、さしずめ第五と第六の場合が残るばかりだから、非常に捜査範囲をせばめることができるわけだ。ところがね、僕は現場で一つの発見をしたんだ。警察の連中は大変な見落としをやっていたのだよ。というのは、地面にたくさん、なんだかこう尖ったもので突いたような跡があるんだ。もっともそれは伯父さんたちの足跡（といっても大部分は牧田の下駄の跡）の下に隠れていて、ちょっと見たんではわからないのだがね。僕はそれを見ていろいろ想像をめぐらしているうちに、ふとある事をおもい出した。天来の妙音とでもいうか、実にすばらしい考えなんだよ。それはね、書生の牧田が小さなからだに似合わない太い黒メリンスの兵児帯を、大きな結び目をこしらえて締めているだろう。うしろから見るとちょっと滑稽な感じだね。僕は偶然あれを覚えていたんだ。これでもう僕には何もかもわかってしまったような気がしたよ」

明智はこう言ってコーヒーを一と口なめました。そして、なんだかじらすような眼つきをして私を眺めるのです。しかし、私には残念ながらまだ彼の推理の跡をたどる力がありません。

「で、結局どうなんだい」

私はくやしまぎれにどなりました。

「つまりね、さっきいった六つの解釈のうち、第三と第六とが当っているんだ。言い換えると、書生の牧田と賊とが同一人物だったのさ」

「牧田だって」私は思わず叫びました。「それは不合理だよ。あんな愚かな、それに正直者で通っている男が……」

「それじゃあね」明智は落ちついて言うのです。「君が不合理だと思う点を一つ一つ言ってみたまえ。答えるから」

「数えきれぬほどあるよ」

私はしばらく考えてから言いました。

「第一、伯父は賊が大男の彼よりも二、三寸も背が高かったといっている。そうすると五尺七、八寸はあったはずだ。ところが牧田は反対にあんな小っぽけな男じゃないか」

「反対もこう極端になるとちょっと疑ってみる必要があるよ。一方は日本人としては珍らしい大男で、一方は畸形に近い小男だね。これは、いかにもあざやかな対照だ。惜しいことに少しあざやか過ぎたよ。もし牧田がもう少し短い竹馬を使ったら、かえって僕は迷わされたかもしれない。ハハハハハハ、わかるだろう。彼はね。竹馬を短くしたようなものをあらかじめ現場に隠しておいて、それを手で持つ代りに両足に縛りつけて用を弁じたんだよ。闇夜でしかも伯父さんからは十間も離れていたんだから、何をしたってわかりやしない。そして、賊の役目を勤めたあとで、今度は竹馬の跡を消すために、わざと賊の跡を調べまわったりなんかしたのさ」

「そんな子供だましみたいなことを、どうして伯父が看破できなかったのだろう。第一、賊は黒い着物だったというのに、牧田はいつも白っぽい田舎縞を着ているじゃないか」

「それが例のメリンスの兵児帯なんだ。実にうまい考えだろう。あの大幅の黒いメリンスをグルグルと頭から足の先までまきつけりゃ、牧田の小さなからだぐらいわけなく隠れてしまうからね」

あんまり簡単な事実なので、私はすっかりばかにされたような気がしました。

「それじゃ、あの牧田が『黒手組』の手先を勤めていたとでもいうのかい。どうもおかしいね。黒手……」

「おや、まだそんな事を考えているのか、君にも似合わない、ちときょうは頭が鈍っているようだね。伯父さんにしろ、警察にしろ、はては君までも、すっかり、『黒手組』恐怖症にとっつかれているんだからね。まあ、それも時節がら無理もない話だけれど、もし君がいつものように冷静でいたら、なにも僕を待つまでもなく、君の手で充分今度の事件は解決できただろうよ。これには『黒手組』なんてまるで関係がないんだ」

なるほど、私は頭がどうかしていたのかもしれません。こうして明智の説明を聞けば聞くほど、かえって真相がわからなくなってくるのです。無数の疑問が、頭の中でゴッチャになって、こんぐらがって、何から訊ねていいのかわからないくらいです。

「じゃあ、さっき君は、『黒手組』と約束したなんて、なぜあんなでたらめをいったのだい。第一わからないのは、もし牧田の仕業とすれば、彼をだまってほうっておくのも変じゃないか。それから、牧田はあんな男で、富美子を誘拐したり、それを、数日のあいだも隠しておいたりする力がありそうにも思われぬし。現に富美子が家を出た日には、彼は終日伯父の屋敷にいて、一歩もそとへ出なかったというではないか。いったい牧田みたいな男に、こんな大仕事ができるものだろうか。それから……」

「疑問百出だね。だがね、もし君がこの葉書の暗号文を解いていたら、少なくともこれが暗号文だということを看破していたら、そんなに不思議がらないですんだろうよ」

明智はこういって、いつかの日、伯父のところから借りてきた例の「やよい」という署名の葉書を取り出しました（読者諸君、はなはだご面倒ですが、どうかもう一度冒頭のあの文面を読み返してください）。

「もしもこの暗号文がなかったら、僕はとても牧田を疑う気になれなかったに違いない。だから、今度の発見の出発点はこの葉書だったといってもいいわけだ。しかもこれが暗号文だと最初からハッキリわかっていたのではない。ただ疑ってみたんだ。疑ったわけはね、この葉書が富美子さんのいなくなるちょうど前日にきていたこと、手跡がうまくごまかしてあるがどうやら男らしいこと、富美子さんがこれについて聞かれたとき、妙なそぶりを示したことなどもあったが、それよりもね、これを見たまえ、まるで原稿用紙へでも書いたように各行十八字詰めに実に綺麗に書いてある。で、ここへ横にずっと線を引いてみるんだ」

彼はそう言いながら、鉛筆を取り出して、ちょうど原稿用紙の横線のようなものを引きました。

「こうするとよくわかる。この線にそってずっと横に眼を通してみたまえ。どの列も半分ぐらい仮名がまじっているだろう。ところがたった一つの例外がある。それは、この一ばんはじめの線に沿った各行の第一字目だ、漢字ばかりじゃないか。

一好割此外叮袋自叱歌切

ね、そうだろう」彼は鉛筆でそれを横にたどりながら説明するのです。「これはどうも偶然にしては変だ。男の文章ならともかく、全体として仮名の方がずっと多い女の文章に、一列だけ、こんなにうまく漢字の揃うはずがないからね。とにかく僕は研究してみるねうちがあると思ったのだ。あの晩帰ってから一所懸命考えた。幸い、以前暗号についてはちょっと研究したことがあるので、結局、解けたことは解けたがね。一つやってみようか。先ずこの漢字の一列を拾い出して考えるんだ。しかしこのままではおみくじの文句みたいで、いっこう意味がない。何か漢詩か経文などに関係していないかと思って調べてみたが、そうでもない。いろいろやっているうちに、僕はふと二字だけ抹消した文字のあるのに気づいた。こんなに綺麗に書いた文章の中に汚ない消しがあるのはちょっと変だからね。しかもそれが二つとも第二字目なんだ。僕は自分の経験では知っているが、日本語で暗号文を作るとき、一ばん困るのは濁音半濁音の始末だよ。でね、抹消文字はその上に位する漢字の濁音を示すための細工じゃないかと考えたんだ。果たしてそうだとすると、この漢字はおのおの一字ずつの仮名を代表するものでなければならない。それから、紙を何枚も何枚も書きつぶして、ずいぶん考えたが、とうとう解読することができた。つまりこれは漢字の字画がキイなんだよ。それも偏と旁(つくり)を別々に勘定するんだ。例えば『好』は偏が三画で旁が三画だから33という組合わせになる。で、それを表にしてみるとこうだ。この中に一つ当て字がある。『叮寧』は、ほんとうは

『丁寧』だが、それでは暗号にぐわいがわるいので、わざと当て字を使ったんだね」

彼は手帳を出して左のような表を書きました。

	偏	旁
一	1	
好	3	3
割	10	2
此	4	2
外	3	2
叮	3	2
袋	11	
自	6	
叱	3	2
歌	10	4
切	2	2

「この数字を見ると、偏の方は十一まで、旁の方は四までしかない。これが何かの数に符号しやしないか。例えばアイウエオ五十音をどうかいうふうに配列した場合の順序を示すものではあるまいか。ところが、アカサタナハマヤラワンと並べてみると、その数はちょうど十一だ。こいつは偶然かもしれないが、まあやってみよう。偏の画の数はアカサタナすなわち子音の順序を示し、旁の画の数はアイウエオすなわち母音の順序を示すものと仮定するのだ。すると『一』は一画で旁がないからア行の一字目すなわち『ア』となり、『好』は偏が三画だからサ行で、旁が三画だから第三字目の『ス』だ。こうして当てはめて行くと、

『アスヰチジシンバシヱキ』

となる。『ヰ』と『ヱ』はあて字だろう。『ハ』は偏が六で旁が一でなければならない

が、適当な字が見当らなかったので、偏だけでごまかしておいたのだろう。果たして暗号だった。ね、『明日一時新橋駅』。さて、年ごろの女のところへ暗号文で時間と場所を知らせてくる。しかもそれがどうやら男の手跡らしい。この場合ほかに考え方があるだろうか。逢引きの打合わせと見るほかにはね。そうなると、事件は『黒手組』らしくなってくるじゃないか。少なくとも『黒手組』を捜索する前に一応この葉書の差出人を取り調べてみる必要があるだろう。ところが、葉書の主は富美子さんのほかに知っている者がない。ちょっと難関だね。しかし一とたびこれを牧田の行為と結びつけて考えてみると、疑問はたちまち解けるのだよ。というのは、もし富美子さんが自分で家出をしたものとすれば、両親のところへ詫状の一本ぐらいよこしてもよさそうなものじゃないか。この点と、牧田が郵便物を取まとめる役目だということと結びつけると、ちょっと面白い筋書きが出来上る。つまりこうだ。牧田がどうかして富美子さんの恋を感づいていたとするんだ。ああして不具者みたいな男のことで、その方の猜疑心(さいぎしん)は人一倍発達しているのだろうからね。で、彼は富美子さんからの手紙をにぎりつぶして、その代りに手製の『黒手組』の脅迫状を伯父さんのところへさし出したという順序だ。これは脅迫状が郵便でこなかった点にもあてはまる」

明智はここでちょっと言葉を切った。

「驚いた。だが……」

私がなおもさまざまの疑問について糺そうとすると、

「まあ、待ちたまえ」彼はそれを押えつけておいてつづけました。「僕は現場を検べると、その足で伯父さんの屋敷の門前へ行って牧田の出てくるのを待ち伏せしていた。そして彼が使いにでも行くらしいふうで出てきたのを、うまくごまかして、このカフェーへ連れ込んだ。ちょうど今僕らが坐っているこのテーブルだったよ。僕は彼が正直者だということは、はじめから君と同様に認めていたので、今度の事件の裏には何か深い事情がひそんでいるに違いないと睨んでいた。でね、絶対に他言しないし、場合によっては相談相手になってやるからと安心させて、とうとう白状させてしまったのだ。

君は多分服部時雄（はっとりときお）という男を知っているだろう。キリスト教信者だという理由で、富美子さんに対する結婚の申し込みを拒絶されたばかりでなく、伯父さんのところへお出入りまで止められてしまった、あの気の毒な服部君をね。親というものは馬鹿なもので、さすがの伯父さんも、富美子さんと服部君とがとうから恋仲だったことに気づかなかったのだよ。また富美子さんも富美子さんだ。何も家出までしないでも、可愛い娘のことだ、いかに宗教上の偏見があったって、できてしまったものを今さら無理に引き離す伯父さんでもあるまいに、そこは娘心の浅はかというやつだ。それとも案外家出をして脅かしたら頑固な伯父さんも折れるだろうという横着な考えだったかもしれないが、いずれにしても二人は手に手をとって、服部君の田舎の友人の所へ駈落ちとしゃれたのさ。むろんそこからたびたび手紙を出したそうだ。それを牧田のやつ一つもらさずにぎりつぶしていたんだね。僕は千葉へ出張して、家では『黒手組』騒動が持ち上がっているのも知らないで、ひたすら甘い恋に酔っている二人を、一と晩かかってくどいたものだよ。あんまり感心した役目じゃなかったがね。で、結局きっと二人が一緒になれるように取り計ろうという約束で、やっと引き離して連れてきたのさ。だが、その約束もどうやら果たせそうだよ。きょうの伯父さんの口ぶりではね。

ところで、今度は牧田の方の問題だが、これもやっぱり女出入りなのだ。可哀そうに先生涙をぽろぽろこぼしていたっけ。あんな男にも恋はあるんだね。相手が何者かは知らないが、おそらく商売人か何かにうまく持ちかけられたとでもいうのだろう。とにかく、その女を手に入れるために、まとまった金が入用だったのだ。そして、聞けば富美子さんが帰ってこないうちに出奔するつもりでいたんだそうだ。僕はつくづく恋の偉力を感じた。あの愚かしい男に、こんな巧妙なトリックを考えだせたのも、全く恋なればこそだよ」

私は聞き終って、ほっと溜息を吐いたことです。なんとなく考えさせられる事件ではありませんか。明智もしゃべり疲れたのか、ぐったりとしています。二人は長いあいだだまって顔を見合わせていました。

「すっかりコーヒーが冷えてしまった。じゃあ、もう帰ろうか」

やがて明智は立ち上がりました。そして、私たちはそれぞれ帰途についたのですが、別れる前に明智は何かおもい出したふうで、先刻伯父から貰った二千円の金包みを私の方へ差し出しながら言うのです。

「これをね、ついでの時に牧田君にやってくれたまえ。婚資にといってね。君、あれは可哀そうな男だよ」

私は快よく承諾しました。

「人生は面白いね。このおれがきょうは二た組の恋人の仲人をつとめたわけだからね」

明智はそう言って、心から愉快そうに笑うのでした。

本書は、昭和五十年三月に小社より刊行した文庫『魔術師』を再編集し、「魔術師」「黒手組」の二編を収録したものです。

本文中には、部落、狂人、気ちがい病院、唖、めくら滅法、人非人、殺人狂、気ちがい、薄のろ、不具者など、今日の人権擁護の見地に照らして、不適切と思われる語句や表現がありますが、執筆当時の時代背景や社会世相、著者が故人である点も考慮して、原文のままとしました。

（編集部）

魔術師(まじゅつし)

江戸川乱歩(えどがわらんぽ)

令和5年 1月25日　初版発行
令和5年 12月15日　9版発行

発行者●山下直久

発行●株式会社KADOKAWA
〒102-8177　東京都千代田区富士見2-13-3
電話　0570-002-301（ナビダイヤル）

角川文庫 23502

印刷所●株式会社KADOKAWA
製本所●株式会社KADOKAWA

表紙画●和田三造

●お問い合わせ
https://www.kadokawa.co.jp/（「お問い合わせ」へお進みください）
※内容によっては、お答えできない場合があります。
※サポートは日本国内のみとさせていただきます。
※Japanese text only

Printed in Japan
ISBN 978-4-04-113221-0　C0193

◆◇◇

角川文庫発刊に際して

角川源義

第二次世界大戦の敗北は、軍事力の敗北であった以上に、私たちの若い文化力の敗退であった。私たちの文化が戦争に対して如何に無力であり、単なるあだ花に過ぎなかったかを、私たちは身を以て体験し痛感した。西洋近代文化の摂取にとって、明治以後八十年の歳月は決して短かすぎたとは言えない。にもかかわらず、近代文化の伝統を確立し、自由な批判と柔軟な良識に富む文化層として自らを形成することに私たちは失敗して来た。そしてこれは、各層への文化の普及滲透を任務とする出版人の責任でもあった。

一九四五年以来、私たちは再び振出しに戻り、第一歩から踏み出すことを余儀なくされた。これは大きな不幸ではあるが、反面、これまでの混沌・未熟・歪曲の中にあった我が国の文化に秩序と確たる基礎を齎らすためには絶好の機会でもある。角川書店は、このような祖国の文化的危機にあたり、微力をも顧みず再建の礎石たるべき抱負と決意とをもって出発したが、ここに創立以来の念願を果すべく角川文庫を発刊する。これまで刊行されたあらゆる全集叢書文庫類の長所と短所とを検討し、古今東西の不朽の典籍を、良心的編集のもとに、廉価に、そして書架にふさわしい美本として、多くのひとびとに提供しようとする。しかし私たちは徒らに百科全書的な知識のジレッタントを作ることを目的とせず、あくまで祖国の文化に秩序と再建への道を示し、この文庫を角川書店の栄ある事業として、今後永久に継続発展せしめ、学芸と教養との殿堂として大成せんことを期したい。多くの読書子の愛情ある忠言と支持とによって、この希望と抱負とを完遂せしめられんことを願う。

一九四九年五月三日

角川文庫ベストセラー

D坂の殺人事件　江戸川乱歩

名探偵・明智小五郎が初登場した記念すべき表題作を始め、推理・探偵小説から選りすぐって収録。自らも数々の推理小説を書き、多くの推理作家の才をも発掘してきた大乱歩の傑作の数々をご堪能あれ。

黒蜥蜴と怪人二十面相　江戸川乱歩

美貌と大胆なふるまいで暗黒街の女王に君臨する「黒蜥蜴」。ロマノフ王家のダイヤを狙う「怪人二十面相」。乱歩作品の中でも屈指の人気を誇る、名探偵・明智小五郎の二大ライバルの作品が一冊で楽しめる！

鏡地獄　江戸川乱歩

少年時代から鏡やレンズに異常な嗜好を持っていた男の末路は……（「鏡地獄」）。表題作のほか、「人間椅子」「芋虫」「パノラマ島奇談」「陰獣」ほか乱歩の怪奇・幻想ものの代表作を選りすぐって収録。

舞踏会・蜜柑　芥川龍之介

夜空に消える一閃の花火に人生を象徴させる「舞踏会」や、見知らぬ姉妹の情に安らぎを見出す「蜜柑」。表題作の他、「沼地」「竜」「疑惑」「魔術」など大正8年の作品計16編を収録。

藪の中・将軍　芥川龍之介

『今昔物語』を典拠に、真実の不確かさを巧みな構成で鮮やかに提示した「藪の中」、神格化された一将軍の虚飾を剝ぐ「将軍」等、様々なテーマやスタイルに挑戦した大正10年頃の円熟期の作品17篇を収録。

角川文庫ベストセラー

羅生門・鼻・芋粥　芥川龍之介

荒廃した平安京の羅生門で、死人の髪の毛を抜く老婆の姿に、下人は自分の生き延びる道を見つける。表題作「羅生門」をはじめ、初期の作品を中心に計18編。芥川文学の原点を示す、繊細で濃密な短編集。

蜘蛛の糸・地獄変　芥川龍之介

地獄の池で見つけた一筋の光はお釈迦様が垂らした蜘蛛の糸だった。絵師は愛娘を犠牲にして芸術の完成を追求する。両表題作の他、「奉教人の死」「邪宗門」など、意欲溢れる大正7年の作品計8編を収録する。

河童・戯作三昧　芥川龍之介

芥川が自ら命を絶った年に発表され、痛烈な自虐と人間社会への風刺である「河童」、江戸の戯作者に自己を投影した「戯作三昧」の表題作他、「或日の大石内蔵之助」「開化の殺人」など著名作品計10編を収録。

杜子春　芥川龍之介

人間らしさを問う「杜子春」、梅毒に冒された15歳の南京の娼婦を描く「南京の基督」、姉妹と従兄の三角関係を叙情とともに描く「秋」他「黒衣聖母」「或敵打の話」などの作品計17編を収録。

トロッコ・一塊の土　芥川龍之介

写実の奥を描いたと激賞される「トロッコ」、一つの事件に対する認識の違い、真実の危うさを冷徹な眼差しで綴った「報恩記」、農民小説「一塊の土」ほか芥川文学の転機と言われる中期の名作21篇を収録。

角川文庫ベストセラー

角川文庫ベストセラー

斜陽　太宰治

没落貴族のかず子は、華麗に滅ぶべく道ならぬ恋に溺れていく。最後の貴婦人である母と、麻薬に溺れ破滅する弟・直治、無頼な生活を送る小説家・上原。戦後の混乱の中を生きる4人の滅びの美を描く。

人間失格　太宰治

無頼の生活に明け暮れた太宰自身の苦悩を描く内的自叙伝であり、太宰文学の代表作である「人間失格」と、家族の幸福を願いながら、自らの手で崩壊させる苦悩を描き、命日の由来にもなった「桜桃」を収録。

李陵・山月記・弟子・名人伝　中島敦

五千の少兵を率い、十万の匈奴と戦った李陵。捕虜となった彼を司馬遷は一人弁護するが。讒言による悲運を描いた「李陵」、人食い虎に変身する苦悩を描く「山月記」など、中国古典を題材にとった代表作六編。

文字禍・牛人　中島敦

アッシリヤにある世界最古の図書館には、毎夜文字の霊が出るという。文字に支配される人間を寓話的に描いた「文字禍」をはじめ、「狐憑」「木乃伊」「虎狩」等短篇の名手が描くワールドワイドな6篇を収録。

注文の多い料理店　宮沢賢治

二人の紳士が訪れた山奥の料理店「山猫軒」。扉を開けると、「当軒は注文の多い料理店です」の注意書きが。岩手県花巻の畑や森、その神秘のなかで育まれた九つの物語からなる童話集を、当時の挿絵付きで。

角川文庫ベストセラー

角川文庫ベストセラー

悪魔が来りて笛を吹く
金田一耕助ファイル4
横溝正史

毒殺事件の容疑者椿元子爵が失踪して以来、椿家に次々と惨劇が起こる。自殺他殺を交え七人の命が奪われた。悪魔の吹く嫋々たるフルートの音色を背景に、妖異な雰囲気とサスペンス！

犬神家の一族
金田一耕助ファイル5
横溝正史

信州財界一の巨頭、犬神財閥の創始者犬神佐兵衛は、血で血を洗う葛藤を予期したかのような条件を課した遺言状を残して他界した。血の系譜をめぐるスリルとサスペンスにみちた長編推理。

人面瘡
金田一耕助ファイル6
横溝正史

「わたしは、妹を二度殺しました」。金田一耕助が夜半遭遇した夢遊病の女性が、奇怪な遺書を残して自殺を企てた。妹の呪いによって、彼女の腋の下には人面瘡が現れたというのだが……表題他、四編収録。

夜歩く
金田一耕助ファイル7
横溝正史

古神家の令嬢八千代に舞い込んだ「我、近く汝のもとに赴きて結婚せん」という奇妙な手紙と佝僂の写真は陰惨な殺人事件の発端であった。卓抜なトリックで推理小説の限界に挑んだ力作。

迷路荘の惨劇
金田一耕助ファイル8
横溝正史

複雑怪奇な設計のために迷路荘と呼ばれる豪邸を建てた明治の元勲古館伯爵の孫が何者かに殺された。事件解明に乗り出した金田一耕助。二十年前に起きた因縁の血の惨劇とは？

角川文庫ベストセラー

女王蜂
金田一耕助ファイル9

横溝正史

絶世の美女、源頼朝の後裔と称する大道寺智子が伊豆沖の小島……月琴島から、東京の父のもとにひきとられた十八歳の誕生日以来、男達が次々と殺される！　開かずの間の秘密とは……？

幽霊男
金田一耕助ファイル10

横溝正史

湯を真っ赤に染めて死んでいる全裸の女。ブームに乗って大いに繁盛する、いかがわしいヌードクラブの三人の女が次々に惨殺された。それも金田一耕助や等々力警部の眼前で――！

首
金田一耕助ファイル11

横溝正史

滝の途中に突き出た獄門岩にちょこんと載せられた生首。まさに三百年前の事件を真似たかのような凄惨な村人殺害の真相を探る金田一耕助に挑戦するように、また岩の上に生首が……事件の裏の真実とは？

悪魔の手毬唄
金田一耕助ファイル12

横溝正史

岡山と兵庫の県境、四方を山に囲まれた鬼首村。この地に昔から伝わる手毬唄が、次々と奇怪な事件を引き起こす。数え唄の歌詞通りに人が死ぬのだ！　現場に残される不思議な暗号の意味は？

三つ首塔
金田一耕助ファイル13

横溝正史

華やかな還暦祝いの席が三重殺人現場に変わった！　宮本音禰に課せられた謎の男との結婚を条件とした遺産相続。そのことが巻き起こす事件の裏には……本格推理とメロドラマの融合を試みた傑作！

小学館文庫

△が降る街

村崎羯諦

小学館